O MURMÚRIO
DOS FANTASMAS

Boris Cyrulnik

O MURMÚRIO DOS FANTASMAS

Tradução SÔNIA SAMPAIO
Revisão da tradução MARINA APPENZELLER

Martins Fontes
São Paulo   2005

Esta obra foi publicada originalmente em francês com o título
LE MURMURE DES FANTÔMES por Éditions Odile Jacob, Paris
Copyright © Éditions Odile Jacob, janeiro 2003.
Copyright © 2005, Livraria Martins Fontes Editora Ltda.,
São Paulo, para a presente edição.

1ª edição
maio de 2005

Tradução
SÔNIA SAMPAIO

Revisão da tradução
Marina Appenzeller
Acompanhamento editorial
Luzia Aparecida dos Santos
Preparação do original
Andréa Stahel M. da Silva
Revisões gráficas
Maria Regina Ribeiro Machado
Marisa Rosa Teixeira
Dinarte Zorzanelli da Silva
Produção gráfica
Geraldo Alves
Paginação
Moacir Katsumi Matsusaki

Dados Internacionais de Catalogação na Publicação (CIP)
(Câmara Brasileira do Livro, SP, Brasil)

Cyrulnik, Boris
 O múrmurio dos fantasmas / Boris Cyrulnik ; tradução
Sônia Sampaio ; revisão da tradução Marina Appenzeller. –
São Paulo : Martins Fontes, 2005. – (Psicologia e pedagogia)

 Título original: Le murmure des fantômes.
 Bibliografia.
 ISBN 85-336-2127-2

 1. Psicanálise 2. Psicologia I. Título. II. Série.

05-2653   CDD-150.195

Índices para catálogo sistemático:
1. Psicanálise : Psicologia   150.195

Todos os direitos desta edição para o Brasil reservados à
Livraria Martins Fontes Editora Ltda.
Rua Conselheiro Ramalho, 330 01325-000 São Paulo SP Brasil
Tel. (11) 3241.3677 Fax (11) 3101.1042
e-mail: info@martinsfontes.com.br http://www.martinsfontes.com.br

Índice

Introdução 1
Ninguém soube ver que a doce e linda Marilyn Monroe nunca voltou à vida, após seus múltiplos abandonos. Enquanto o pequeno Hans Christian Andersen, mil vezes mais agredido, foi aquecido pelo amor de algumas mulheres e pelo contexto de sua cultura.

Capítulo I
As crianças pequenas ou a idade do vínculo

Sem surpresa, nada emergiria do real   7
Um golpe dói, mas é a representação do golpe que faz o traumatismo.

Quando um pano de chão caindo se torna aterrador   **10**
Um acontecimento é uma saliência sensorial e sensata.

Uma dança de roda faz as vezes de varinha mágica   **13**
O acontecimento é uma inauguração, como um nascimento para a idéia que fazemos de nós.

É assim que os homens fazem as coisas falarem   **16**
Uma cereja em um monte de lixo pode significar tanto a esperança quanto a sujeira.

A aliança entre o luto e a melancolia   **19**
A perda da capacidade de amar e de trabalhar se transforma em agressividade contra o próprio sujeito.

O vazio da perda é mais devastador do que um ambiente destrutivo?   **23**
A separação protege a criança, mas não cuida de seu traumatismo.

Soprando uma brasa de resiliência para retomar a vida   **25**
Três crianças malcriadas abandonadas sentindo-se responsáveis por uma velhinha vulnerável reconstruíram a casa e a auto-estima.

Como levar uma criança maltratada a repetir os maus-tratos   **27**
O modo mais seguro de verificar a veracidade desse slogan é não se ocupar dessas crianças.

A triste felicidade de Estelle era de qualquer forma um progresso   **29**
Ela tem uma ocupação de que não gosta, vive na companhia de um homem que ela não ama: ela está muito melhor.

Resiliência das crianças de rua na Suíça do século XVI   **32**
A escola torna-se um acontecimento importante porque ela constitui os primeiros passos para a socialização.

Sentiam que poderiam ser amadas porque foram amadas e aprenderam a esperança   **35**
Esse apego é mais fácil de impregnar as crianças durante os primeiros meses. Depois, continua sendo possível, mas é mais lento.

Dar às crianças o direito de dar   **38**
Dar um presente ou oferecer um espetáculo permite restabelecer a igualdade.

Só podemos falar de traumatismo quando ocorreu uma agonia psíquica   **40**
Caso contrário, falamos de provação.

A narrativa permite remendar os pedaços de um eu dilacerado   **42**
A ferramenta que permite esse trabalho chama-se "narração".

A marca do real e a busca de lembranças   **45**
A força do real cria sensibilidades preferenciais e habilidades relacionais.

Quando a lembrança de uma imagem é precisa, a maneira de falar sobre ela depende do ambiente **48**
As lembranças de uma criança são luminosas, mas o que se diz à criança pode turvá-las.

A escola revela a idéia que uma cultura faz a respeito da infância **54**
Quando pensamos a criança de outra forma, é porque a cultura está mudando.

Em seu primeiro dia de aula uma criança já adquiriu um estilo afetivo e aprendeu os preconceitos de seus pais **57**
Amar, trabalhar e construir uma história, essas três condições de qualquer vida humana devem ser inteiramente repensadas devido às descobertas científicas.

Algumas famílias-bastião resistem ao desespero cultural **59**
Mesmo em um contexto de grande miséria encontramos famílias estruturadas que dinamizam seus filhos.

Quando as crianças de rua resistem às agressões culturais **62**
A vulnerabilidade social de uma mãe não provoca obrigatoriamente carência afetiva.

Negligenciamos o poder que as crianças têm de modelar umas às outras **64**
A partir dos seis anos as crianças começam a escapar à influência dos pais.

Um encontro silencioso, mas carregado de sentido, pode adquirir um efeito de resiliência **68**
Um sinalzinho minúsculo pode transformar uma relação.

Pode-se investir excessivamente na escola para agradar aos pais ou para fugir deles **72**
Você vai ser nosso orgulho ou vai nos trair.

A crença em seus sonhos como liberdade interior **74**
Não responder aos outros para realizar melhor seus projetos.

Uma defesa legítima, mas isolada dos outros, pode tornar-se tóxica **78**
Ensimesmar-se protege da dor, mas pode entravar a resiliência.

A escola é um fator de resiliência quando a família e a cultura lhe atribuem esse poder   **80**
   Quando a ameaça vem apenas dos adultos, a escola é uma repressão, mas, quando ela vem de fora, a escola torna-se um porto seguro.

O estranho lar da criança-adulto   **82**
   Quando os pais são vulneráveis, os filhos cuidam muito deles.

A oblatividade mórbida, o dom excessivo de si, como preço da liberdade   **86**
   Não conquistamos nossa liberdade impunemente.

Livrar-se do sacrifício para conquistar a autonomia   **89**
   Cuidar dos fracos para revalorizar e não para dominar.

Capítulo II
Os frutos verdes ou a idade do sexo

Narrar não é retornar ao passado   **97**
   Narrar a si mesmo é reconstruir o passado, modificar a emoção e se engajar de outra maneira.

Toda narrativa é uma ferramenta para reconstruir seu mundo   **99**
   Um acontecimento não é o que conseguimos ver, mas o que fazemos dele para nos tornarmos alguém.

Debater-se e depois sonhar   **102**
   Quando vivemos uma aflição, o devaneio dá uma esperança louca.

O zoológico imaginário e o romance familiar   **106**
   Uma criança torna a se sentir segura graças à boa companhia que acaba de inventar para si mesma. Não existe criação sem efeito.

Dar forma à sombra para se reconstruir. A onipotência do desespero   **108**
   Quando o real não pode ser assimilado, qualquer desenho nos proporciona segurança por dar forma ao mundo.

Os livros intimistas modificam o real   **112**
   Quando a ficção age sobre os fatos, o real é poetizado por ela.

A literatura da resiliência trabalha muito mais para a libertação do que para a revolução **115**
Nas sociedades totalitárias não temos certeza de ter o direito de contar nossa vida particular.

Simular para fabricar um mundo **118**
Todas as nossas atividades fundamentais são primeiro encenadas em nosso teatro pré-verbal.

A mentira é uma defesa contra o real, a mitomania é um tapa-miséria **119**
O mentiroso se protege. O mitômano se repara no momento do engodo.

A ficção tem um poder de convicção bem superior ao da explicação **123**
Nenhuma ficção é inventada a partir do nada.

Prisioneiro de uma narrativa **125**
Quando o real provoca náusea, a beleza acontece apenas no imaginário.

O poder reparador das ficções pode modificar o real **128**
Ele usou a mentira para construir a si mesmo.

Um veterano de guerra de doze anos **132**
Ele desvaloriza as vítimas, nega seu sofrimento e sonha em voltar para a escola.

Quando a paz provoca o medo **135**
Como fazemos para viver em um país em paz no qual não há nenhuma estrutura afetiva ou cultural?

Infeliz do povo que precisa de heróis **141**
Ele é humilhado e se repara sacrificando um dos seus.

Para a felicidade da criança ferida que precisa de heróis **144**
Não sei por que sinto admiração com tanta facilidade.

A angústia do mergulhador de grande envergadura **147**
Pedem-me que eu mergulhe na vida social, mas será que colocaram água?

Mesmo os mais fortes têm medo de se lançar **150**
Não existe relação entre a dose e os efeitos: não é o mais amado que é o mais forte.

A crença em um mundo justo dá uma esperança de
resiliência   **153**
   Procurá-la já significa construí-la.
Pode-se fazer de uma vítima uma estrela cultural?   **155**
   *Quando um horrível conto de fadas corresponde a uma
   expectativa social.*
Como aquecer uma criança gelada   **157**
   *A negligência afetiva é com certeza o tipo de maus-tratos que
   mais aumenta no Ocidente, mas é também o mais difícil de ver.*
Aprender a amar apesar dos maus-tratos   **161**
   Os amores que nascem provocam metamorfoses.
O conserto após a ruptura   **164**
   *A maneira como os enamorados se encontram pode impedir que
   a rachadura se torne fenda.*
Cabe à cultura soprar as brasas da resiliência   **167**
   Quando a ideologia do vínculo impede esse retorno da chama.
Assumir riscos para não pensar   **169**
   *Obrigando ao imediato, a intensidade do risco permite evitar
   pensar.*
Balizas culturais para assumir riscos: a iniciação   **172**
   *Todo confronto ajuda-nos a descobrir quem somos. Qualquer
   acontecimento ajuda-nos a tematizar nossa existência.*
Segurança afetiva e responsabilização social são os fatores
primordiais da resiliência   **177**
   *Não podemos dizer que um apego perturbado leva à droga. Mas
   podemos dizer que um apego sereno quase nunca leva a isso.*

Conclusão   181
   *No fim de sua vida, uma pessoa em cada duas terá vivido um
   acontecimento qualificável de traumatismo. Uma em cada dez
   continuará mortificada, prisioneira da ferida. As outras,
   debatendo-se, retomarão a vida graças a duas palavras: o
   "vínculo" e o "sentido".*

Introdução

Ninguém imaginaria que era um fantasma. Porque ela era bonita demais, suave demais, resplandescente. Uma aparição não tem calor, é um lençol frio, um tecido, uma sombra inquietante. Ela, no entanto, nos deslumbrava. Deveríamos ter desconfiado. Que poder tinha para nos encantar tanto, nos arrebatar, nos dar tanto prazer? Tínhamos caído numa armadilha, a ponto de não percebermos que ela estava morta havia muito tempo.

Na verdade, Marilyn Monroe não estava completamente morta, só um pouco, em alguns momentos um pouco mais. Fazendo nascer em nós um sentimento delicioso, seu charme impedia-nos de compreender que não é necessário estar morto para não viver. Ela já não estava viva quando nasceu. Sua mãe, profundamente infeliz, expulsa da humanidade por ter trazido ao mundo uma menininha ilegítima, ficara embrutecida de tanta infelicidade. Um bebê só pode se desenvolver em meio às leis inventadas pelos homens, e a pequena Norma Jean Baker, mesmo antes de nascer, já estava fora da lei. Sua mãe não teve forças para lhe oferecer braços que dariam segurança, tanto sua melancolia preenchia seu mundo. Foi necessário colocar a futura Marilyn em orfanatos frios e confiá-la a uma sucessão de famílias adotivas onde era difícil aprender a amar.

As crianças sem família valem menos do que as outras. O fato de explorá-las sexual ou socialmente não é um crime tão grave, porque esses pequenos seres abandonados não são realmente crianças. Algumas pessoas pensam assim. Para sobreviver apesar das agressões, a pequena "Marilyn foi obrigada a fantasiar, a nutrir-se da própria dor, antes de naufragar na melancolia e na loucura da mãe"[1]. Então, ela declarou que Clark Gable era seu verdadeiro pai e que ela pertencia a uma família real. Só isso! Dessa forma, ela constituía para si uma identidade vaga, pois, sem sonhos loucos, teria de viver num mundo de lama. Quando o real morre, o delírio propicia um sobressalto de felicidade. Então ela se casou com um campeão de futebol para quem cozinhava todas as noites cenouras e ervilhas cujas cores tanto lhe agradavam.

Em Manhattan, onde fez cursos de teatro, tornou-se a aluna favorita de Lee Strasberg, fascinado por sua graça estranha. Ela já estivera morta muitas vezes. Era necessário estimulá-la bastante para que ela não se entregasse à não-vida. Ela se entorpecia, não saía da cama e já não tomava banho. Quando um beijo a despertava, o de Arthur Miller, por quem se tornara judia, o de John Kennedy ou o de Yves Montand, ela se reanimava, deslumbrante e calorosa, e ninguém percebia que estava encantado por um fantasma. Entretanto, ela o dizia quando cantava *I'm Through With Love*, mas, já no fim da linha, resplandecente em plena glória, sabia que não lhe restavam mais do que três anos de vida antes de dar a si mesma um último presente: a morte.

Marilyn nunca esteve completamente viva, mas não era possível saber, tanto seu maravilhoso fantasma nos enfeitiçava.

A última biografia de Hans Christian Andersen começa com a seguinte frase: "Minha vida é um belo conto de fadas rico e feliz."[2] Deve-se sempre acreditar no que os autores escrevem. Em todo caso, a primeira linha de um livro costuma ser carregada de sentido. Quando o pequeno Hans Christian chegou ao mundo, na Dinamarca de 1805, sua mãe fora obri-

---

1. J. Charyn, "Sugar Kane et la princesse Rita", *Revue des Deux Mondes*, julho-agosto de 2000, p. 17.
2. J. Luquet, *Hans Christian Andersen (1805-1875). Le vilain petit canard*, Société française de psychologie adlérienne, boletim n? 85, abril de 1996.

gada a se prostituir pela própria mãe, que a espancava e lhe impunha clientes. A garota fugiu, grávida de Hans Christian, e se casou com o Sr. Andersen. Aquela mulher estava disposta a tudo para que seu filho não conhecesse a miséria. Assim, tornou-se lavadeira e o pai, soldado de Napoleão. Alcoólatra e iletrada, morreu numa crise de *delirium tremens*, enquanto o pai se matou num acesso de loucura. O menino precisou trabalhar numa fábrica de tecidos, depois numa fábrica de fumo, onde as relações humanas eram muitas vezes violentas. Mas, para Hans Christian, nascido na prostituição, na loucura e na morte de seus pais, na violência e na miséria, nunca faltou afeto. "Muito feio, doce e delicado como uma menina"[3], foi impregnado, em primeiro lugar, pelo desejo da mãe de fazê-lo feliz, e, depois, criado ternamente no colo da avó paterna com a ajuda de uma vizinha que o ensinou a ler. A comunidade de cinco mil almas de Odense, na ilha verdejante de Fionie, era fortemente marcada pela tradição dos contadores de história. A poesia cadenciava os encontros nos quais se recitava a saga islandesa e se praticavam os jogos dos esquimós da Groenlândia. O artesanato, as festas e as procissões ritmavam a vida desse grupo caloroso ao qual era bom pertencer.

Pode-se imaginar que o pequeno Hans percebeu esse seu primeiro mundo a seu redor sob a forma de oximoro, em que dois termos antinômicos se associam opondo-se, como as vigas de um telhado se sustentam porque são erigidas uma contra a outra. Essa curiosa combinação de palavras permite evocar, sem se contradizer, uma "claridade obscura" ou uma "infelicidade maravilhosa". O mundo do pequeno Andersen deveria se organizar em torno dessas duas forças, era-lhe absolutamente necessário arrancar-se da lama de suas origens para viver na claridade da afetividade e na beleza estranha dos contos de sua cultura.

Esses mundos opostos eram ligados pela arte, que transforma o lodo em poesia, o sofrimento em êxtase, o patinho feio em cisne. Esse oximoro, que constituía o universo no qual a criança crescia, foi rapidamente incorporado em sua memória

---
3. *Ibid.*, p. 4.

íntima. A mãe, que o aquecia por sua ternura, mergulhava no álcool e morria entre os vômitos do *delirium*. Uma de suas avós encarnava a mulher-bruxa, que não hesita em prostituir a filha, enquanto a outra personificava a mulher-fada, que dá a vida e convida à felicidade. Foi assim que o pequeno Hans aprendeu muito cedo a representar um mundo feminino clivado que o tornaria, mais tarde, um homem intensamente atraído pelas mulheres e aterrorizado por elas. Sua infância era constituída de humilhações incessantes e de sofrimentos reais associados, num mesmo ímpeto, às delícias cotidianas dos encontros afetuosos e das maravilhas da cultura. Não somente ele conseguia suportar o horror de suas origens, como talvez tenha sido a provação aterradora de seus primeiros anos que destacou a ternura das mulheres e a beleza dos contos. O oximoro que estruturava seu mundo também tematizaria sua vida e governaria suas relações de adulto. Na história de uma vida, sempre temos um só problema a resolver, aquele que dá sentido à nossa existência e impõe um estilo às nossas relações. O desespero do patinho feio foi colorido de admiração pelos grandes cisnes brancos e animado de esperança de nadar ao lado deles a fim de proteger outras criancinhas feias.

Esse par de forças opostas que lhe fornecia energia para "sair do pântano a fim de alcançar a luz das cortes reais"[4] explica também seus amores dolorosos. Hans, pássaro ferido que caiu do ninho muito cedo, sempre se apaixonava por pombinhas aterradoras. Todas as mulheres o atraíam, a ele, o ferido salvo da lama pelo apego feminino, mas essa sacralização do vínculo, essa divinização das mulheres que galvanizava seus devaneios, inibia sua sexualidade. Ele só ousava amá-las de longe. Ninguém se torna cisne impunemente, e o preço de sua resiliência[5], que lhe custava a sexualidade, o empurrava para uma solidão que ele preenchia com criações literárias.

Hans Christian Andersen nasceu na prostituição de sua mãe, na loucura de seus pais, na morte, na orfandade precoce,

---

4. *Ibid.*, p. 20.
5. Resiliência: processo que permite retomar algum tipo de desenvolvimento apesar de um traumatismo e em circunstâncias adversas.

na miséria doméstica, na violência social. Como não continuar morto quando se vive assim? Duas brasas de resiliência reavivaram sua alma: o apego a algumas mulheres reparou a estima da criança prejudicada e um contexto cultural de narrativas estranhas em que a língua dos pântanos fez surgir da bruma gnomos, anões, fadas, bruxas, elfos, guerreiros, deuses, armas, caveiras, sereias, vendedoras de fósforos e patinhos feios dedicados à mãe morta.

Marilyn Monroe jamais pôde encontrar vínculo e sentido[6], as duas palavras que permitem a resiliência. Sem vínculos e sem história, como poderíamos nos tornar nós mesmos? Quando a pequena Norma foi colocada num orfanato, ninguém poderia pensar que um dia ela se tornaria Marilyn, uma mulher de fazer perder o fôlego. A carência afetiva fizera dela um pintinho depenado, trêmulo, encolhido, incapaz de se abrir para o mundo e para as pessoas. As mudanças incessantes de famílias adotivas não permitiram que se organizasse em torno dela uma permanência afetiva que lhe desse a oportunidade de adquirir o sentimento de ser digna de ser amada. Tanto que, ao chegar à idade do sexo, ela se deixou levar por quem a aceitasse.

Quando os homens não se aproveitavam dela sexualmente, exploravam-na financeiramente. Darryl Zanuck, o produtor de cinema, tinha interesse em considerá-la uma desmiolada, para enriquecer alugando-a a outros estúdios. E mesmo os que a amaram sinceramente não souberam penetrar em seu mundo psíquico para ajudá-la a fazer um trabalho de historização que teria dado sentido à sua infância desmoronada. Seus amantes apaixonados caíram voluptuosamente na armadilha da magnífica imagem da doce Marilyn. Ofuscados por tanta beleza, não soubemos ver seu imenso desespero. Ela continuou sozinha na lama onde, de vez em quando, nós lhe jogávamos um diamante... até o dia em que ela se deixou ir embora.

O patinho feio Hans encontrou durante sua infância aterradora os dois principais tutores de resiliência: mulheres que o

---

6. S. Vanistendael, J. Leconte, *Le Bonheur est toujours possible*, prefácio de Michel Manciaux, Paris, Bayard, 2000.

amaram e homens que organizaram um ambiente cultural em que os contos permitiam transformar os sapos em príncipes, a lama em ouro, o sofrimento em obra de arte.

A doce e linda Norma não foi mais agredida do que o pequeno Hans. Muitas famílias adotivas sabem aquecer essas crianças. Mas a menina, comportada demais devido à sua melancolia, não encontrou a estabilidade afetiva que poderia estruturá-la, nem as narrativas de que precisava para compreender como deveria viver para sair do lodo.

O pequeno Hans que fugiu do inferno retomou o gosto pela vida. Freqüentou os cisnes, escreveu contos e fez com que se votassem leis para proteger outros patinhos feios. Mas sua personalidade clivada apagou sua sexualidade, pois ele tinha medo demais das mulheres que adorava. Essa renúncia ofereceu-lhe uma compensação quando inventou os heróis com os quais muitas crianças feridas se identificaram[7].

A comovente Marilyn não voltou à vida. Continuou morta. Era seu fantasma que adorávamos. Ela não teceu sua resiliência porque seu ambiente jamais lhe ofereceu estabilidade afetiva e não a ajudou a dar sentido à sua aflição. Já o pequeno Hans encontrou os dois pilares da resiliência que lhe permitiram construir uma vida apaixonante, apesar de tudo. Sua evasão do inferno custou-lhe a sexualidade, mas ninguém pretende que a resiliência seja uma receita de felicidade. É uma estratégia de luta contra a infelicidade que permite obter prazer em viver, apesar do murmúrio dos fantasmas no fundo da memória.

---

7. Charles Dickens seguiu exatamente o mesmo processo. Inicialmente uma criança ferida pelo encarceramento de seu pai que levou a família à miséria total, o pequeno Charles teve de trabalhar numa fábrica de graxa desde os doze anos de idade. Recuperou-se psiquicamente graças aos contos. Depois, quando adulto, abandonou-os para escrever romances de educação e se engajar socialmente. Peter Ackroyd, *Dickens*, Londres, Vintage, 1999.

Capítulo I
As crianças pequenas ou a idade do vínculo

Sem surpresa, nada emergiria do real

Só se pode falar de resiliência quando ocorreu um traumatismo seguido da retomada de algum tipo de desenvolvimento, a reparação de uma ruptura. Não se trata do desenvolvimento normal, na medida em que o traumatismo inscrito na memória passa a fazer parte da história do sujeito como um fantasma que o acompanha. A pessoa ferida na alma poderá retomar um desenvolvimento a partir de então desviado pela violação de sua personalidade anterior.

O problema é simples. Basta colocar a questão claramente para torná-lo complicado. Assim, eu perguntaria:
• O que é um acontecimento?
• O que é esta violência traumática que rompe a bolha protetora de uma pessoa?
• Como um traumatismo se integra na memória?
• Em que consiste o suporte que deve envolver o sujeito após a fratura e lhe permitirá reviver, apesar da ferida e da lembrança dela?

Havia dois meninos alojados por assistentes sociais numa fazenda de Néoules, perto de Brignoles. Um mais velho, de quatorze anos, e René, de sete. Os meninos dormiam fora, no celeiro, enquanto Cécile, a corcunda, a filha legítima, tinha direito a uma cama com lençóis limpos em um quarto. A fazendeira era dura, a disciplina era mantida "na ponta do chicote". Como ela não tinha nada a dizer aos meninos, toda vez que passava perto deles ameaçava-os com um bastão sem mais nem menos. Freqüentemente ela errava, mas o que impressionava, por assim dizer, é que, quando os meninos levavam a bastonada, jamais se queixavam da fazendeira. Ao contrário, eles próprios se culpavam: "Você ouviu que ela estava vindo", "Você poderia ter se protegido melhor"... Essa interpretação permite compreender que a dor de um golpe não é um traumatismo. Com freqüência eles sentiam dor e esfregavam a cabeça ou o braço, mas, quando representavam para si o acontecimento, quando o contavam ou lembravam de algumas imagens dele, não sofriam uma segunda vez porque o golpe viera de alguém a quem não amavam. Não embirramos com a pedra na qual damos uma topada, só sentimos dor. Mas, quando o golpe provém de uma pessoa com a qual estabelecemos uma relação afetiva, depois de ter suportado o golpe, sofremos uma segunda vez quando o representamos para nós.

As crianças não se espantavam com esse sentimento. A raiva de terem sido apanhadas e a auto-acusação já constituíam indícios de resiliência, como se pensassem: "Tínhamos uma pequena possibilidade de liberdade. Quando ouvimos que ela vinha vindo, poderíamos tê-la evitado, perdemos a chance." O fato de se colocarem eles mesmos como responsáveis lhes permitia sentir serem donos de seu destino: "Hoje sou pequeno, estou sozinho e incrivelmente sujo, mas um dia você vai ver, saberei me pôr em uma situação em que não apanharei mais." E, como a fazendeira quase sempre errava o alvo, um sentimento de vitória se desenvolvia paradoxalmente no espírito de René: "Consigo controlar os acontecimentos."

A mãe de Béatrice queria ser bailarina. Suas qualidades físicas e mentais indicavam uma carreira promissora, mas, quando ela engravidou, alguns meses antes do concurso, seu bebê assumiu para ela o papel de um perseguidor: "Por causa dele, lá se foram meus sonhos." Então ela passou a detestar sua filha, e, quando execramos alguém, é necessário encontrar razões para que ele seja odioso, não é? Ela batia na menina explicando-lhe que era para seu próprio bem, para que ela se desenvolvesse melhor. Justamente no momento em que apanhava, Béatrice pensava: "Pobre mamãe, você não sabe se controlar, você não é uma adulta de verdade." E essa condescendência a protegia do sofrimento da representação dos espancamentos. Béatrice sofria apenas uma vez. Entretanto, foi necessário separá-la de sua mãe, tanto ela era maltratada. Acomodada na casa de uma vizinha, Béatrice sentiu-se culpada por ser um peso: "Ela seria feliz se eu não morasse aqui. Ela é muito boa por cuidar de mim." Dessa forma, a criança desenvolveu uma gentileza mórbida. Ia a pé para a escola para economizar a passagem de ônibus, o que lhe permitia comprar depois um presente para sua tia. Levantava-se cedo pela manhã a fim de limpar a casa em silêncio para que, quando sua tutora acordasse, tivesse a surpresa de ver a casa impecável. Evidentemente, a vizinha acostumou-se a uma cozinha limpa e, no dia em que encontrou o chão ainda sujo do jantar da véspera, insultou Béatrice e, na raiva, deu-lhe uma vassourada. A vassourada não doeu propriamente, mas, por significar que os esforços de Béatrice acabavam de ser desqualificados, provocou um desespero de muitos dias, em que a criança, incessantemente, revia as imagens da cena. Béatrice sofria duas vezes.

Para experimentar um sentimento de acontecimento, é necessário que alguma coisa no real provoque uma surpresa e um significado que a tornem saliente. Sem surpresa, nada emergiria do real. Sem ser saliente, nada chegaria à consciência. Se um pedaço de realidade não "quisesse dizer nada", não se transformaria nem mesmo em uma lembrança. É por isso que habitualmente não tomamos consciência de nossa respiração nem de nossa luta contra a atração terrestre. Quando decidimos prestar atenção a isso, não construímos uma lembrança desse fato porque ele não quer dizer nada em particular, exceto quando adoecemos. Quando um fato não se integra à nossa história porque não faz sentido, ele se apaga. Podemos, portanto, escrever em um diário todos os fatos do dia e quase nenhum se transformará em lembrança.

Quando um pano de chão caindo se torna aterrador

Algumas cenas irão se transformar em memória e balizar nossa identidade narrativa, como uma série de histórias sem palavras: "Lembro-me com clareza de que, depois de minha aprovação no *bac**, fui beber com outro candidato um martíni no balcão de um bar. Lembro-me do casaco de camurça de meu jovem colega, de seu penteado e de seu rosto. Lembro-me do balcão arredondado do bar e do rosto do garçom. Lembro-me até de ter dito: 'Agora que passamos no *bac*, temos valor.' Lembro-me da expressão estupefata de meu colega que, certamente, já achava ter valor mesmo antes de passar no *bac*." A pessoa que falava dessa forma havia extraído essa cena do magma do real para com ela fazer um tijolo da construção de sua identidade. Criança abandonada, empregado de fábrica desde os doze anos, seu sucesso no *baccalauréat* adquiria para ele o significado de um acontecimento extraordinário que lhe permitiria tornar-se engenheiro. A escola significava "reparação", "compensação" para um adolescente que, sem diploma, teria dificuldade de se valorizar. Beber um martíni colocava em imagens o ritual de uma cena que balizaria sua memória.

Sem acontecimento, não há representação de si. O que ilumina um pedaço do real para torná-lo um acontecimento é a maneira como o meio tornou o sujeito sensível a esse tipo de informação.

Só podemos falar de traumatismo se houve uma violação, se a surpresa cataclísmica ou, às vezes, insidiosa submerge o sujeito, derruba-o e lança-o numa torrente, em uma direção para onde ele não quereria ir. No momento em que o acontecimento rompe sua bolha protetora, desorganiza seu mundo e, às vezes, o torna confuso, o sujeito não completamente consciente daquilo que lhe acontece, desamparado, sofre bastonadas, como René. Mas é preciso dar, o quanto antes, sentido

....
* *Baccalauréat*: exame realizado na França, após o colegial, e que permite a entrada em um curso técnico ou superior. (N. da T.)

à violação para não permanecer nesse estado confuso em que não se pode decidir nada porque não se compreende nada. É, portanto, uma representação de imagens e de palavras que poderá formar novamente um mundo íntimo, reconstituindo uma visão clara.

O acontecimento que produz o trauma se impõe e nos desorienta, enquanto o sentido que atribuímos ao acontecimento depende de nossa história e dos rituais que nos cercam. Por isso Béatrice sofreu com as vassouradas da vizinha, que significavam para ela o fracasso de sua estratégia afetiva, enquanto ela havia sofrido menos com os graves maus-tratos de sua mãe. Não há, portanto, "acontecimento em si", porque um pedaço do real pode assumir um valor notável em um contexto e banal em outro.

Em uma situação de isolamento sensorial, todas as percepções se modificam. Quando vamos até a cozinha pegar um copo de água, percebemos um pano de chão sem que isso nos abale. Mas, depois de muitos meses sozinho e isolado na prisão, ver o mesmo pano de chão torna-se um acontecimento: "Eu estava cochilando, a cabeça vazia, quando ouvi um barulho atrás de mim. O pano de chão tinha caído da grade, delicadamente como um gato. Ele estava imóvel, mas eu tinha a impressão de que, de uma hora para outra, iria se erguer e pular... Levantei os olhos e então o vi. A sombra do pano de chão desenhava na parede a silhueta de um enforcado... Não conseguia desgrudar os olhos. Permaneci a tarde toda diante desse fantasma."[1] Em um contexto socializado, um pano de chão não resulta em uma lembrança, enquanto em um contexto de privação sensorial o mesmo pano de chão, desenhando na parede a sombra de um enforcado, torna-se um acontecimento que marca a história.

É por isso que a restrição afetiva constitui uma situação de privação sensorial grave, um traumatismo insidioso ainda mais devastador quando temos dificuldade de nos dar conta

---

1. C. Leroy, a respeito de Alphonse Boudard e dos isolados sensoriais. *In*: G. Di Gennaro (org.), *Space in the Prison*, Londres, Architectural Press, 1975.

disso e de fazer dele um acontecimento, uma lembrança que poderíamos enfrentar trabalhando sobre ela. Quando não encaramos uma reminiscência, ela nos obseda, como uma sombra em nosso mundo íntimo, e é ela que irá nos modelar. O isolamento sensorial é, em si, uma privação afetiva. A pessoa isolada já não é afetada pelos mesmos objetos salientes, o que explica a espantosa modificação de apego entre os carentes afetivos. O afeto é uma necessidade tão vital que, privados dele, tendemos a nos apegar a qualquer acontecimento que faça aparecer um fio de vida em nós, não importa a que preço: "Estar sozinho é o pior sofrimento. Desejamos que, a todo momento, aconteça algo, passamos o tempo esperando pela comida, pelo passeio, pela hora de deitar, que apareça alguém. Ficamos bem contentes de ver o auxiliar pela manhã, mesmo que por apenas alguns segundos... A solidão provoca efeitos estranhos."[2]

Em uma situação como essa, um sinal minúsculo preenche uma vida vazia. O sujeito carente, ávido de sensorialidade, hipersensível ao menor sinal, percebe um suspiro inesperado, um pequeno sorriso, um levantar de sobrancelhas. Em um contexto sensorial normal, esses sinais não adquirem significado, mas, num mundo de carência afetiva, tornam-se um acontecimento importante. "Sobretudo, nunca fazer barulho. Não chamar a atenção sobre sua presença"[3], dizia o psiquiatra Tony Lainé quando teve de ajudar David, um menino trancado no armário enquanto sua mãe viajava. Não se constituíra o apego entre mãe e filho. Quando via o filho, ela o maltratava incrivelmente: "Então ela me punha durante horas ajoelhado numa barra de ferro, o nariz voltado para a parede. Ou me trancava no banheiro por dias inteiros."[4] Mas um dia, um domingo, ela veio pegá-lo e, acontecimento glorioso, o levou para passear! Por toda sua vida, David irá se lembrar do domingo luminoso em que ela o pegou pela mão. (Quem se lembra dos

---

2. A. Boudard, *La Cerise*, Paris, Plon, 1963.
3. D. Bisson, E. de Schonen, *L'Enfant derrière la porte*, Paris, Grasset, 1993, p. 10.
4. *Ibid.*, p. 27.

domingos em que a mãe nos pegava pela mão? Certamente não aqueles cujas mães os pegavam pela mão todos os dias.) A carência afetiva de David transformou um gesto banal em uma aventura marcante. Nenhuma criança amada de forma adequada construirá uma lembrança a partir de uma banalidade afetiva desse tipo. O que não quer dizer que não guarde isso em sua memória. Ao contrário, a banalidade afetiva traça no seu cérebro uma sensação de segurança. E é a aquisição dessa autoconfiança que lhe ensina a doce audácia das conquistas afetivas. Essa criança aprendeu, sem saber, uma maneira delicada de amar. Mas nunca poderá lembrar-se da causa dessa aprendizagem.

Algumas crianças privadas de afeto constroem sua identidade narrativa em torno dos momentos magníficos em que foram amadas. O que resulta em biografias chocantes de crianças abandonadas num orfanato, isoladas num porão, espancadas e continuamente humilhadas que se tornam adultos resilientes e afirmam tranqüilamente: "Sempre tive muita sorte na vida." Do fundo de seu pântano e de seu desespero, ela esteve ávida por alguns momentos luminosos em que recebeu um dom afetivo com o qual construiu uma lembrança mil vezes revisada: "Um domingo, ela me pegou pela mão..."

Uma dança de roda faz as vezes de varinha mágica

Quando não temos a possibilidade de trabalhar as lembranças, a sombra do passado nos atormenta. Os carentes, que se tornaram hipersensíveis à menor informação afetiva, podem fazer dela um acontecimento magnífico ou desesperador, dependendo dos encontros que lhes são propostos pelo ambiente.

Bruno foi abandonado porque nasceu de uma mãe solteira, o que, no Canadá de quarenta anos atrás, era considerado um crime grave. A criança isolada só tinha encontrado como possibilidade de "relação" suas mãos, que agitava o tempo todo, e seus próprios movimentos de girar, que criavam nela uma sensação de acontecimento, de um pouco de vida. Após vários anos de isolamento afetivo, ele foi colocado num orfanato suficientemente caloroso para provocar o desaparecimento desses sintomas. Mas ele conservava uma forma de amar aparentemente distante e fria que, pelo menos, não o amedrontava. Essa adaptação que dava um sentimento de segurança não era um fator de resiliência porque, apaziguando a criança, ela a impedia de retomar seu desenvolvimento afetivo. Uma noite, antes da hora de dormir, uma religiosa bondosa organizou uma roda na qual, quando um menino convidava uma menina para dançar, ele tinha de cantar: "Eu prefiro a Rosine, porque ela é a mais bonita/Ah! Ginette, se você pensa que eu a amo/Meu coraçãozinho não é feito para você/Ele é feito para aquela que eu amo/E que é mais bonita do que você." Quando Bruno e outro menino foram chamados por uma menina para dançar no meio da grande roda com as outras crianças, ele parecia como que anestesiado pela escolha inacreditável. Quando ouviu toda a roda de crianças cantar em coro: "Prefiro o Bruno...", ele não escutou mais nada do resto da canção, pois seu mundo acabava de ser iluminado por uma grande luz, uma alegria imensa, uma dilatação que lhe dava uma sensação espantosa de leveza. Girou como um louco com a menina e depois, esquecendo-se de reintegrar-se à roda, correu para se esconder sob sua cama, incrivelmente feliz. Então, alguém podia amá-lo!

O outro menininho, um pouco desapontado, fez cara feia por trinta segundos, o tempo de se dar conta de que outras crianças podiam, como ele, não ser as preferidas. Em seguida esqueceu o incidente. Esse pequeno fracasso nunca se tornou um acontecimento para ele porque, devido a seu passado de criança amada, a roda não tinha sido significativa. Para Bruno, ao contrário, essa mesma roda havia adquirido o valor de uma revelação. Durante toda sua infância, ele repensou mil vezes nela e ainda hoje, quarenta anos depois, fala sorrindo desse acontecimento importante que transformou sua maneira de amar.

Somos moldados pelo real que nos cerca, mas não temos consciência disso. A marca do real se inscreve em nossa memória sem que possamos perceber, sem que isso se transforme em um acontecimento. Aprendemos a amar à nossa revelia, sem nem mesmo saber de que maneira amamos. Estaria Freud falando dessa forma de memória, atuante e desprovida de lembrança, quando evocava "a rocha biológica do inconsciente[5]"?

O acontecimento é uma inauguração, como um nascimento para a representação de si mesmo[6]. Para Bruno, sempre haverá um antes e um depois da roda. A falta de afeto o tornou faminto e aterrorizado pela intensidade da necessidade. Sua infelicidade havia inscrito nele uma marca biológica, uma sensibilidade que preferia esse tipo de acontecimento que ele percebia melhor do que qualquer outro. Se ele tivesse perdido essa roda, teria encontrado mais tarde uma circunstância análoga. Mas, se o contexto cultural houvesse proibido as rodas ou organizado uma sociedade na qual as crianças nascidas de mães solteiras não tivessem o direito de dançar, Bruno teria estabilizado em sua memória essas marcas de privação afetiva. Ele as teria aprendido à sua revelia, e seu comportamento autocentrado, aparentemente frio, nunca poderia ser reaquecido por esse tipo de encontro. O acontecimento jamais ocorreria.

Hoje, a cena da roda constitui uma referência da identidade narrativa de Bruno: "Aconteceu comigo uma coisa espantosa, fui transformado por uma roda." Porém um ciclo de vida, toda uma existência não podem se encerrar após o primeiro capítulo. Então, debruçando-se sobre seu passado, Bruno vai buscar os episódios que lhe permitem prosseguir sua metamorfose e trabalhar sobre ela a fim de clarear a escuridão de sua primeira infância: "Não tenho raiva da minha mãe por ela ter me abandonado. Era a época que ditava isso. Ela também deve ter sofrido muito." A narrativa de seu passado, sua recomposição intencional, alivia a sombra que o esmagava. O abandono que havia impregnado nele sua triste maneira de amar tornou-se, na representação de si, um acontecimento, uma ferida, uma falta que ele pôde tornar a trabalhar com o tempo. Pois certas aventuras são uma metáfora daquilo que se

....

5. S. Freud (1895), "Esquisse d'une psychologie scientifique", *in*: *Naissance de la psychanalyse*, Paris, PUF, 1956.
6. M. Leclerc-Olive, *Le Dire de l'événement*, Villeneuve d'Ascq, Presses universitaires du Septentrion, 1997.

é: "Após aquela roda compreendi como as pessoas fazem amigos. Tive muita sorte na vida. Quando me levou para fazer o teste de Q.I., a irmã Marie des Anges soprou para mim as respostas que eu deveria dar. Consegui bons resultados. Orientaram-me para fazer o colegial. Hoje, sou professor de Letras."

É assim que os homens fazem as coisas falarem

A escavação de uma cripta, a iluminação de uma zona de sombra de nossa história, pode tornar-se uma busca apaixonante quando um mistério é desvelado e quando nosso ambiente participa dessa exploração.

Qualquer traumatismo nos transtorna e nos desvia para a tragédia. Mas a representação do acontecimento nos dá a possibilidade de fazer dele o eixo de nossa história, uma espécie de estrela do pastor escura que nos indica a direção. Já não estamos protegidos quando nossa bolha se rompe. A ferida é, evidentemente, real, mas seu destino não é independente de nossa vontade porque é possível fazer algo com ele.

Dom tinha dezoito anos quando foi preso pela Gestapo por militar na Juventude estudantil cristã. Deportado para Ravensbrück, relata a assustadora tortura que um grupo humano hierarquizado por relações de violência pode inflingir. O jovem aprende a revolver a lata de lixo perto do barracão da SS, o que lhe permite sobreviver até a Libertação. Estava tão fraco após seu repatriamento que sua mãe precisou ampará-lo quando foi ao médico. Ao passar perto de uma lata de lixo, o jovem Dom pega algumas cerejas ainda em condição de serem comidas e as engole. Os passantes, enojados, o censuram. Chamam-no de porco, exigem dele um pouco de dignidade, e o jovem não consegue compreender como um comportamento que lhe permitira sobreviver em Ravensbrück tornara-se, em algumas semanas, uma fonte de desprezo nas ruas parisienses. Aos poucos, ele se restabelece do imenso trauma, mas nunca ousará dizer que continuava atraído por latas de lixo. O objeto "lixo" impregnado em sua memória tornou-se para ele um significante de esperança. Tente fazer alguém obsedado por limpeza compreender isso, alguém para quem o mesmo objeto significa sujeira! Nos dois casos, o objeto tornou-se importante. Ele emerge do mundo devido à sensibilidade preferencial dos dois observadores. Mas para um ele significa "esperança de viver", enquanto para o outro anuncia "a morte por podridão". É assim que os homens fazem as coisas falarem, graças à sua história.

Quando um trauma é flagrante, hiperconsciente, sofremos com ele, mas ainda não sabemos que sentido nossa história e o contexto atribuirão à sua representação.

Muitas vezes sofremos sem ter consciência disso. Uma carência afetiva pode constituir uma privação sem provocar sentimento de perda. Pode acontecer de uma criança saber que perdeu sua mãe, que ela foi embora, que morreu, que ela não a verá mais. Para experimentar um sentimento desse tipo, é necessário que o desenvolvimento de seu aparelho psíquico a tenha tornado capaz de fazer uma representação da morte, o que vai acontecer gradualmente apenas a partir dos seis ou sete anos de idade. Essa representação da morte absoluta, do vazio definitivo, provoca uma angústia que ela pode combater pedindo socorro, idealizando a pessoa desaparecida ou negando sua morte.

Mas, quando a criança é pequena demais para ter acesso a uma representação desse tipo, é seu mundo sensorial que muda de forma. A figura familiar já não está ali, vagamente substituída por uma figura desconhecida, uma intermitente do apego. Essa mudança de mundo provoca uma adaptação comportamental inconsciente, da mesma maneira que nos adaptamos a uma privação de oxigênio com a aceleração de nossa respiração sem nos darmos conta disso. Pode-se falar de trauma, pois se trata de um golpe que rompe seu mundo e desgasta a criança, mas não se pode falar de traumatismo na medida em que ela ainda não consegue fazer disso uma representação elaborável[7]. Não é uma dor, nem mesmo uma perda. É um desapego lento, um mal-estar que altera a criança ainda mais in-

....
7. M. Bertrand, "La notion de traumatisme et ses avatars", *Le Journal des psychologues*, nº 194, fevereiro de 2002.

sidiosamente porque ela não pode controlar, combater ou compensar essa privação afetiva[8].

Com o tempo, a criança adapta-se a esse empobrecimento sensorial por um embotamento de suas percepções. Torna-se cada vez mais difícil estimulá-la e, como seu ambiente já não pode ser categorizado em um meio familiar e outro desconhecido, sua visão do mundo torna-se imprecisa. Ela tem cada vez mais dificuldade de distinguir aqueles que a estimulam e aqueles que a angustiam. Essa "desafetivação" explica a necessidade de uma afiliação. Quando, em torno da criança pequena, faltam os tutores sensoriais de desenvolvimento, o mundo deixa de se formar. E, quando já não há figuras salientes nem objeto com história, quando uma informação equivale a outra, o mundo psíquico torna-se impreciso e a vida mental deixa de se estruturar.

Foi o que aconteceu à pequena Marilyn Monroe, mas não ao pequeno Hans Andersen, amado por sua mãe, por sua avó e pela vizinha. Pode-se imaginar que ele sofreu muito com a morte de sua mãe quando tinha doze anos, mas seu mundo íntimo já organizado soube idealizar essa mulher a quem ele perdoou pelo alcoolismo. Enquanto Marilyn não tinha ninguém para idealizar nem nenhuma figura de apego a quem pudesse conceder seu perdão. O sofrimento do pequeno Hans constituiu um fator de resiliência mais eficaz do que a confusão e o embotamento da bem comportada Marilyn. Hans sofreu uma grave perda afetiva que ele conseguiu combater, enquanto Marilyn não podia nem mesmo identificar seu mal-estar, e ninguém se deu conta disso.

O acima exposto permite compreender por que as crianças que se esvaziam de sua vida devido a um vazio em torno delas reanimam-se freqüentemente infligindo-se sofrimentos. A dor faz um pouco de vida voltar a elas. Batem a cabeça no chão quando alguém lhes sorri, mordem-se quando falamos com elas. Mais tarde, quando forem adultas, elas vão nos provocar expondo-nos suas mutilações. A dor as desperta e as

---

8. J. Waldner, "Le placement en institution", in: J.-P. Pourtois (dir.), Blessure d'enfant, Bruxelas, De Boeck Université, 1995, p. 253.

obriga à realidade, cruel, mas muito menos angustiante do que o vazio de seu mundo.

A lógica consiste em nos perguntarmos quais os efeitos, a longo prazo, da perda precoce de um ou dos dois pais. Esse tipo de causalidade linear é mais ou menos pertinente para estudar a física dos materiais, mas as causalidades psíquicas são incessantes como uma cascata e tão numerosas que é melhor formular a questão de outra forma: a falta dos pais, antes da idade da fala, desertifica as imediações sensoriais da criança e, quando não existem análogos parentais ou substitutos, os estragos são duradouros. Em compensação, quando se dispõem em torno da criança alguns tutores de resiliência afetivos e sensatos, ela retoma rapidamente seu desenvolvimento e pode até recuperar seu atraso. O que não a impedirá de mais tarde, chegada a idade da fala, representar-se a si mesma como "aquela que não tem mais pais". Então aos tutores afetivos de resiliência deverão se juntar os tutores verbais e culturais.

A aliança entre o luto e a melancolia

Foi necessário esperar até 1917 para que Freud, em plena guerra, aliasse o luto à melancolia. A redução de interesse pelo mundo exterior, a perda da capacidade de amar e de trabalhar se voltam como agressividade contra o próprio sujeito, como autodepreciação ou autopunição[9]. É claro que em outros tempos já se havia constatado o diagnóstico de tristeza, mas sua causa era atribuída às substâncias humorais, à bile negra, ao mau humor. A partir do fim da Idade Média e do Renascimento, a demonologia passou a explicar essa dor de ser: "O diabo aproveita as fraquezas humanas e mistura-se de bom grado ao humor melancólico."[10] Freud abriu uma nova pista ao explicar que era a perda afetiva de um objeto real que criava esse senti-

---

9. P. Gay, *Freud. Une vie*, Paris, Hachette, 1991, p. 428; S. Freud (1917), *Deuil et mélancolie*, Paris, Gallimard, 1952, pp. 189-222.
10. Jean Wier, citado *in*: E. Pewzner, *L'Homme coupable. La folie et la faute en Occident*, Paris, Privat, 1992, p. 57.

mento de "mundo vazio e cinzento". Então legiões de pesquisadores se engajaram nessa trilha que se transformou rapidamente em auto-estrada que levou ao estágio seguinte: "Todo luto precoce, toda perda afetiva durante a primeira infância, torna o indivíduo vulnerável de forma duradoura e o predispõe às depressões da idade adulta."[11]

Por observar as dificuldades psicológicas ao longo de ciclos de vida inteiros, os trabalhos sobre a resiliência levam a resultados diferentes. Cerca de trinta crianças entre três e seis anos foram acompanhadas depois de terem perdido um dos pais nos seis meses anteriores. Era preciso simplesmente responder a duas questões: há uma reação de luto após a morte de um genitor? Depois, revendo a criança a intervalos regulares até a idade adulta, deveríamos nos perguntar se este grupo de órfãos precoces iria sofrer mais distúrbios psíquicos do que os constatados habitualmente na população em geral. Além das crianças, eram entrevistados e submetidos a testes o genitor sobrevivente, a família e os professores[12].

De tamanho trabalho resultou uma enorme decepção, e é isto que é interessante. Os distúrbios que apareceram imediatamente após o luto foram moderados: duas crianças apresentaram angústia, pesadelos, hiperatividade, certa auto-acusação, auto-agressão, certo atraso na escola e certo isolamento. Se o método de observação só tivesse abordado crianças sem contexto, as conclusões poderiam ser de que o luto de uma criança de menos de seis anos é muito diferente do luto de um adulto – o que é verdade. E a segunda conclusão seria de que a morte de um genitor não tem praticamente nenhuma influência sobre o desenvolvimento de uma criança – o que é falso. Como esse método também examinava o contexto, pôde-se constatar que as crianças desnorteadas eram aquelas cujo genitor sobrevivente era o mais perturbado, e que a criança não havia encontrado suporte afetivo em sua carên-

....
11. L. Freden, *Aspects psychosociaux de la dépression*, Sprimont, Pierre Mardaga, 1982.
12. E. M. Kranzler, "Early childhood bereavement", *J. Am. Acad. Child. Adolesc. Psychiatry*, 1992, 29 (4), pp. 513-20.

cia. Era portanto o sofrimento do genitor sobrevivente que havia alterado a criança.

A relação anterior do sobrevivente e da criança com o genitor desaparecido explica também a divergência de reações. As crianças que haviam estabelecido um apego seguro[13] aproximavam-se do sobrevivente ao perceber sua infelicidade. E, mesmo após a adolescência, podia-se ver uma melhora afetiva entre os sobreviventes provocada pela morte de um dos pais: "Papai precisa de mim. Eu não sabia que ele amava tanto mamãe. A infelicidade nos aproximou."

A constatação oposta tampouco é rara. A morte de um genitor separa os sobreviventes, sobretudo quando se trata de um suicídio, pois a culpa invade as consciências.

Na verdade, existe um grande número de situações afetivas, e todas provocam reações diferentes. As crianças cujo apego era ambivalente agridem freqüentemente o genitor enlutado porque o sofrimento deste agrava o seu próprio sofrimento. Enquanto os apegos evitantes se protegem do sofrimento tornando-se mais distantes que nunca.

Finalmente, na idade adulta, não se notam muito mais distúrbios na população de enlutados precoces do que na população em geral. O que absolutamente não quer dizer que as crianças não sofreram nem mesmo que retomaram seu desenvolvimento normal.

Quando uma criança de dez anos perde um dos pais, ela atingiu nessa idade um nível de desenvolvimento psíquico que

---

13. M. D. S. Ainsworth, M. C. Blehar, E. Waters, S. Wall, *Patterns of Attachment: A Psychological Study of the Strange Situation*, Hillsdale, NJ, Erlbaum, 1978; comentado *in*: R. Miljkovitch, *L'Attachement au cours de la vie*, Paris, PUF, 2001.

Desde os doze aos dezoito meses de idade, as crianças de qualquer população manifestam, numa situação de observação padronizada, um perfil de comportamento de apego em que:
• 65% das crianças adquiriram um apego seguro: gostam de explorar porque se sentem amadas.
• 20% adquiriram um apego ambivalente: agridem aqueles que amam.
• 15% lutam contra seus afetos para sofrer menos.
• 5% estão confusas.
Um total de mais de 100% devido à instabilidade dos apegos inseguros.

a torna capaz de entender o caráter irrevogável da morte. As "mortes anteriores" eram jogos de faz-de-conta de cair, mímicas de imobilidade, gemidos engraçados ou viagens longínquas. Entre seis e nove anos, "ela conhece a realidade material da morte"[14]. Ela percebe a morte e, além disso, experimenta o vazio provocado pela representação de uma perda definitiva. O sofrimento já não é da mesma natureza, são necessários outros tutores, mais sensatos e mais sociais, para ajudá-la a prosseguir um desenvolvimento agora modificado pelo surgimento da morte em sua história.

É difícil, portanto, estabelecer uma causalidade linear e dizer: "Os enlutados precoces terão mais depressão do que os outros." As causas se sucedem sem cessar na vida do homem, uma causa de felicidade pode suceder a uma causa de infelicidade. O acontecimento que provoca sofrimento num dia pode ser utilizado para criar felicidade em outro. As cascatas de causas fazem convergir forças opostas que podem recuperar uma criança ou agravar sua condição, empurrá-la numa direção ou bloqueá-la. Mas, desse momento em diante, esses tutores já não serão somente afetivos. Quanto mais uma criança se desenvolve, mais os "próximos se afastam", mais os laços se formam e se diversificam. Depois do pai e da mãe, a criança descobre outros próximos na constelação familiar: os irmãos, a vizinhança, os animais de estimação, a escola. Mais tarde, irá procurar laços fora da família, em seu grupo social ou ainda mais longe.

Tudo isto permite afirmar que, após um luto precoce, se o ambiente se reorganiza em volta da criança, esta poderá retomar um desenvolvimento modificado. Mas, se não há esse entorno porque a família se alterou ou desapareceu, porque a sociedade foi destruída ou porque as crenças culturais impedem se proporem tutores de resiliência, então é um caso que desperta preocupação.

---

14. M. Hanus, *La Résilience, à quel prix?*, Paris, Maloine, 2001, p. 62.

O vazio da perda é mais devastador do que um ambiente destrutivo?

É difícil distinguir entre a nocividade da ausência e a toxicidade de um ambiente destrutivo. Em situações de incapacidade parental qualquer avaliação é difícil. Quando um casal maltrata continuamente seu filho, quando um adulto abusa sexualmente de uma criança, quando a negligência a isola em um armário, os distúrbios de desenvolvimento são tão importantes que se torna necessário afastar a criança para protegê-la[15]. Essa decisão angustiante leva os educadores a pedirem receitas que os tranqüilizem. Só conheço duas:

1. A separação protege a criança, mas não cuida do seu traumatismo. Um fator de proteção não é um fator de resiliência que convida a criança a retomar algum tipo de desenvolvimento.
2. Quando a separação isola a criança para protegê-la, é um traumatismo a mais. A criança já traumatizada por seus pais conserva na memória a lembrança de que aqueles que queriam protegê-la apenas a agrediram uma segunda vez. Então ela relativiza as sevícias parentais a fim de preservar a imagem dos pais bonzinhos apesar de tudo e superestima a lembrança da agressão dos que a protegeram. Esse mecanismo de defesa, terrivelmente injusto, é, entretanto, muito comum.

A partir dos oito anos de idade, Albert "era trancado do lado de fora" toda vez que seus pais saíam de férias. Eles fechavam a casa, entravam no seu carrão e deixavam a criança sozinha, do lado de fora, sem comida, sem cama e sem chaves, porque ela sujaria a casa. Foram necessários vários anos para que uma vizinha percebesse essa situação inverossímil e avisasse o serviço social. A criança, que sofria de frio, fome e sujeira quando estava ao relento, sofreu muito mais com o isolamento em uma instituição onde ninguém lhe dirigia a palavra.

---

15. M. Berger, "L'utilité des critères indicateurs des placements?", *Journal du droit des jeunes*, 2002, n.º 213, pp. 18-23.

Ao passo que, na época em que ela dormia fora, compartilhava um abrigo com um cão e cuidava dele. O fator de proteção social provocou então um isolamento afetivo que agravou os distúrbios de desenvolvimento de Albert a ponto de, aos vinte e quatro anos, ele considerar a possibilidade de processar a vizinha bondosa. Ela ficava transtornada quando via a ex-criança maltratada limpar o jardim de seus pais na tentativa de seduzi-los. Não foram os maus-tratos que produziram esse jovem anormalmente gentil, e sim a cascata de traumatismos que havia atribuído ao jardim um significado relacional que o menino utilizava para fabricar para si a imagem de bons pais: "Eles vão ficar felizes quando voltarem e serão bons comigo."

Não podemos dar receitas, pois os raciocínios lineares não fazem muito sentido. Não se pode dizer que a separação protege a criança, nem que é necessário deixá-la com a família que a maltrata porque ela deseja seduzi-la. É necessário avaliar o maior número possível de elementos da história dessa criança e de seu contexto para descobrir qual seria a situação resiliente e evitar que ela viva outra situação mais devastadora.

Nem sempre é o aparentemente lógico que protege a criança e permite predizer uma retomada do desenvolvimento. A única predição confiável nesse campo é quando não se faz nada. Sabemos que isso provoca alterações "que dão origem a dificuldades psíquicas importantes, deficiência intelectual, violência, distúrbios de comportamento, distúrbios psiquiátricos"[16]. Não é a pobreza dos pais que prejudica a criança, é o isolamento afetivo, a ausência de rotinas. Uma criança deixada sozinha torna-se débil porque toda aprendizagem se torna angustiante. Porque ninguém lhe dá segurança, ela não experimenta o prazer da descoberta. Como não tem o prazer de depender de um adulto junto ao qual adoraria se refugiar, ela só pode se orientar a partir de seu próprio corpo, balançar-se, chupar o dedo, vocalizar sozinha, privando-se, dessa forma, de tutores de desenvolvimento. O próprio fato de pensar torna-se angustiante porque, para compreender, é preciso criar uma nova representação. Assim, toda mudança angustia

---

16. *Ibid.*

a criança. Privada de rotinas afetivas, ela se impede de pensar para não sofrer demais. E, quando a ausência parental é precoce e duradoura, quando, por infelicidade, o ambiente sem tutores é estável, a criança fixa em sua memória um tipo de desenvolvimento autocentrado. Aprende um ambiente vazio, um deserto afetivo se incorpora à sua memória. As únicas informações suportáveis vêm de seu próprio corpo. Nas situações em que o ambiente é esvaziado de tutores afetivos, o futuro das crianças fica profundamente comprometido: 77% sofrerão de uma deficiência intelectual grave, apenas 32% conseguirão um certificado de aptidão profissional[17] e 95% que não tiveram infância terão medo de aprender a se tornar genitor. Em pânico com a idéia de ter um filho, os adultos com esse passado farão de tudo para evitá-lo e, em seguida, sofrerão com essa decisão. Quando conseguem tornar-se pais, isto os angustia tanto que eles angustiam seus filhos. Podemos prever uma catástrofe evolutiva desse nível quando não se faz nada, quando os estereótipos culturais estigmatizam essas crianças, quando se diz que elas são monstruosas, perdidas, incapazes para sempre, sementes de delinqüência, quando o Estado não lhes propõe instituições dinâmicas, quando as famílias esgotadas ou deformadas impedem o estabelecimento de qualquer laço afetivo, ou quando os adultos responsáveis, não acreditando na possibilidade de recuperar essas crianças, não dispõem em torno delas nenhum tutor de resiliência.

Soprando uma brasa de resiliência para retomar a vida

Tive a oportunidade de ver algumas crianças gravemente afetadas recuperarem a vida. Penso na avó genial e desdentada, muito pobre, mas cheia de afeto, que aceitou acolher três crianças malcriadas de um orfanato de Timisoara porque achava que viver sozinha era muito difícil. Um ano depois, as três crianças haviam se metamorfoseado. Responsáveis pela avó,

---

17. F. Mouhot, "Le devenir des enfants de l'Aide sociale à l'enfance", *Devenir*, 2001, 13 (1), pp. 31-66.

elas haviam consertado a casa, plantado um jardim e construído uma pocilga. Cuidavam da roupa, lavavam a louça e amparavam a velha senhora, que dizia com um sorriso desdentado que sentia saudades do tempo em que podia trabalhar. Sentindo-se responsáveis por aquela mulher vulnerável, os meninos haviam reformado a casa, o estábulo e a auto-estima. A casa arrumada e a avó feliz tornavam-se a prova de sua competência e de sua generosidade.

Acompanhou-se uma pequena população de crianças abandonadas em um orfanato de Vidra, na Romênia[18]. A partir do momento em que elas mergulharam em um ambiente afetivo estruturado por interações rotineiras, a maior parte retomou seu desenvolvimento. Suas habilidades motoras melhoraram, seu atraso na linguagem foi recuperado e mesmo suas dificuldades relacionais se reduziram. Aprenderam aos poucos a sustentar o olhar, a responder com sorrisos e a procurar o afeto de que necessitavam. As crianças não se recuperaram todas da mesma maneira, as diferenças individuais foram grandes. Algumas recuperaram o atraso na linguagem em alguns meses, outras "preferiram" ganhar antes peso e altura, algumas sorriam mais, outras passaram por um período de hiperatividade e um pequeno número nunca se recuperou[19].

Esses exemplos numerosos provam que é nossa cultura científica que fragmenta o saber para melhor controlá-lo. Uma criança real não pode ser fragmentada, ela é um ser total no qual a melhoria corporal se associa ao progresso da linguagem e cuja inteligência se alia à afetividade.

Podemos "questionar a idéia tão disseminada de que a experiência precoce tem um efeito desproporcional sobre o desenvolvimento ulterior"[20]. A criança vai conhecendo seu am-

....
18. S. Ionescu, C. Jourdan-Ionescu, "La résilience des enfants roumains abandonnés, institutionnalisés et infectés par le virus du sida", *in*: M. Manciaux, *La Résilience. Résister et se construire*, Genebra, Médecine et Hygiène, 2001, pp. 95-9.
19. T. G. O'Connor, D. Bredenkamp, M. Rutter, "Attachment disturbances and disorders in children exposed to early severe deprivation", *Infant Mental Health Journal*, 1999, 20 (1), pp. 10-29.
20. A. Clarke, *Early Experience and the Live Path*, Londres, Kingsley, 2000.

biente e o incorpora em sua memória dos primeiros meses e em sua evolução. Quando a bolha sensorial fornecida pelo ambiente familiar é bem estruturada por rotinas afetivas e comportamentais, a criança se desenvolve ao longo dessas estruturas sensoriais. Quando essas rotinas não acontecem durante os primeiros meses, a criança não pode se organizar nem desenvolver nada. Então, é necessário mais tarde dispô-las intencionalmente em torno da criança, desorganizada pela desorganização de seu ambiente, para observar uma retomada do desenvolvimento. Cada criança responde à sua maneira, mas, quando a privação durou tempo demais, quando a extinção psíquica foi total, ou quando o novo meio não soprou as brasas da resiliência, a criança terá dificuldade de retomar a vida.

Como levar uma criança maltratada a repetir os maus-tratos

Uma observação clínica como a que se segue torna impossível a estereotipia: "Como ela foi maltratada durante sua primeira infância, aprendeu que a violência é um modo normal de resolver problemas e então repetirá os maus-tratos." É preciso reconhecer que as crianças maltratadas alternam freqüentemente comportamentos de vigilância fria com explosões de violência contra seus próximos. Sempre em guarda, elas são sérias, atentas ao menor indicador comportamental do adulto e apresentam uma tendência a comportamentos extremados[21]. Uma sobrancelha crispada, uma tensão na voz, uma boca franzida de forma imperceptível significarão para elas que há perigo. Subitamente, a pulsão explode em todos os sentidos contra alguém, contra um objeto ou contra si mesma porque a criança não aprendeu a dar forma a suas emoções.

Esse tipo de aprendizagem relacional, de incorporação de um estilo afetivo, se faz desde os primeiros meses e explica

....
21. J. Lecomte, *Briser le cycle de la violence. Quand d'anciens enfants maltraités deviennent des parents non maltraitants*, tese de doutorado em psicologia, Toulouse, École pratique des hautes études, 2002.

por que, em uma população de crianças maltratadas, quase todas adquiriram entre o décimo segundo e o décimo oitavo mês um apego inseguro, distante, ambivalente ou confuso[22].

Ao crescer, essas crianças adaptadas a um meio em que qualquer informação é uma ameaça falam pouco e não investem na escola. Esse estilo afetivo, impregnado em sua memória por hábitos comportamentais de um ambiente em que o apego confuso se mistura à violência, é uma adaptação e não um fator de resiliência, porque essas crianças aprendem a ver apenas as ameaças do mundo e a reagir a elas[23].

Quando a violência se repete em famílias fechadas, as respostas comportamentais da criança se fixam e caracterizam seu estilo... enquanto o sistema não é aberto.

Conservo a lembrança aterrorizante de crianças com a cabeça raspada, imóveis e mudas atrás das grades da instituição suntuosa onde estavam encerradas. Depois de terem sido maltratadas por seus pais, continuavam a ser maltratadas pela sociedade que as havia afastado para protegê-las, e depois isolado em um castelo com um grande parque, onde ninguém vinha visitá-las. Habituadas a receber apenas ameaças, reagiam até a ordens simples com tentativas de agressão contra os adultos. A relação havia sido completamente pervertida, porque os adultos, sentindo-se eles próprios ameaçados pelas crianças, alternavam, exatamente como elas, vigilância fria e explosões de raiva.

Alguns trabalhos observam que 100% das crianças maltratadas se tornam violentas enquanto outros chegaram à proporção de "apenas" 70%[24]. Na população total, 65% das crianças

---

22. D. A. Wolfe, C. Wekerle, "Pathways to violence in teen dating relationship", *in*: D. Cicchetti, S. L. Toth, *The effects of trauma on the developmental process*, vol. III, Nova York, University of Rochester, 1998, pp. 315-42.

23. D. B. Bugenta, "Communication in abusive relationships: Cognitive constructions of interpersonal power", *American Behavioral Scientist*, 1993, 36, pp. 288-308.

24. D. Cicchetti, S. Toth, M. Bush, "Development psychopathology and competence in childhood: Suggestions and interventions", *in*: B. B. Lahey, A. E. Kazdin (dir.), *Advances in Clinical Child Psychology*, vol. 11, Nova York, Plenum, 1998, pp. 1-77.

adquirem um apego confiante, uma maneira de amar em que, sentindo-se capazes de ser amadas, ousam seduzir o desconhecido. Em certas populações de crianças maltratadas, nenhuma adquiriu esse comportamento (0%)! A diferença é fabulosa. Todos esses trabalhos científicos possibilitam então avaliar a seguinte idéia: maltratar uma criança não a torna feliz! Após essa perturbadora descoberta quantitativa, podemos nos perguntar se o que explica uma variação tão considerável de números não pode ser atribuído a variações do meio.

Duas referências permitem ilustrar até que ponto esta violência aprendida depende muito mais do meio que da criança. Se mudamos a criança de ambiente, ela muda de aquisições. As crianças violentadas ou negligenciadas[25] não apenas são alteradas por um número elevado de lesões cerebrais mais ou menos graves, como sofrem muito mais acidentes do que a população em geral. Não podemos concluir que elas adquiriram a molécula da violência que provoca acidentes, mas, quando associamos a observação clínica aos estudos científicos, compreendemos que essas crianças infelizes cujo mundo mental é invadido por imagens de sofrimento estão, de alguma forma, isoladas do real que elas analisam mal. Então, quando surge uma situação difícil, elas a tratam confusamente ou se abandonam a ela, numa espécie de entrega de tipo suicida.

A triste felicidade de Estelle era de qualquer forma um progresso

O quociente intelectual permite quantificar não a inteligência de uma criança, mas a velocidade de seu desenvolvimento intelectual num determinado ambiente[26]. Esse teste oferece uma referência de adaptação intelectual em uma cul-

---

25. S.-L. Éthier, *La Négligence et la violence envers les enfants*, Boucherville (Quebec), Gaétan Morin Éditeur, 1999, p. 604.
26. M. Emmanuelli, "Quotient intellectuel", *Dictionnaire de psychopathologie de l'enfant et de l'adolescent*, Paris, PUF, 2001.

tura em que a escola tem um papel importante. Alguns pesquisadores divinizaram o QI tornando-o uma hierarquia intelectual, o que explica que outros tenham lutado para desqualificá-lo, num combate de idéias mais ideológico do que científico.

O pensamento fixista petrifica os dados. Mas, quando observamos por muito tempo essas crianças, constatamos que aquelas que se entregam a acidentes não os deixam mais acontecer assim que se sentem amadas. O quociente, que reflete a vivacidade intelectual do mesmo modo que um *flash*, verdadeiro hoje, mas falso amanhã, revela que o estado de alerta de uma criança aumenta vertiginosamente quando o ambiente atribui um valor relacional ao conhecimento. Brincamos de falar para trocar afetos, aprendemos a ler com alguém que amamos, adquirimos conhecimentos para compartilhar mundos abstratos. O valor do quociente intelectual é intersubjetivo, é um encontro afetivo que varia muito segundo o ambiente que envolve a criança[27].

É por isso que o quociente intelectual continua sendo um indicador de resiliência, contanto que não seja utilizado ideologicamente, como se a inteligência fosse uma qualidade cerebral ou a característica de um grupo social. A inteligência da criança resiliente é, antes de mais nada, relacional. Se não existe humanidade em torno dela, por quem queremos que ela faça o esforço de compreender? Ela procurará resolver apenas problemas imediatos. Em compensação, desde que alguém se disponha a amá-la, a criança ferida deseja tanto estabelecer com essa pessoa uma relação afetiva que se submeterá às suas crenças apenas para ter algumas idéias para compartilhar com ela. Conheço crianças abandonadas que adotaram as ideologias dos adultos só para lhes agradar, para existir em seu espírito! Essas crianças se envolveram em ocupações das quais não gostavam simplesmente para ter a oportunidade de falar de vez em quando sobre elas com o educador que se dispôs a amá-las.

....

27. A. Dumaret, J. Stewart, "Récupération des retards du développement psychologique après disparition des facteurs environnementaux néfastes", *La Psychiatrie de l'enfant*, 1989, 32 (2), pp. 593-615.

O pai de Estelle nunca falava. Permanecia emparedado em sua dor por ter sido expulso da Argélia. Esse homem colossal, sombrio e duro, que explodia por qualquer coisa, era impressionante. A família morava numa casinha em plena floresta onde até as árvores participavam desse isolamento. A mãe, amedrontada, também se calava. "Minha mãe é cinza", dizia Estelle. Nesse túmulo florestal, os únicos momentos de alegria eram propiciados pelos dois irmãos mais velhos. Foi por isso que Estelle não compreendeu imediatamente a noite em que eles deitaram em sua cama. Depois disso, a garota viveu anos de confinamento afetivo e sexual naquilo que era difícil chamar de família.

Quando o pai morreu, os irmãos passaram a se dedicar a uma ocupação honrada. Estelle achou intolerável continuar sozinha com a mãe, mas tampouco suportou aventurar-se socialmente, pois tinha muito medo. Ela passou alguns anos tristes em uma instituição na periferia, tentou suicidar-se algumas vezes para matar aquela vida, até o dia em que encontrou um homem idoso com quem ousou viver. Estelle sentiu-se melhor ao lado desse senhor que não amava, mas a quem se apegou porque ele lhe dava segurança. Ela precisava de alguém que assumisse o papel materno do qual jamais se beneficiara. Nem é preciso dizer que a sexualidade era medíocre e que, mesmo assim, Estelle perdoava seu lamentável amante por necessitar muito de seu apego. Sendo contador, ele pagou seus estudos de contabilidade, mas ela só pensava em literatura. Ele a apoiou muito. Hoje, ela trabalha em algo de que não gosta, vive na companhia de um homem que não ama: ela está muito melhor!

Permitir a resiliência consiste em propor um tutor de desenvolvimento a alguém ferido. Sem esse homem, Estelle teria conhecido apenas o terror, o confinamento sensorial, o incesto dos dois irmãos, o medo dos outros. Graças ao contador, ela retomou uma espécie de desenvolvimento fortalecedor que dava segurança.

Assim, não podemos dizer que um trauma provoca uma devastação específica, como o incesto levaria à prostituição, ou os maus-tratos provocariam maus-tratos. Essas tendências só se manifestam quando nada é feito para ajudar o ferido. A história de Estelle permite pensar de outra forma: um trauma pode ter evoluções, futuros diferentes segundo as possibilidades que são oferecidas ao ferido de tecer laços diferentes[28].

Resiliência das crianças de rua na Suíça do século XVI

Agora que começamos a estudar de forma científica as histórias de vida, descobrimos que, em qualquer época, um grande número de pessoas foram obrigadas a enfrentar essas rupturas interiores. As feridas traumáticas eram freqüentes em séculos anteriores ao nosso, e as narrativas dessas rupturas permitem compreender como alguns conseguiram escapar do inferno para levar uma vida humana apesar de tudo. Thomas Platter era um estudante errante do século XVI[29]. Ele nasceu perto de Zermatt e quase morreu, pois a mãe não pôde amamentá-lo. Deram-lhe então leite de vaca, que ele mamou em um chifre furado durante cinco anos. O pai morreu quando Thomas ainda era um bebê. A mãe, na miséria, o confiou a uma irmã fazendeira que o tornou ajudante da fazenda aos sete anos. Muito fraca, a criança era derrubada pelas cabras, espancada pelos empregados, machucava-se com freqüência em acidentes, uma vez queimou-se com água fervente, seus pés estavam sempre gelados, pois não tinha tamancos para andar na neve, mas seu grande sofrimento era a sede.

Quando entrevistamos crianças de rua[30], elas relatam o quanto a sede é uma preocupação constante, uma espécie de tortura. Mas, alguns anos depois, quando lhes pedimos que narrassem seus momentos difíceis, escolhem contar apenas os

---

28. C. Wekerle, A. David, A. Wolfe, "The role of child maltreatment and attachment: Style in adolescent relationship violence", in: D. Cicchetti, B. Nurcombe (dir.), *Development and Psychopathology*, vol. 10, n° 3, Cambridge, Cambridge University Press, 1998, p. 574.
29. A. Tabouret-Keller, "Thomas Platter, un écolier vagabond au début du XVIe siècle", *Le Furet*, n° 30, dezembro de 1999, pp. 50-3.
30. C. G. Banaag, *Resiliency: Stories Found in Philippine Streets*, Unicef, 1997.

acontecimentos plausíveis, esquecendo até o quanto sentiam sede. Não devemos nos espantar com esse aspecto reconstrutivo da memória, que também esclarece seu potencial terapêutico. Ao escolher lembranças lógicas e esquecer acontecimentos não significativos, dão coerência à imagem que fazem do seu passado e sentem-se mais bem identificadas. A sede que as torturou durante uma grande parte de seus dias não ocupa nenhum lugar em suas lembranças. Em compensação, a escola torna-se um acontecimento central de suas narrativas por constituir seus primeiros passos rumo à socialização.

Na época de Thomas Platter, os professores espancavam terrivelmente as crianças. Eles as levantavam pelas orelhas e gostavam, particularmente, de lhes bater na ponta dos dedos, onde a sensibilidade à dor é maior. Platter ia à escola durante o dia e mendigava à noite. "Muitas vezes tive fome e frio quando vagava até a meia-noite, cantando nas trevas para obter pão."[31] Freqüentemente, davam-lhe pão duro cujo mofo ele tinha de raspar. Comia com prazer, mas esse prazer não era físico. Não era o pão que provocava contentamento, era a coragem de engolir um alimento mofado que fez nascer nele a esperança de um pouco de vida. O significado do fato provém de seu contexto: comer pão estragado quando se está sozinho na rua dá um pouco de esperança; se Platter tivesse de comer o mesmo pão mofado no seio de uma família rica, iria se sentir humilhado.

Após alguns meses de escola, ainda vivia na rua quando descobriu o valor protetor do bando. Esses "bandos" de oito a nove crianças entre dez e quinze anos percorriam a pé distâncias extraordinárias. Thomas saiu de Zurique, chegou a Dresden, passou uma temporada em Munique, voltou a Dresden. Ele cresceu, conheceu o país, aprendeu os dialetos das regiões que atravessou a ponto de ninguém o compreender quando voltou. Essas crianças foram agredidas fisicamente, exploradas, desprezadas e freqüentemente insultadas. Quanto mais cresciam, mais tinham vergonha de ser obrigadas a mendigar.

....

31. E. Leroy-Ladurie, *Le Siècle de Platter, 1499-1628*, tomo 1: *Le Mendiant et le professeur*, Paris, Fayard, 1995, pp. 41-2.

Perto do lago de Constança, Thomas experimentou uma verdadeira paixão ao ver "na ponte alguns camponesinhos suíços com seus blusões brancos: ah! como eu sou feliz, acho que estou no paraíso"[32]. Ele ia à escola de vez em quando. Aos dezoito anos não sabia ler, mas disse a si mesmo: "Você vai estudar ou morrer." Então aprendeu a *latina, graeca* e *hebraica lingua* com um frenesi de autodidata, tudo, até demais, e desordenadamente. Tornou-se cordoeiro, casou-se, perdeu a mulher, casou-se novamente, tomou conta de muitos filhos e prosseguiu seus estudos. Tornou-se "mestre erudito", diretor de uma prestigiosa escola em Basiléia, reitor da escola da Catedral. Um dos seus filhos, Félix Platter, até se tornará médico da corte de Henrique IV, amigo de Montaigne e escritor célebre.

Biografia comum na Europa daquela época. Platter não transmitiu os maus-tratos a seus filhos. Quem sabe talvez tenha lhes transmitido a paixão de aprender e a febre da felicidade? Evidentemente, esse tipo de reconstrução caminha ao lado da angústia e do esgotamento, mas quem disse que a resiliência era um caminho fácil?

O que me espanta é a paixão do pequeno Thomas ao ver os blusões brancos das crianças bem-educadas. Como qualquer pára-raios ele só acolheu o raio por ser um receptor privilegiado. Sensível a esse tipo de imagem, ele a percebia melhor do que qualquer outra pessoa, poderíamos até dizer que esperava por ela. Sentiu-se no paraíso vendo aqueles blusões brancos enquanto outra criança abandonada poderia sentir raiva ou inveja. Por que Thomas desejava blusões brancos e escola, ele que mendigava, dormia ao relento e era analfabeto?

Provavelmente porque toda uma parte de sua personalidade fora modelada por acontecimentos que, impregnados em sua memória, o haviam tornado sensível a esse tipo de projeto de vida. Seu ideal de ego, suas aspirações e, provavelmente, seus devaneios revelavam aquilo que ainda poderia fazê-lo feliz, ele que só conhecera uma incrível sucessão de desgraças.

....
32. *Ibid.*

Em nosso mundo moderno, as crianças de rua, cujo número aumenta consideravelmente[33], experimentam uma aventura comparável à de Thomas Platter no século XVI. Antes de "ir para a rua", elas vivenciaram interações precoces que resultaram em um primeiro apego difícil? E, uma vez na rua, foram mais agredidas que Thomas Platter?

Todos os que trabalharam com crianças de rua constataram suas doenças físicas, seus ferimentos "acidentais" freqüentes, a dificuldade de aproximar-se e de estabelecer laços com elas. Entretanto, o que nos impressiona são as crianças que, apesar dos golpes da vida e do horror do cotidiano, conseguem resistir e até escapar dessa vida. É por estas que devemos nos interessar para compreender o que aconteceu com elas e com seu ambiente, para que possamos ajudar mais aquelas que têm dificuldade de se reconstruir.

Sentiam que poderiam ser amadas porque foram amadas e aprenderam a esperança

O século XX cobriu-se de vergonha por suas ideologias assassinas. Essas operetas trágicas, umas mais encantadoras que outras, conduziam à morte. As crianças alemãs, anjos louros adoráveis entre oito e doze anos, eram belas quando brincavam de guerra de calças curtas e chapéus de marinheiro. Alguns anos mais tarde, quase todas estavam mortas e as que sobreviveram se tornaram torturadores para impor a opereta na qual acreditavam. As crianças soviéticas eram tão lindas com seus cabelos de ouro de pequenos ucranianos, os olhos rasgados de asiáticos, a pele bronzeada de georgianos! Agitavam seus lenços para declarar seu amor ao "pai do povo", enquanto a polícia invisível deportava dezenas de milhões de pessoas que morriam em segredo, continuando a aderir à comédia que os matava.

---

33. C. Banaag, *op. cit.*, p. 5. Cento e vinte milhões de crianças de rua hoje no planeta (Dominique Versini, secretário de Estado para a luta contra a carência e a exclusão, Unesco, 21 de novembro de 2002).

Podemos prever, sem risco de erro, que o século XXI será o do deslocamento de populações. Alguns países cada vez mais ricos, situados a algumas horas de viagem de países cada vez mais pobres, tradições culturais esquecidas, grupos constituídos de aglomerações incoerentes, estruturas familiares despedaçadas e o abandono de mais de cem milhões de crianças no planeta, provocarão, certamente, reações de sobrevivência e a fuga para países mais estruturados[34].

Todas as crianças que escaparam, sejam as suíças do século dos Platter, os pequenos europeus postos na rua após a guerra, ou hoje os pequeninos do sudeste asiático, realizaram um programa comum de resiliência.

Essas crianças, incrivelmente sujas, feridas, doentes, drogadas e às vezes prostituídas, trabalharam para reparar sua auto-estima! As que não conseguiram aprenderam, sem querer, a violência e o desespero. Mas as que conseguiram estruturar um trabalho de resiliência são as que, antes de serem postas na rua, haviam aprendido a esperança. Durante suas interações precoces, uma marca se impregnara em sua memória: o sentimento de já terem sido socorridas em alguma dificuldade quando eram pequenas. Elas não dispunham de lembranças reais, nem de imagens das figuras de apego que se ocupavam delas, nenhuma evocação de palavras lhes prometendo ajuda, mas, mesmo assim, sentiam que poderiam ser amadas porque haviam sido amadas e, então, esperavam que alguém as ajudasse. É nos primeiros meses que esse apego seguro se impregna mais facilmente, mas a aquisição desse sentimento e desse estilo relacional é uma facilitação, não uma fatalidade. O que não aconteceu no momento mais adequado poderá ser trabalhado mais tarde, mesmo que de forma mais lenta.

A esperança aprendida, impregnada em sua memória como uma marca sem representação, criou nelas uma atitude favorável para sonhar um futuro: "Sou infeliz agora, o real é

---

34. A. Berrada, "Migration et sécurité de l'enfant", *Droits de l'enfant et sécurité humaine dans l'espace euro-méditerranéen*, Marrakech, outubro de 2002. Hervé Le Bras, ao contrário, pensa que as populações vão se apegar ao lugar de origem.

desolador, mas, como já fui amada, ainda vou ser amada. O que devo fazer para encontrar uma pessoa que queira sinceramente me ajudar?" Habitualmente, os sonhos fazem voltar as marcas do passado, mas, na esperança aprendida, os sonhos de antecipação são construções imaginadas de nossos desejos. Podemos sonhar para nos proteger ou sonhar para nos imaginar. O refúgio no devaneio nem sempre significa um devaneio ativo. É um bálsamo quando o real é doloroso, enquanto o devaneio ativo é uma amostra da maneira de tornar-se feliz. É uma atividade criadora que crava a esperança em um mundo desesperado. Evidentemente, a felicidade é encenada virtualmente em uma seqüência de imagens, mas essa cena fantasiada dá forma à esperança. Sem esse tipo de imaginário, as crianças feridas continuariam coladas ao presente, enviscadas na percepção das coisas. É o que acontece quando as crianças ficam agitadas porque ninguém as faz sonhar ou quando os consumidores são submetidos aos prazeres imediatos.

É por isso que os resilientes das ruas sonham com seu futuro em um contexto desolado no qual eles deveriam, pela lógica, se desesperar. Os que se adaptam demais a esse real aterrorizante se contentam em reagir ao presente. Tornam-se ladrões para sobreviver, drogam-se para acalmar-se e se prostituem para fazer bons negócios. Mas os que aprenderam a esperança projetam sobre o palco de seu teatro íntimo um sonho ideal no qual se atribuem o papel de criança amada, de herói de prestígio ou de adulto que se contenta com uma felicidade simples.

Esse trabalho imaginário as salva do horror liberando-as de seu contexto e convida-as a trabalhar propondo-lhes um ideal de si a realizar. O que é notável é que o desencadeamento da resiliência e até sua emergência brotam do imaginário. Cuidar das crianças, nutri-las, dar-lhes banho são evidentemente necessidades físicas, mas isso não desencadeia um processo de resiliência. Assim como o que provoca o traumatismo necessita de um golpe no real seguido da representação desse golpe, podemos dizer que aquilo que fará a resiliência necessita de uma reparação do golpe real seguida de uma reparação da representação desse golpe. Uma criança limpa, alimentada e cuidada ficará bem imediatamente, é preciso mesmo fazer isso, mas, se esse cuidado não for sensato, impregnado de significado e de orientação, a criança retornará à rua. Será necessário recomeçar tudo, desta vez culpando-a, "depois de tudo o que fizemos por ela".

Dar às crianças o direito de dar

Vagar sem objetivo e sem devaneios submete-nos ao imediato. Em compensação, se damos à criança a oportunidade de elaborar uma representação do que aconteceu, poderemos desencadear um processo de resiliência. Antes de mais nada, é necessário que a criança se desapegue da urgência para ajudá-la a experimentar a representação que vamos elaborar com ela. É surpreendente observar um adulto organizar um café filosófico com crianças de rua! Um observador ingênuo poderia até se indignar: "Elas estão doentes, sozinhas no mundo, sem escola e proteção, e alguém lhes fala de Platão ou do desapego em Confúcio!" Evocando com elas esses pensadores abstratos, convidamos as crianças à transcendência, propomos a elas conquistar um mundo diferente daquele que elas têm de enfrentar e, se a troca intelectual acontece dentro de um laço de amizade, poderemos assistir a uma metamorfose.

Rafael era perfeitamente adaptado à rua. Sabia roubar uma bolsa sem ser apanhado, lavar carros parados no sinal vermelho, mendigar, drogar-se um pouco, vender cigarros e às vezes se vender. Sobrevivia sem sofrer muito e não se dava conta de que, dessa forma, evoluía para a dessocialização. Apesar de seus dois metros de altura, Cornélio não amedrontava as crianças. Sentava-se num murinho de pedra e travava uma discussão filosófica com os meninos. Uma discussão banal os amedrontaria. Eles estavam acostumados demais a observações moralizadoras contundentes. Uma conversa sobre o tema "Somos livres na rua?" provocara gargalhadas, raiva e muito espanto. O pequeno Rafael saiu da conversa transtornado: então era possível viver de outra forma! Tempos depois, ele foi pego pela polícia e, nesse dia, Rafael não reagiu como fazia habitualmente. Em vez de se fazer de durão, aproximou-se do policial e disse-lhe: "Pode me esbofetear, por favor." O policial, desconcertado, sentiu sua agressividade se esvair, e a vontade de conversar com Rafael substituiu a dureza do interrogatório habitual. Eles trocaram opiniões sobre a família, a maldade dos adultos e o prazer da escola. O menino não tinha, de jeito nenhum, vontade de ser esbofeteado. Mas sabia que, dizendo essa frase, desarmaria a polícia. A empatia, essa capacidade de se colocar no lugar do outro, é certamente um fator essencial de resiliência. Colocar-se no lugar do outro permite acalmá-lo, eventualmente ajudá-lo ou agradar-lhe, oferecendo um espetáculo. Veja só! Por que dizemos "oferecer" um espetáculo? Damos alguma coisa ao outro representando? Seria esse um meio de restabelecer a igualdade quando fomos dominados? Compartilhando o mundo íntimo, tornamo-nos normais?

Mesmo assim, um dia, um trauma se transforma em lembrança[35]. Então seria possível não fazer nada com isso? Se fizermos o trauma voltar continuamente, se o ruminarmos, vamos apenas amplificá-lo e nos tornar prisioneiros do passado. Mas, se fizermos dele um espetáculo, uma reflexão, uma relação ou até uma gargalhada, tornamo-nos o que doa e repara, dessa forma, a auto-estima ferida. Preciso verificar, mas acredito que, nos necessários direitos da criança, esqueceram-se de dar aos pequenos o direito de dar. Felizmente as crianças resilientes arrebatam esse direito, e é assim que elas transformam a lembrança de seu trauma em ferramenta relacional.

Por que as crianças de quatro anos têm tanto prazer de dar aos adultos os desenhos que acabaram de fazer? Por um lado, porque, dessa forma, elas estabelecem uma relação afetiva e, por outro, porque é com um objeto que vem do mais profundo delas mesmas que elas se fazem amar e tornam felizes as pessoas que amam. Dando, a criança sente-se grande, boa, forte e generosa. Sua auto-estima, que aumenta por meio da doação, provoca um sentimento de bem-estar e tece um nó do vínculo. O direito de dar foi descoberto por quase todas as crianças de rua. Seria mais preciso dizer que as crianças que,

---

35. Exceto nas síndromes traumáticas em que a ferida ainda sangra, como se tivesse acabado de acontecer.

mais tarde, se tornaram resilientes foram as que, no momento do maior desespero, se deram o direito de dar. Com o dinheiro que ganharam com a mendicância, tomando conta de carros, ou negociando pequenas coisas, compraram comida ou remédios para os mais fracos entre elas[36]. Muitas crianças de rua levam um pouco de dinheiro para suas mães sozinhas, e algumas pagam a própria escola! Ser adulto, quando se tem oito anos, lutar para sobreviver, resulta num espantoso sentimento de força serena, mesmo que se trate de um desenvolvimento um pouco estranho para uma criança.

Só podemos falar de traumatismo quando ocorreu uma agonia psíquica

No Ocidente, uma em cada quatro crianças conhecerá, antes dos dez anos, a experiência terrível da ruptura traumática. No fim da vida, um em cada dois adultos experimentará essa ruptura e acabará a vida estilhaçado pelo traumatismo... ou o tendo transformado[37]. Podemos levantar a hipótese de que, em regiões onde a sociabilidade é menos estável, o número de feridos é ainda mais elevado.

No século XIX, os remanejamentos sociais, efervescentes devido à cultura industrial, devem ter provocado um grande número de traumas. O campo, mais estável, amparava melhor seus habitantes. A imigração do interior desenraizava os habitantes da Bretanha, do Morvan ou da Picardia, que, para sobreviver, aceitavam tentar a aventura industrial a um custo humano exorbitante. Conheci homens que chegaram à estação de Montparnasse com dinheiro suficiente apenas para quarenta e oito horas. Não falavam francês e quase nada sabiam sobre os rituais. Alguns meninos pequenos se enfiavam nas entranhas das minas aos doze anos, e pequenos limpado-

---

36. F. Cano, M. E. Colmenares, A. C. Delgado, M. E. Villalobos, *La Resiliencia. Responsabilidad del sujeto y esperanzo social*, Colômbia, Rafue, 2002.

37. R. Fivush, "Children's recollections of traumatic and non traumatic events", *Development and Psychopathology*, 1998, 10, pp. 699-716.

res de chaminés, originários da Savóia, desciam em cordas pela chaminé, enquanto as meninas, que eram empregadas para fazer os serviços domésticos, às vezes eram bem acolhidas, mas, outras vezes, bem martirizadas. Essa imensa provação não era um traumatismo, na medida em que esses homens e essas crianças mantinham sua dignidade e sentiam-se aceitos sob a condição de serem duros de roer, de aprender a língua e os costumes do "país" que os acolhia. Eles eram amparados por grupos hospitaleiros que inventavam rituais, o baile do sábado à noite e o futebol do domingo. As narrativas e as canções populares que descreviam suas provações contavam a história moralizante de uma criança bem-nascida que dormia na rua, que era explorada por ladrões, mas acabava tornando-se, apesar de tudo, feliz e membro de seu grupo social. Os sofrimentos eram grandes, mas não havia ruptura. Esses homens e essas mulheres preservavam sua personalidade sob circunstâncias muito difíceis cujas narrativas sociais constituíam histórias edificantes.

Como hoje sabemos que nossa identidade é estruturada por narrativas íntimas e culturais, seria interessante nos perguntarmos quais acontecimentos guardados na memória nos permitem construir narrativas de vida. Após uma grande provação, são esperadas modificações emocionais. Experimentamos um alívio e até certo orgulho quando superamos a dificuldade, enquanto a confusão é a regra após um traumatismo. O torpor de nossas representações torna o mundo incompreensível porque a obnubilação nos fixa em um detalhe que significa a morte iminente e nos fascina tanto que obscurece o resto do mundo. Nesta "agonia psíquica"[38], restam apenas algumas chamas tênues de existência, mas são elas que transformaremos em brasas de resiliência.

---

38. S. Ferenczi, "Confusion de langue entre les adultes et l'enfant", *in*: *Psychanalyse IV, Oeuvres complètes*, Paris, Payot, 1982, pp. 125-35.

A narrativa permite remendar os pedaços de um eu dilacerado

Para iniciar um trabalho de resiliência, devemos esclarecer novamente o mundo e dar-lhe coerência. A ferramenta que permite esse trabalho chama-se "narração". É evidente que não podemos contar uma história a partir do nada. É necessário que tenhamos sido sensíveis a fragmentos do real, que os tenhamos transformado em lembrança, associado e recomposto em encadeamentos temporais lógicos. Esse trabalho psíquico deve ser dirigido a alguém que nos afete. Ou seja, mesmo na narrativa mais simples, cada personagem é co-autor da narração.

As crianças adoram a delícia dos começos: "Era uma vez..." é um belo acontecimento, uma promessa de felicidade, um engajamento afetivo no qual aquele que fala antecipa aventuras verbais a serem compartilhadas com aquele que escuta. Começamos a ter prazer quando vemos o doce, bem antes de comê-lo. O anúncio do prazer já é um prazer. Mas as crianças feridas não conseguem dizer: "Era uma vez..." Pois, se compartilhar uma infelicidade é arrastar aqueles que amamos em nosso próprio desgosto, como pretender que isso nos alivie? Compartilhar uma infelicidade é sofrer uma segunda vez, a menos que... a menos que participar da narrativa de um desastre não seja exatamente compartilhá-lo. Porque a escolha das palavras, a organização das lembranças, a pesquisa estética provocam o domínio das emoções e o remanejamento da imagem que fazemos acerca daquilo que nos aconteceu.

"Vocês viram o filme *A vida é bela*?", pergunta Rémy Puyelo. "O herói está com seu filho num campo de concentração. Um soldado pergunta: 'Alguém aqui compreende alemão?' O herói do filme que não compreende nem uma palavra apresenta-se para traduzir. Mas a versão que ele dirige a seu filho transforma-se em brincadeira: ele instala uma narração antitraumática graças a uma clivagem."[39] A criança ficaria embotada

---

39. R. Puyelo, "L'odyssée psychanalytique", *in*: A. Konichekis, J. Forest, R. Puyelo, *Narration et psychanalyse*, Paris, L'Harmattan, 1999, pp. 139-40.

com o discurso incompreensível ou aterrorizante do soldado, enquanto foi protegida ou mesmo dinamizada pela "brincadeira da tradução". Se seu pai houvesse traduzido o real, teria transmitido o trauma, enquanto, brincando de tradução, ele o desmanchou.

A palavra "clivagem" designa bem esse procedimento narrativo que, sob o efeito de uma ameaça, consiste em dividir o discurso em duas partes, uma menosprezando a outra. Uma é confusa, como a parte agonizante do psiquismo, enquanto a outra, ainda viva, torna-se fonte de luz e mesmo de alegria. Quando a narrativa do trauma toma essa forma, ela pode curar, pois permite continuar no mundo dos humanos, conservar uma passarela verbal com os outros e reforçar esse tênue fio afetivo. O ferido que fala dessa forma afirma-se e toma seu lugar. A partir do momento em que ele inicia um trabalho de narrativa compartilhada, rompe a fascinação pelo animal imundo que o petrificava e o conduzia para a morte, soprando as brasas da resiliência constituídas pela parte ainda viva de sua pessoa.

Dessa forma, podemos construir uma tipologia da narração traumática. Aqueles que, fascinados pelo objeto que os ameaça, continuam seus prisioneiros passam o seu tempo repetindo a mesma narrativa e descrevendo a mesma imagem. Inversamente, aqueles que realizam uma narrativa clivada testemunham o desencadeamento de um processo de resiliência: "Se relatar a parte ferida de mim, vou arrastar aqueles que amo para a morte. Eles vão me rejeitar ou, pior ainda, vão mergulhar comigo. Então, para me salvar e protegê-los, só vou contar a parte suportável, ainda viva em mim. Pouco a pouco, a passarela intersubjetiva se construirá. De tanto colocar em palavras o que me aconteceu, vou lentamente esclarecer a parte confusa de minha personalidade, e essa musculação verbal vai me 'tornar narcisista'[40]. Pouco a pouco, vou voltar a ser completo."

Todos nós somos co-autores do discurso íntimo dos feridos de alma. Quando os fazemos calar-se, nós os deixamos

---

40. G. Bonnet, "Narration et narcissisation", *in*: A. Konichekis, J. Forest, *ibid.*, pp. 38-40.

agonizar na parte ferida de seu eu, mas, quando os escutamos como se recebêssemos uma revelação, podemos transformar sua narrativa em mito. Afinal de contas, esses sobreviventes são como fantasmas. Porque agonizaram, conheceram a morte, andaram ao lado dela e dela escaparam. Eles nos impressionam como iniciados e nos angustiam como fantasmas. Aliás, eles próprios confessam ter retornado do inferno. Venerando-os, aprovando-os sem discernimento, entravamos o trabalho psíquico de sua palavra já que seu discurso se torna então uma narrativa emblemática, chapada, anedótica, que impede o pensamento, como os estereótipos que petrificam a verdade.

É a isso que assistimos hoje com o enfraquecimento de palavras como "genocídio" ou "crime contra a humanidade". A expressão "é de uma violência extrema" banaliza o traumatismo fazendo o ferido calar-se quando ela designa uma simples desordem. A aceitação passiva de uma narrativa traumática impede o trabalho intersubjetivo. O estropiado pela vida compreende que o outro acha que seu trauma nada mais é que uma simples turbulência, então, diante do imenso trabalho a realizar, ele baixa os braços e prefere calar-se.

O ouvinte também fica pouco à vontade por não poder nem expressar seu pesar por aquela ferida, nem transformar sua sede de horror em histeria. Ele boceja quando o outro fala de seu sofrimento, relativiza a atrocidade do crime.

Há apenas uma solução para cuidar de uma pessoa traumatizada e acalmar os que estão à sua volta: compreender. Logo em seguida a um acidente, uma simples presença ou o ato de falar podem ser suficientes para dar segurança. Só mais tarde o trabalho da narrativa dará coerência ao acontecimento. As crianças que conseguiram tornar-se adultos resilientes são as que foram ajudadas a atribuir um sentido às suas feridas. O trabalho de resiliência consistiu em lembrar-se dos choques para torná-los uma representação de imagens, de ações e de palavras, a fim de interpretar a ruptura.

A marca do real e a busca de lembranças

Ao contrário do que se pensa, as crianças bem pequenas têm lembranças precisas de suas experiências. Mas, como é impossível lembrar-se de tudo, elas só colocam em imagens aquilo que as impressionou. Para um pequeno parisiense de três anos, a guerra no Afeganistão ou a vitória dos jogadores de handebol no campeonato mundial não resultará em lembranças, enquanto a rotina de rezar antes de dormir ou visitar a avó todos os domingos estabiliza seu mundo mental deixando-o na expectativa da prece ou da visita seguinte. No dia em que a vitória dos jogadores de handebol perturbar seus pais a ponto de eles esquecerem a prece da noite, essa ruptura de rotina é que vai criar um sentimento de acontecimento, e é a emoção que permitirá colocar na lembrança essa noite específica. A memória das crianças de três anos é tão bem organizada como a dos maiores, de dez-doze anos, mas as rotinas e os acontecimentos notáveis não são os mesmos. Uma criança de oito anos contará com precisão a lembrança de sua primeira viagem de avião quando ela tinha três anos, contanto que seus pais tenham feito disso um acontecimento carregado de emoção. Mesmo uma criança de dois anos consegue reconhecer a brincadeira que fez um ano antes e que provocou muitas gargalhadas. Os adultos esquecem o quanto sua memória infantil era confiável. Evidentemente, ela se esquematiza com o tempo e, sobretudo a partir de revisões, sua carga afetiva diminui: lembramos a imagem do acontecimento como uma história contada por meio de mímica, esquecendo lentamente a emoção associada responsável pela sensação de importância.

Todas as crianças traumatizadas antes do advento da fala, maltratadas ou abandonadas adquiriram um distúrbio da emoção: elas se sobressaltam ao menor ruído, exprimem desespero à menor separação, sentem medo de qualquer novidade e buscam ser frias para sofrer menos. As modificações cerebrais traçadas pelo trauma impedem o controle emocional, tornando a criança facilmente confusa. Nesse nível de seu desenvolvimento, qualquer acontecimento que emociona provoca um caos sensorial que explica por que a criança percebe preferencialmente tudo aquilo que, para ela, evoca uma agressão: falar alto ou afirmar-se um pouco demais. A criança adapta-se à visão de mundo que foi impregnada em sua memória biológica, e é a ela que responde. Reagirá agressivamente porque aprendeu a ter medo ou vai esconder-se numa espécie de "salve-se quem puder" hiperativo.

A estratégia de resiliência consistiria em aprender a exprimir-se emocionalmente de outra forma. A ação coordenada, a expressão comportamental em imagens ou verbal de seu mundo íntimo possibilitam que ela se torne novamente senhora de suas emoções.

A vida psíquica após o trauma será portanto preenchida por fragmentos de lembranças com os quais iremos construir nosso passado, mas igualmente por uma hipersensibilidade adquirida a um tipo de mundo que, dali por diante, constituirá o objeto de atividade mental de nossa vida. Com que tijolos extraídos do real construiremos nosso imaginário? Com quais acontecimentos constituiremos nossas lembranças? Com que palavras iremos tentar retomar nosso lugar no mundo dos homens?

Uma criança agredida no período pré-verbal não poderá então fazer o mesmo trabalho psíquico que uma criança traumatizada num momento em que ela tem condições de efetuar um remanejamento por meio da palavra. Quando a ferida aconteceu antes do aparecimento da fala, será necessário reformular o ambiente para restaurar a criança. No entanto, se uma criança foi ferida após a fala, é sobre a representação daquilo que lhe aconteceu que será necessário trabalhar.

Cada lembrança faz de nós um novo ser porque cada acontecimento, escolhido para constituir um tijolo da memória, modifica a representação que fazemos de nós mesmos. Essa edificação é portadora de esperança porque as lembranças evoluem com o tempo e com as narrativas. Mas o mundo íntimo do traumatizado depende também do mundo íntimo da pessoa à qual ele faz confidências e da carga afetiva que o discurso social atribui ao evento traumatizante. O que implica dizer que a maneira como todos falam do trauma participa do traumatismo, podendo curá-lo ou aprofundá-lo. Absolutamente todos. Uma mulher me contou como ficou mortificada quando escutou seu vizinho no ônibus contar rindo: "É impossível violentar uma mulher porque se corre mais rápido com as saias levantadas do que com a calça abaixada." Essa piada significava que as pessoas iriam rir se ela contasse a história de seu estupro? Restava-lhe, então, calar-se.

Toda fala pretende iluminar um pedaço do real. Mas, ao fazer isso, transforma o acontecimento porque objetiva tornar claro algo que, sem a palavra, continuaria na ordem do confuso ou da percepção sem representação. Contar o que aconteceu significa interpretar o acontecimento, atribuir um significado a um mundo que foi perturbado, a uma desordem que compreendemos mal e à qual já não podemos reagir. É necessário falar para tornar a pôr as coisas em ordem, mas falando interpretamos o acontecimento, o que pode lhe atribuir mil direções diferentes.

Às lembranças de imagens espantosamente precisas mas envoltas em bruma é acrescentada outra fonte de memória, a das cenas de lembranças induzidas pela palavra. Nas crianças, as lembranças de imagens aparecem antes mesmo de elas terem a capacidade de falar. Essas lembranças são mais precisas que as dos adultos, mas exprimem o ponto de vista da criança. Como cada um observa o mundo a partir do lugar onde se situa, não percebe as mesmas imagens, mas todas são verdadeiras. Esses esquemas permanecem gravados na memória da criança, mas, quando a narrativa é partilhada com um adulto, a emoção associada à representação depende da maneira como se fala dela com esse adulto[41].

Vamos brincar de "pirata" com dois grupos de crianças de cinco anos. Por decisão experimental, brincamos com um grupo ao qual só damos explicações frias: "Vamos passar por trás da poltrona", "Vamos levantar a mão que segura o sabre", "Vamos abrir essa caixa." Com o outro grupo, em compensa-

---

41. D. Cicchetti, Barry Nurcombe (dir.), *Risk, Trauma and Memory. Development and Psychopathology*, vol. 10, n.º 4, Cambridge, Cambridge University Press, outono de 1998.

ção, os comentários são carregados de emoção: "Pego minha espada pesada", "Ataco os piratas malvados", "O que vejo? Um cofre misterioso", "Oh! Que lindas pedras preciosas! Que cores magníficas... o ouro... o vermelho dos rubis... o verde das esmeraldas..." Alguns meses depois, reencontramos os dois grupos de crianças e pedimos que eles tornem a representar a cena inventada na primeira vez: só o grupo que foi envolvido pelo discurso carregado de emoção retomou várias lembranças, enquanto aquele ao qual havíamos simplesmente explicado a brincadeira retomou apenas alguns esquemas comportamentais[42].

Nos dois casos, as lembranças estão ali, mas a maneira de vivenciá-las diverge. As lembranças dessa brincadeira vão a partir de então constituir um tijolo da identidade de cada criança, mas serão diferentes segundo a maneira como o ambiente falou delas. O armazenamento das lembranças explica provavelmente por que traumas constituem lembranças claras para alguns enquanto outras permanecem nebulosas.

Quando a lembrança de uma imagem é precisa, a maneira de falar sobre ela depende do ambiente

Se a lembrança de um trauma é nítida é porque o acontecimento foi notável e porque o ambiente falou claramente sobre ele. Quando um choque provoca a violação de que falava Freud, o mundo íntimo é perturbado a ponto de perder suas referências. O repatriamento de quinhentos mil soldados americanos do Vietnã foi um desastre. Não apenas a guerra constituíra uma imensa provação, como os combates não faziam nenhum sentido para a maioria daqueles rapazes que se perguntavam o que estavam fazendo ali. Após a tomada de Saigon pelos vietcongues, a retirada aconteceu desordenadamente, cheia de gritos, insultos e injustiças. Mas, principalmente, o retorno constituiu uma provação a mais para esses ho-

42. M. E. Pipe, J. Dean, J. Canning, T. Murachuer, "Narrating events and telling stories", *Conference on Memory*, Abano, julho de 1996.

mens esgotados que haviam conhecido um horror insano. Sentiram-se rebaixados pelo país que acreditavam defender. Os "veteranos" não foram acolhidos como heróis. Ao contrário, tiveram de enfrentar acusações que faziam deles criminosos vergonhosos. Tudo estava pronto para que a imagem dos acontecimentos gravados em sua memória se transformasse em traumatismo. "Pelas estatísticas oficiais, o número de mortes violentas (suicídios e homicídios) entre os veteranos americanos foi mais significativo do que durante o conflito."[43]

Quando o trauma é crônico, o acontecimento é menos notável, pois é embotado pelo cotidiano. E quando, para se sentir melhor, a pessoa agredida tem necessidade de reparar a imagem do agressor ao qual está ligada sua memória muda de conotação afetiva. Muitas crianças maltratadas conservam uma hipermemória de algumas cenas de violência, mas outras sustentam que jamais foram maltratadas, para espanto de testemunhas.

Não havia um só dia em que Sylvain não apanhasse. Sua madrasta gastava muito dinheiro com palmatórias, cinturões e vassouras quebradas na cabeça da criança. Quando ela lhe dava socos, sua mão doía muito, então era obrigada a comprar instrumentos. O pequeno órfão se sentia demais dentro daquela família. As pessoas faziam com que ele sentisse que custava caro por conta da comida, que sua cama de campanha ocupava espaço demais no armário onde dormia entre roupas dependuradas, que ele não fazia direito a faxina da casa e a comida, que não preenchia corretamente os formulários burocráticos e não cuidava das duas meninas de sua família adotiva de forma correta. Então, a madrasta era obrigada a pegar o cinturão para "ensinar" essa criança de dez anos. Quando as meninas cresceram, os pais viajavam com elas nas férias, deixando Sylvain do lado de fora, na soleira da porta. Os vizinhos intervieram, e Sylvain, então com quatorze anos, foi confiado a uma instituição onde foi muito feliz. Recuperou o atraso na escola, aprendeu a profissão de ebanista e casou-se com uma vizinha que lhe deu dois filhos. Esse rapaz escandalizava sua mulher

---

43. A. Houbbalah, *Destin du traumatisme*, Paris, Hachette, 1998, p. 191.

quando afirmava que sua família adotiva havia sido muito boa por tomar conta dele por tanto tempo. As sovas eram sistemáticas, todos os dias, sem razão uma bofetada, uma vassourada por causa de um prato mal colocado, do macarrão mal cozido ou da banheira mal esfregada. A surra acontecia sem uma palavra, nem ameaça, nem justificativa, nem comentário. A delicadeza de Sylvain, seu movimento afetuoso na direção dos outros fizeram dele mais tarde um rapaz resiliente no qual todas as defesas protetoras o conduziam a rescindir qualquer contrato mental com o traumatismo do passado. "Não tenho contas a acertar", dizia ele à sua mulher estupefata, que assistia à antiga criança maltratada cumulando de atenções sua madrasta brutal.

A marca do real no cérebro, o vestígio mnésico, é continuamente remanejado pelo olhar sobre si mesmo constituído pelas lembranças. A partir dos dezoito meses, o desenvolvimento do sistema nervoso permite que a criança crie uma lembrança pré-verbal, uma representação de imagem.

Uma menininha de dois anos e três meses mudara subitamente de comportamento. Viva e sorridente, transformou-se em uma criança petrificada, grave, quase inerte. Não há a possibilidade de narrativa nem de desenho nessa idade. Apenas a mudança brutal de comportamento manifestava uma metamorfose inquietante. Aos seis anos, ela fez um desenho muito explícito no qual escreveu "Vovô". Convidada aos poucos a se exprimir, ela descreveu com palavras o que havia acontecido[44]. A confissão do avô explicou, quatro anos depois, a espantosa metamorfose comportamental, confirmando que uma lembrança de imagem precisa pode se estabelecer antes do domínio da fala.

Mas essa memória traumática é particular: ilumina o agressor em detalhes, deixando o contexto na sombra. Se hoje podemos afirmar que a memória autobiográfica das crianças é bem mais confiável do que se acreditava, é necessário acres-

---

44. R. Fivush, "Developmental perspectives on autobiographical recall", in: G. S. Goodman, B. L. Bottoms (dir.), *Child Victims, Child Witnesses*, Nova York, Guilford, 1993, pp. 1-24.

centar que a maneira como as crianças agredidas exprimem suas lembranças de imagens depende muito da maneira como os adultos as fazem falar.

Myrna tinha quatro anos, em Beirute, durante a guerra do Líbano. A partir de brincadeiras sem relação com a agressão, sentindo-se mais confiante, ela disse um dia: "Vi o cano do fuzil", "Vi a pedra quebrada pelo barulho", "Isso me fez sangrar muito", "Foi o homem de barba quem fez o barulho"... A escolha de palavras infantis não impediu a expressão precisa de lembranças de imagens... contanto que o adulto tenha permitido que elas surgissem.

Muitos adultos vivem em um mundo tão adulto que esqueceram como as crianças falam. Então dirigem a entrevista fazendo perguntas de adultos, em que as referências de memória são essencialmente sociais: "Era a rua Djallil ou rua de Aboukir?" A criança surpreende-se, pois essas referências não fazem sentido para ela. Ela pode responder: "Djallil." E o adulto conclui que a criança está dizendo qualquer coisa, pois a rua Djallil nunca existiu. Na verdade, foi o adulto que induziu a resposta errada levando a criança a um mundo de referências claras para os adultos, mas nebulosas para uma criança.

Há pouco, a experiência da brincadeira de "pirata" permitiu-nos propor a idéia de que toda uma parte da memória era determinada pela verbalização. Não apenas as palavras dos adultos fixam imagens na memória das crianças como todos os preconceitos culturais também fixam. Nossos estereótipos, repetidos mil vezes, estruturam o ambiente verbal da criança participando da constituição de suas lembranças mais sinceras. Nos Estados Unidos, praticamente todas as crianças seqüestradas afirmam que foi um "negro" quem as levou. Mas, quando se descobre o seqüestrador, constata-se que é freqüentemente um branco. Na França, as mulheres agredidas sexualmente afirmam que foram agredidas por um árabe. Quando se encontra o agressor, compreende-se que a coisa não é assim tão sistemática como a reação verbal espontânea pretende.

O pequeno Bernard conservava uma lembrança muito clara de sua fuga em 1944 quando da transferência para Drancy: uma ambulância distante da fileira de soldados alemães, o fim do embarque em vagões lacrados, uma corrida entre os soldados e os milicianos franceses desorganizando a barreira que conduzia ao trem, uma enfermeira que lhe fez um sinal, o pulo dentro da ambulância sob o colchão, uma mulher que agonizava sobre o colchão, um oficial alemão que deu o sinal de partida... Durante toda sua vida, Bernard guardou consigo a lembrança da imagem dessa enfermeira jovem, elegante em seu uniforme, bonita e loira. Sessenta anos depois, os acasos da vida permitiram que Bernard reencontrasse essa mulher então com oitenta e quatro anos. Ela continuava viva e linda. Suas lembranças combinavam com um grande número de imagens, mas não completamente. Não era uma ambulância, mas uma caminhonete. O oficial alemão não havia dado o sinal de partida, ao contrário, ele quase fez a fuga fracassar. E, quando Bernard se espantou com o fato de a sra. Descoubes ter escurecido os cabelos, a velha senhora não respondeu, levantou-se e voltou com uma foto: "Eu tinha vinte e quatro anos", disse ela. E Bernard viu uma enfermeira jovem, linda, elegante em seu uniforme, de cabelos negros como as asas de um corvo.

Provavelmente foram os estereótipos culturais da época que retocaram as lembranças que eram, ainda assim, muito claras. Quando uma enfermeira convida alguém para se esconder em um carro, trata-se logicamente de uma ambulância. Quando um oficial dá o sinal de partida que autoriza a não morrer, esse gesto fornece a prova de que continua existindo sempre um pouco de bondade, mesmo entre a humanidade mais perversa. E, quando uma mulher é bonita, ela só pode ser loira em uma cultura na qual os filmes americanos utilizavam fadas superloiras.

A experimentação e os dados clínicos permitem hoje compreender melhor como se constitui uma lembrança traumática. Antes da imagem e da fala, durante os primeiros meses, uma ruptura sensorial impregna na memória uma sensibilidade preferencial, um vestígio sem lembranças. Mas, muito cedo, imagens precisas envoltas em brumas constituem o núcleo da lembrança traumática. Por fim, a palavra retoca essas imagens para torná-las partilháveis, socializáveis.

As falas dos adultos em torno da criança sugerem algumas variantes interpretativas, e as narrativas sociais, os estereótipos que estruturam nossos discursos modificam as lembranças de imagens a fim de torná-las coerentes. A fala da criança é precisa, mas o que se diz à criança pode modificá-la. Freqüentemente os adultos até "levam a criança a inventar ou a concordar com o que 'é verdade', mesmo em detrimento de sua palavra"[45].

É por isso que as alegações de incesto durante pedidos de divórcio alteram gravemente o psiquismo da criança. A avaliação não é fácil, mas quaisquer que sejam os números eles são consideráveis. Em 25% dos divórcios, as mães afirmam que o pai teve relações incestuosas com as crianças das quais querem obter a guarda[46]. Mesmo quando a acusação não é tão clara, a simples alusão mantém um poder destrutivo. Em 50% dos divórcios, quando uma mãe sugere que talvez tenham acontecido coisas estranhas entre a criança e seu marido, a policial é obrigada a fazer perguntas às vezes obscenas para obter respostas claras[47]. Uma indução desse tipo muda as lembranças e os comportamentos da criança, e até sua afeição pelo pai será, a partir de então, considerada com medo ou nojo.

É necessário proteger as crianças contra as agressões verdadeiras. É necessário igualmente protegê-las contra as alusões. As lembranças de imagens das crianças pequenas são confiáveis, mas a fala dos adultos pode modificar sua expressão[48], pois, quanto mais a criança cresce, mais se aproxima do mundo de palavras dos adultos, e ela mesma poderá mais tarde, por sua vez, utilizar a falsa alegação.

....

45. J.-L. Viaux, "Expertise d'enfant, parole de victime, fonction du juridique", *in*: M. Gabel, S. Lebovici, P. Mazet, J.-L. Viaux, *Le Traumatisme de l'inceste*, Paris, PUF, 1995, p. 168.

46. P. Bensussan, "Témoignage négligé, allégation abusive", *Sexologos*, janeiro de 2002.

47. M.-D. Vergez, M. De Maximy, "Regards juridiques croisés dans un cas d'allégation d'abus sexuel", *in*: M. Manciaux, D. Girodet, *Allégation d'abus sexuels. Paroles d'enfant, paroles d'adultes*, Paris, Fleurus, 1999, pp. 129-43.

48. P. Parseval, G. Delaisi de Parseval, "Les pères qui divorcent seraient-ils tous des abuseurs sexuels?", *Journal du droit des jeunes*, junho de 2000.

A escola revela a idéia que uma cultura faz a respeito da infância

É então com um capital histórico já bem constituído que a criança deverá enfrentar a primeira grande provação social de sua vida, a escola. No primeiro dia de aula, seu temperamento já foi modelado pelo apego precoce que lhe ensinou respostas emocionais e comportamentos preferenciais. A essa memória específica são acrescentadas muito cedo as lembranças de imagens, como num filme mudo. Os discursos dos pais, seus preconceitos, gargalhadas, aplausos ou ameaças acrescentam outro tipo de memória semântica. E é com esse capital psíquico oriundo de seus próximos e impregnado em sua memória que a criança irá ingressar na escola. Pela primeira vez em sua vida, ela começa a escapar à modelagem parental para submeter-se à da escola que molda as crianças muito mais do que se imagina.

Toda a história da educação não passa, na verdade, da crônica das idéias que uma cultura produz para si sobre a infância. Na Grécia antiga, a escola servia sobretudo à modelagem dos gestos que permitiriam um reconhecimento da classe a que a pessoa pertencia. A escola romana ensinava sobretudo a retórica. Nela debatiam-se muito os problemas sexuais. Uma mulher violentada podia fazer com que condenassem o estuprador a duas penas muito severas: morrer ou casar-se com ela. "Sabendo que um homem pode violentar duas mulheres numa mesma noite, se uma o condena à morte e a outra a casar-se com ela: expliquem como o juiz deve proceder."[49]

A elegância do gesto e o manejo da palavra já tinham como função ensinar às crianças os sinais de distinção social. As pessoas se reconheciam pelo brilho de um gesto de mão ou pelo estilo de uma frase. A partir daí podia-se distribuir as tarefas e os benefícios. Em seguida, só restava aprender seu ofício. Descobria-se a mitologia na qual não se acreditava, mas a

---

49. P. Ariès, G. Duby, *Histoire de la vie privée*, tomo 3, Paris, Le Seuil, 1985, p. 319.

recitação das tragédias e as estruturas de parentesco dos heróis do monte Parnasso constituíam as referências de pertencimento para as pessoas bem-educadas.

A mão era associada à língua nos gestos de eloqüência que estruturaram os grupos sociais até o século XX. O fato de as escolas serem mistas não impedia a sexualização da instrução. As meninas eram exemplares nos laços de solidariedade, e os meninos na aprendizagem dos rituais de civilidade. Em *Escola de mulheres*, Arnolphe quer que Agnès, sua pupila que ele deseja desposar, como era comum no século XVII, estude as "máximas do casamento". Naquela época, a escola servia sobretudo para ensinar o conformismo. Era necessário embelezar as personalidades a fim de categorizar a sociedade em boas almas e espíritos rústicos.

Pensar a criança de outra forma é um excelente indicador de mudanças na cultura. Quando os pequenos são educados por clãs num vilarejo, a noção de filiação não é muito importante visto que a criança pertence ao grupo. Mas, quando, na Renascença, as cidades italianas se desenvolvem, o lar parental se adapta a esse novo urbanismo: a mulher em casa, o homem na sociedade e a criança na casa da ama-de-leite (quando o pai pode pagar). Essa personalização da criança explicitou a importância de sua afetividade. Alguns quiseram respeitá-la, como o filósofo Locke no século XVII. Muitos a combatiam, pois achavam que a afetividade rebaixava o homem. Os médicos enfatizavam que, quando os meninos deixavam a camisola, por volta dos sete anos, para usar calças curtas, começavam a desprezar seus pais. E o bom doutor Jacques Duval militava contra esse "amor grotesco" que consistia em apertar o filho contra si a ponto de sufocá-lo[50].

É a época em que a escola deixa de ser alegre para se tornar uma imposição morna de espaço, de posturas e de conhecimentos inúteis. As punições físicas não eram consideradas violentas, pois eram educativas ou até morais. As sovas, as palmadas, as surras correspondiam ao estereótipo cultural: "É preciso castigar os meninos para torná-los homens." Ensinava-se

---

50. *Ibid.*, p. 323.

às crianças a suportar a brutalidade dos adultos. Mesmo assim, desenvolviam-se laços de amizade duradouros entre as crianças educadas nessa pedagogia obscura[51]. Nos poucos minutos em que escapavam aos professores, no recreio, na saída da escola ou nos banheiros, as crianças se falavam, estabeleciam vínculos e influenciavam umas às outras, participando, dessa forma, de uma educação bem-sucedida apesar dos educadores.

Um dos fenômenos mais importantes do século XX é a expansão da escola. Na época de Jules Ferry, as crianças entravam na escola por volta dos sete anos de idade e a maioria a deixava aos doze. Neste início de século XXI, quase todas as crianças de três anos já estão escolarizadas. Só abandonarão esse meio entre vinte e cinco e trinta anos! Um terço da existência, no momento em que as aprendizagens são mais rápidas, transcorre nos bancos da escola. É possível que esse fato não tenha nenhuma influência?

As pressões que modelam nossas crianças mudam de forma toda vez que a cultura se modifica. Em uma cultura que descobre a importância da afeição, os pais desejam ao mesmo tempo experimentar uma aventura pessoal. Então, nas horas ainda disponíveis, eles investem demais em sinais de afetividade. A educação parental, que já não considera o adestramento um método moralmente aceitável, transfere a autoridade para a escola e para o Estado. Mas são laços de apego inseguro que são estabelecidos com maior facilidade nessas instituições puramente operacionais, centradas muito mais na função do que na relação.

O desenvolvimento das tecnologias exige uma manipulação correta dos conhecimentos abstratos. Há apenas duas gerações, uma criança que fracassasse na escola mantinha sua dignidade e seu direito à felicidade tornando-se operário ou camponês. Há alguns anos, quem não tem diploma arrisca-se a ser humilhado e banido da sociedade.

....
51. A. Miller, *C'est pour ton bien. Racines de la violence dans l'éducation de l'enfant*, Paris, Aubier, 1984.

Em seu primeiro dia de aula uma criança já adquiriu um estilo afetivo e aprendeu os preconceitos de seus pais

A socialização afetiva caracteriza-se por uma arte da relação, uma maneira de se exprimir e de formar vínculos cada vez menos codificada por rituais culturais. Ora, uma criança que adquiriu o estilo relacional de um apego seguro beneficia-se durante toda sua vida dessa aprendizagem[52], enquanto uma criança que começou mal na vida, devido a dificuldades individuais, familiares ou sociais, beneficia-se menos do apoio dos códigos sociais: "Dizemos 'bom-dia' à senhora e tiramos o boné." É claro que se trata apenas de uma convenção em desuso, mas isso socializava melhor do que um resmungo repulsivo da parte de uma criança que se sente rejeitada porque não a ensinaram a dizer bom-dia.

Em duas gerações provocamos uma reviravolta na condição humana. Noventa por cento de todas as descobertas tecnológicas e científicas após a origem do homem foram feitas nos últimos cinqüenta anos. Essa vitória do conhecimento abstrato criou um mundo virtual, um novo planeta para onde levamos nossas crianças sem saber como elas iriam desenvolver-se nele.

O vínculo, a função e o sentido (amar, trabalhar e construir uma história), essas três condições de uma vida humana acabam de mudar de significado. O vínculo é cada vez mais formado fora da família ou do clã do vilarejo. Aprendemos a amar em instituições frias, onde a idolatria do desempenho contradiz o piedoso discurso igualitário: "Ele estudou na ENA*..., ela é campeã dos 400 metros com barreiras..., somos todos iguais..."

Sou de um tempo em que as pessoas eram socializadas pelo corpo. Um homem devia ser forte e nunca se queixar. Uma mulher devia cuidar do lar. Hoje já não são as costas dos homens nem o ventre das mulheres que socializam, e sim o

---

52. B. Pierrehumbert, curso para diploma universitário: "Attachement et systèmes familiaux", Universidade de Toulon, novembro de 2001.

* Escola Nacional de Administração. (N. da T.)

diploma. É nesse novo contexto que as crianças feridas terão de se restabelecer. É numa cultura de desempenho e bulímica que a escola deverá permanecer um fator de resiliência.

A escola e a família são inseparáveis. As crianças que melhor se integram na escola são as que adquiriram um apego seguro cm suas famílias. Em compensação, o sucesso ou o fracasso na escola modificam o ambiente em casa e a orientação da trajetória social. Evidentemente, a escola não é uma instituição angelical, ela é até intensamente sexualizada.

Vocês conhecem crianças que dizem: "Vou à escola para aprender"? As respostas são claras: 60% das meninas dizem: "Vou à escola por causa de meu pai e de minha mãe." Enquanto os meninos afirmam em 70% dos casos: "Vou à escola por causa de meus colegas." Quando pedimos que se expliquem, as meninas acrescentam: "Também vou por causa da professora." De maneira geral, as crianças vão à escola por razões relacionais ou afetivas. As meninas para agradar aos adultos, os meninos para encontrar os colegas e compartilhar com eles algumas atividades. Apenas 1% das meninas e dos meninos vão à escola para aprender!

O fracasso também é sexualizado. As meninas adaptam-se à incapacidade comportando-se como bebês para que alguém cuide delas, enquanto os meninos tendem a reparar sua estima ferida por meio de condutas anti-sociais ou atos agressivos. O que não impede que os irmãos, os colegas, o bairro e até a personalidade do professor possam modificar, por sua vez, as trajetórias familiares e sociais do aluno[53].

Fragmentamos para analisar melhor, mas o real é contínuo. É integrando a família, a escola, o sexo e o social que poderemos compreender como essa instituição pode produzir um efeito de resiliência. A teoria que sustenta que a escola é a principal ferramenta da reprodução social é comprovada desde a Grécia antiga. Esse instrumento pode funcionar com eficácia mesmo não transmitindo nenhum conhecimento útil.

....

53. A. F. Newcomb, W. M. Bukowski, L. Patte, "Children's peer relations: A meta-analytic review of popular, rejected, neglected, controversial, and average sociometric status", *Psychological Bulletin*, 1993, 113 (1), pp. 99-128.

Ora, é na margem que encontramos idéias imprevistas que permitem analisar o processo da resiliência.

Quando observamos a longo prazo o futuro de filhos de pais doentes mentais, alcoólatras, criminosos ou agressores sexuais, descobrimos que, vinte anos depois, quando apenas um genitor tem problemas, 25% das crianças sofrem de depressão e 75% quando os dois genitores têm problemas[54]. É infinitamente mais do que a população em geral, mas essa observação permite-nos compreender que aqueles que conseguiram superar essa dificuldade afetiva e social encontraram, quase todos, um segundo círculo de pessoas próximas, tios, primos ou vizinhos que se dispuseram a servir de tutores substitutos.

Algumas famílias-bastião resistem ao desespero cultural

Em sociedades destruídas pela guerra, pela ruína econômica e pela desritualização cultural, a maioria das crianças têm dificuldades para se desenvolver, salvo aquelas que vivem em lares com uma estrutura característica. Mesmo em um contexto de grande miséria, descobrimos crianças que se dedicam à escola e obtêm um diploma que lhes permite se sair bem. Em quase todos os casos, encontramos um ambiente familiar muito estruturado: os gestos de afeto, as práticas domésticas, os rituais religiosos ou laicos e os papéis parentais são claros. Conversa-se muito, as pessoas se tocam com gestos e palavras, partilha-se a manutenção da casa, reza-se e contam-se histórias para dar sentido ao que acontece, e os pais, associados, têm papéis diferenciados[55]. Essas famílias escapam aos efeitos sociais de seu ambiente deteriorado. Elas acreditam em um espaço de liberdade íntima[56]: "Sempre é possível sair-se

....

54. V. Lew, M. Boily, *Les Risques psychosociaux chez les enfants de personnes atteintes de maladie mentale*, Boucherville (Quebec), Gaétan Morin Éditeur, 1999, p. 556.

55. J. Lecamus, *Le Vrai Rôle du pére*, Paris, Odile Jacob, 2001.

56. M. Ravoisin, J.-P. Pourtois, H. Desmet, "Les enfants d'ouvrier à Polytechnique", *in*: J.-P. Pourtois, H. Desmet, *Relations familiales et résilience*, Paris, L'Harmattan, 2000, pp. 173-95.

bem, veja seu irmão que chegou da Itália e durante três meses teve de dormir na rua. Hoje ele é chefe de uma empresa." Essa crença familiar em um "controle interno" cria um equivalente do apego seguro, uma força íntima que permite à criança escapar aos estereótipos de seu grupo social.

O lar dos Charpak é um exemplo típico dessas "famílias-bastião" pobres mas que dão segurança e são dinâmicas: "Meus pais tinham, acredito, certa distinção natural. Era freqüentemente o caso na classe operária, em que era uma questão de honra para os pais terem filhos bem-educados, prestativos, corteses e que os respeitavam. Esse respeito para com nossos pais era natural e dava-nos um sentimento de grande segurança, pois sabíamos precisamente onde se situavam os limites que não poderiam ser ultrapassados."[57] Os Charpak, imigrantes judeus da Ucrânia, instalam-se em Paris. Vivem os quatro num quarto de empregada de quinze metros quadrados. A mãe trabalha em casa e costura quase a noite toda em uma máquina Singer antiga. As crianças dormem em um colchão no chão. O pai acorda muito cedo para fazer entregas em um triciclo. Mas toda a família vive "com a convicção de que, um dia, de tanto trabalhar, viriam condições melhores". O importante nessa família pobre é "permitir aos filhos uma escolarização contínua". Alguns anos depois, apesar de uma deportação para Dachau, Georges passa no concurso para entrar na escola politécnica e segue uma carreira de físico coroada por um prêmio Nobel para a França em 1990.

É possível descrever essas famílias pobres que, apesar das feridas da imigração, integram seus filhos desde a primeira geração e os "conduzem à escola politécnica"[58]. Praticamente todas essas famílias são "funcionalistas", isto é, cada elemento do sistema familiar se adapta aos outros para realizar um projeto conjunto. Não se trata de sacrifício, mas de consagração, na medida em que a renúncia de cada um a pequenos prazeres

....

57. G. Charpak, D. Saudinos, *La Vie à fil tendu*, Paris, Odile Jacob, 1993, p. 36.

58. P. Nimal, W. Lahaye, J.-P. Pourtois, *Trajectoires familiales d'insertion sociale*, Bruxelas, De Boeck, 2001.

imediatos traz muita felicidade ao conjunto por permitir a realização dos sonhos do grupo familiar. Os pais são autoritários, as mães trabalham e, apesar de muito pobres, as crianças tornam heróica a coragem de seus pais.

Essas famílias funcionam e organizam-se em torno da doação. Cada um sabe o que o outro doa: o trabalho, o tempo, o afeto, os presentes. As crianças também participam das tarefas domésticas. Quando conseguem ganhar um pouco de dinheiro, dão uma parte aos pais. Atribuem ao sucesso escolar o poder mágico de reparar o traumatismo dos pais: "Tudo bem, vocês sofreram por terem sido arrancados de seu país de origem e por terem de trabalhar dezoito horas por dia, mas seus sofrimentos valeram a pena porque, graças a vocês, terei uma vida maravilhosa." Esta exigência de sucesso é uma felicidade precária, um estimulante que beira a angústia porque, em caso de fracasso, a infelicidade será dobrada.

Amin vendia camisas no mercado de pulgas de Argenteuil. Quando o clima era ameno, era muito agradável, cedinho no domingo, montar a barraca à beira do Sena, perto da ponte tantas vezes pintada por Claude Monet. Mas Amin me irritava porque, estudante de medicina como eu, falava comigo gritando de uma barraca para a outra. Em pleno mercado de pulgas, ele me perguntava como havia sido a prova de anatomia, mas na faculdade de medicina, como todo bom comerciante, preocupava-se com as vendas. Eu não gostava desse jeito dele de se desligar do meio social que nos acolhia, mesmo compreendendo que se tratava, para ele, de um mecanismo de identificação. Antes de maio de 68, os grandes senhores da medicina comportavam-se como aristocratas do diploma, príncipes do intelecto planando acima das pessoas comuns. Uma segunda-feira pela manhã, o professor Daub submeteu meu companheiro de mercado a uma prova oral diante de uma platéia de duzentos estudantes totalmente desinteressados. O domingo havia sido duro, gelado, chuvoso, com muito vento, e meu colega de mercado não tivera ânimo para estudar a matéria. Irritado com a mediocridade dele, o professor perguntou: "O que seus pais fazem?" "Meu pai é falecido e minha mãe é faxineira." Indignação virtuosa do príncipe professor que imediatamente inicia uma lição de moral diante dos estudantes, finalmente interessados. Ele explica a meu colega do mercado de pulgas que ele se comporta como um cafetão fazendo sua pobre mãe trabalhar e que, para ajudá-la, ele deveria abandonar seus estudos. Hoje meu colega é radiologista e sua mãe considera-se feliz por ter-lhe dado tanto. Seus esforços ganharam sentido, e meu colega do mercado de pulgas deu a ela a chance de se orgulhar.

"Os que não sabem dar não sabem o que estão perdendo"[59], mas um presente só vale pelo que quer dizer. Pode significar intenção de humilhar, vontade de obrigar o outro a sentir-se em dívida, necessidade de ser perdoado por alguma coisa ou desejo de fazer alguém feliz. Mas essa pequena encenação, vinda do fundo de si, adquire sentidos diferentes segundo o contexto social em que se exprime.

Quando as crianças de rua resistem às agressões culturais

A Organização Mundial da Saúde e o Unicef estimam em mais de cem milhões o número de crianças de rua. No geral, trata-se de meninos entre seis e dezessete anos, com baixa escolaridade, oriundos de famílias grandes cujo pai desapareceu[60].

Entretanto, dentro dessa grande população, é preciso distinguir um pequeno grupo de crianças de rua que pertencem a famílias cuja estrutura afetiva e cujos comportamentos ritualizados lembram muito "as famílias de operários que conduzem seus filhos às escolas politécnicas". Num ambiente de incrível miséria, o pai e a mãe fortemente associados dividem as tarefas e estruturam os dias com pequenos rituais de higiene, religiosos ou festas simples que impregnam a memória dos filhos e constroem sua personalização. Desde os sete anos, e às vezes mesmo antes, essas crianças são mandadas para a rua a fim de vender pequenos objetos. Elas mendigam, "guardam"

---

59. C. Enjolet, *Princesse d'ailleurs*, Paris, Phébus, 1997.
60. C. G. Banaag, *op. cit.*

carros, fuçam no lixo ou planejam pequenos furtos, mas sabem que sempre podem voltar para casa e dar aos seus pais a maior parte do dinheiro que servirá para comprar comida, roupas e pagar aulas de reforço escolar dadas por organizações não governamentais.

É nessas famílias que se pode encontrar o maior número de crianças resilientes. Sujas, freqüentemente atrasadas na escola, elas aprendem uma profissão, criam uma família e apressam-se em ajudar os que ainda se encontram em dificuldade. Tornam-se enfermeiros, engenheiros, advogados ou soldados. A provação das ruas as fortaleceu, como a meu colega do mercado de pulgas. Mas, se não tivessem em torno delas um suporte afetivo e estruturas rituais, a provação das ruas as destroçaria. Elas consumiriam substâncias tóxicas para suportar as provações, iriam se prostituir para ganhar a vida, adoeceriam, seriam rejeitadas, isoladas, apanhariam ou seriam estupradas e, de queda em queda, iriam dessocializar-se. É o caso da maioria delas. Mas o que provoca a derrocada não é o golpe, é a ausência de suporte afetivo e social que impede encontrar tutores de resiliência.

Michel Le Bris, o inventor do festival "Viajantes surpreendentes" de Saint-Malo, filho de mãe solteira, viveu a provação da extrema pobreza e da agressão do olhar social. Ser "mãe solteira" há cinqüenta anos era considerado um delito grave, e o pequeno Michel em Plougasnou, no Finistère, conheceu a miséria social, mas não a afetiva. O apego seguro impregnado nele pelo afeto de sua mãe lhe deu o gosto da descoberta. Ele diz que teve três sortes na vida: um professor que lhe ensinou literatura, outro que o enviou a um colégio em Paris e maio de 1968 que lhe deu a audácia de se exprimir. Mas é preciso talento para ter tanta sorte, e esse gosto pelo outro veio da afeição dada por sua mãe que lhe permitiu o prazer dos encontros. Assim, ele conseguiu transformar a provação em criatividade e conquistar "o desejo de ser o primeiro"[61]. O que poderia ter sido vivenciado como vergonha transformou-se em necessidade de

---

61.Y. Le Menn, M. Le Bris, *Fragments du royaume*, Grigny, Venissiaux, Parole d'aube, 1995.

dar um pouco de orgulho àquela que, apesar da provação, soubera amá-lo. Jean-Paul Sartre e Romain Gary experimentaram o mesmo sistema de defesa: revalorizar aquela que, por amá-lo, fortaleceu-o. Era isso que meu colega do mercado de pulgas deveria ter explicado ao professor Daub. A vulnerabilidade social da mãe não produziu carência afetiva, e a criança, apesar da pobreza e agressão cultural, conquistou o desejo de reparar essa injustiça.

Mesmo pais que já morreram podem oferecer um grande valor de identificação ao filho quando são celebrados pela cultura ou "contados" por meio de fotos, medalhas ou outros objetos significativos. Pais pobres podem escorar o ambiente do filho quando seu afeto e seus rituais estruturam o entorno, constituindo-se, assim, em tutores de desenvolvimento. As mães que se tornaram vulneráveis por preconceitos culturais podem ainda dar apoio quando compõem com seus corpos, gestos e palavras uma base afetiva que serve de trampolim ao desenvolvimento da criança. Inversamente, alguns pais sólidos e bem-desenvolvidos utilizam seus diplomas para acalmar seu desejo irresistível de sucesso social. Estes, apesar de suas grandes qualidades pessoais e da organização de um meio confortável, não fornecem uma base de segurança a seus filhos porque, como não assumem seu lugar na casa, não deixam sua marca na memória da criança. Ora, uma sociedade que estimula valores de "corrida pelo diploma" e de apetite de consumo cria uma diluição afetiva em torno das crianças. Outras pessoas que não os pais poderão, então, deixar suas marcas, e a escola, sem querer, assume hoje esse lugar de substituto.

Negligenciamos o poder que as crianças têm de modelar umas às outras

Não podemos falar exatamente de traumatismo, mas podemos, com segurança, evocar uma provação difícil quando se constata que, aos seis anos, nas semanas que se seguem ao primeiro dia de aula, uma em cada duas crianças manifesta sofrimentos comportamentais: distúrbios alimentares, dificuldades de dormir, pesadelos, angústias, desaceleração e irritabilidade. Mal acabaram de adquirir sua base de segurança (mamãe, papai, a casa, as rotinas), são deixadas em um novo mundo, com uma professora desconhecida que se ocupa de outras vinte crianças e companheiros com os quais elas entram em rivalidade em um espaço austero e coercitivo. Por menos que os pais estejam empenhados na corrida pelo trabalho e pelo lazer, por menos que a família dita "ampliada" encolha oferecendo apenas a presença intermitente de um só adulto, a criança terá como contatos principais seus outros irmãos e as crianças da escola, que as influenciarão daquele momento em diante. Ela tem apenas seis anos, e o poder modelador dos adultos já é interrompido. O adulto familiar não é mais a única imagem saliente de seu mundo, é outra criança, com freqüência uma "mais velha", que ocupa esse lugar. Quanto aos novos responsáveis, eles representam figuras distantes, que não dão segurança, pois têm o poder de punir e governar sem afetividade. Quando a criança adquiriu um apego sereno que acrescenta prazer a qualquer exploração, uma nova figura adulta permite uma abertura de seu mundo mental. Mas, quando uma infelicidade ou uma dificuldade familiar fragilizaram a aquisição desse tipo de apego, a criança sente o adulto desconhecido como uma figura persecutória à qual deve se submeter. Assim, ela sonha em segredo com o dia em que se revoltará. Seu mundo se cliva como após um traumatismo e se divide em adultos familiares que se deixam dominar porque a amam e em adultos não familiares que podem dominar por estarem protegidos por sua ausência de afeição. Uma estrutura social que categoriza o mundo em adultos familiares submissos e estranhos dominadores pode então induzir a aprendizagem de um sentimento clivado. Num ambiente desse tipo a criança se exercita em relações de dominação nas quais aquele que tem a infelicidade de amar está perdido, enquanto aquele que combate a afeição se sente dominador e protegido. A criança ignora que, mais tarde, pagará caro por essa resistência a amar.

Felizmente, num contexto social e cultural assim, as crianças aprendem a se apegar a outras crianças com as quais experimentarão outras maneiras de amar. Os "mais velhos" podem assumir a função de tutor de resiliência que os pais sobrecarregados e os professores distantes já não podem exercer. Esse poder mútuo de modelagem entre crianças é certamente subestimado por nossa cultura.

O ambiente que molda nossas crianças mudou muito após a expansão da escola. As mães, cada vez mais inseridas na sociedade, tornam-se imaginárias, os pais já não são heróis longínquos e um pouco assustadores, as famílias ampliadas se transformaram em lares encolhidos, e os clãs impõem uma estrutura ao oferecer apenas um único modelo de desenvolvimento. Em compensação, a escola, o bairro e os amigos dispõem em torno dos jovens os principais encontros e rotinas que apóiam seu desenvolvimento.

Tudo isso provoca o nascimento de uma cultura de crianças que escapa à modelagem dos adultos próximos e as abandona a adultos que as manipulam na sombra para torná-las um brinquedo do mercado ou as presas das ideologias. Essas crianças, tão facilmente rebeldes contra seus educadores, deixam-se governar pelos diretores de hipermercados e pelos *slogans* extremistas.

Em tal contexto, essa cultura de crianças partilha alguns valores com a das crianças de rua. A farra incessante torna-se necessária para lutar contra o desespero, a pesquisa de estímulos intensos permite apagar a não-vida do tédio, e o amor pelo risco faz emergir acontecimentos identificadores.

Então cria-se em nossa cultura tecnológica uma situação descrita em *O senhor das moscas*[62]. O sociólogo romancista descreve, de maneira premonitória, como um grupo de crianças privadas da marca dos adultos reinventa os processos arcaicos da constituição de qualquer sociedade. Durante um naufrágio próximo a uma pequena ilha, os barcos de salvamento onde estavam os adultos viram e só as crianças chegam à costa. Pouco a pouco, em condições de sobrevivência "à Robinson Crusoé", estabelecem-se duas formas de viver em sociedade: os predadores se organizam em torno de um chefe cujo poder

---

62. W. Golding, *Sa Majesté-des-Mouches*, Paris, Gallimard, 1956 (ed. fr.). [Ed. bras.: *O senhor das moscas*, Rio de Janeiro, Nova Fronteira, 1988.]

eles aumentam, enquanto os democratas tentam organizar a vida social.

É mais ou menos a situação vivida por Rafael na França dos anos 1950. Sua família foi massacrada durante a guerra de 1940 e Rafael passou alternadamente, por vários anos, por estadias perigosas na rua e momentos de residência em cerca de vinte instituições melancólicas de onde fugia regularmente. Uma família substituta bastante simpática o adotou. Mas o casal de comerciantes modernos alternava períodos de trabalho intenso com os de merecido repouso em estações de esqui ou em cruzeiros. Desde os doze anos, portanto, Rafael teve de governar um lar sem adultos. Levantava-se muito cedo, limpava a casa, preparava a comida das crianças do casal e levava-as à casa da babá antes de correr para o colégio. À noite, ao voltar, ele fazia as compras, preparava o jantar e dava banho nas crianças antes de começar a fazer seus deveres. Quando sua família adotiva estava presente, uma ou duas noites por semana, Rafael ia passear no bairro do velho porto onde vagava vendo as pessoas passarem. Assim, conheceu um pequeno bando de adolescentes difíceis. Nesse grupo, havia Michel, o mentiroso, que vendia documentos roubados; Alain, o bonitinho, que vendia seu corpo em noitadas elegantes; Alfonso, o magrinho, que falava rindo das surras que levava durante as brigas provocadas por ele; e Eric, o intelectual, que explicava com erudição por que era correto roubar nas grandes lojas. Uma noite em que Rafael se deixou convencer da necessidade virtuosa desses furtos, foi preso em flagrante pelo roubo de um pacote de canetas das quais não precisava. Sua vida mudou radicalmente. Os policiais, surpresos com sua maturidade psicológica, constatando que não havia ninguém em sua casa e que o jovem ladrão deveria pegar duas crianças pequenas na escola e tomar conta delas naquela noite, deixaram-no ir embora.

Alguns dias depois, ao levar as crianças para a casa da babá, em vez de correr para o colégio onde quase sempre chegava atrasado, Rafael começou a conversar com o marido dela, que era uma caricatura do que se costuma chamar um "velho comunista". O homem, um soldador forte e falador, recitava com doçura os clichês de seu meio. Rafael ficou encantado com esse discurso fluido com exemplos claros de tanto serem repetidos. Na noite seguinte, no Café de la Rade, ele arrastou o pequeno bando para uma discussão política e todos se inflamaram, menos Alain, o bonitinho, que achava esses assuntos ridículos e muito menos rentáveis do que noitadas sexuais nos bairros finos.

O pequeno bando acabava de mudar de ambiente. Compravam *L'Humanité** e comentavam as manchetes, encontrando nelas motivos para se indignar. Eric ficou convencido da necessidade de lutar contra as grandes lojas de outras formas e não por meio de pequenos furtos. Alain, que desprezava tudo isso, achou que nada mais tinha a fazer naquele bando deplorável, e Rafael surpreendeu-se com a felicidade intensa que essas novas discussões lhe propiciavam.

Esse processo que ocorre freqüentemente em nossa cultura ocidental é próximo daquele por que passam as crianças de rua. O adulto está presente, mas não como tutor. Quase sempre é fácil seduzir uma criança que vaga. Ela é presa fácil das máfias do sexo, do trabalho abusivo ou de ideologias extremistas.

Um encontro silencioso, mas carregado de sentido, pode adquirir um efeito de resiliência

Quando uma criança encontra-se muito próxima de um predador, uma simples mão estendida torna-se um apoio que poderá salvá-la. Mesmo uma conversa anódina constitui um acontecimento que pode modificar o curso de sua existência. É muitas vezes dessa maneira que os professores são eficazes, bem como pela grande quantidade de conhecimentos abstratos que disponibilizam. Eles tornam-se tutores de resiliência para uma criança ferida quando criam um acontecimento significativo que assume um valor de referência.

....

* Jornal de esquerda ligado ao Partido Comunista Francês. (N. da T.)

O pai de Miguel era jornalista em Santiago. Uma noite, ele teve de fugir pouco antes da chegada dos militares, mas, no dia seguinte, foi preso na casa de amigos. Sozinhos, Miguel e sua mãe conseguiram pegar um avião para Paris. Pouco tempo depois, a mãe caiu doente e morreu, deixando sozinho seu filho de dezesseis anos, com documentos incompletos e ainda sem o pleno domínio da língua. A escola tornou-se para o rapaz a principal esperança de integração. Trabalhava muito cedo pela manhã lavando vidros de empreitada e montava depressa na sua bicicleta para chegar ao colégio. Na primeira hora de aula, ele já tinha três horas de trabalho "nas costas". Na hora do almoço, trabalhava em um refeitório antes de voltar para a aula das duas horas.

Bonnafe, professor de ciências naturais, tinha fama de severo. Nunca levantava a voz, mas mantinha na mão esquerda um estoque de pedacinhos de giz que lançava com precisão na cabeça das crianças tagarelas ou distraídas. Ninguém protestava. Um silêncio ansioso pesava em suas aulas. Um dia, Bonnafe foi almoçar no refeitório em que Miguel servia muito rápido. Não trocaram nenhuma palavra, mas o longo olhar insistente do professor permitiu que Miguel compreendesse que um acontecimento emocional acabava de acontecer. À tarde, na aula, Miguel percebeu no professor um levantar de sobrancelhas mínimo e uma imperceptível inclinação de cabeça que significava, com certeza, "muito bem". Esse sinal minúsculo foi o ponto de partida de uma relação privilegiada. A partir de então, Miguel passou a existir para o olhar daquele homem que entregava os exercícios ao menino em silêncio e, às vezes, durante as aulas, parecia dirigir-se a ele. Essa cumplicidade muda tornou o adolescente espantosamente sensível às aulas de ciências naturais. Ele fazia os deveres e estudava com atenção, pois sabia que Bonnafe daria importância a tudo o que viesse dele. Progrediu muitíssimo e investiu tanto nessa disciplina que, alguns anos depois, tornou-se médico. Não se trata de dizer que foi o levantar de sobrancelhas do professor que levou o menino a ser um médico, pois ainda no Chile ele sonhava com esta profissão, mas trata-se de dizer que a criança só investe em uma disciplina por alguém, em sua intenção.

O menor gesto significativo que quer dizer: "Você existe em meu espírito e o que faz é importante para mim" ilumina um pedaço de mundo e torna sensível a um tipo de conhecimento abstrato. O efeito de resiliência aconteceu graças a um encontro mudo, mas carregado de sentido, visto que um tornou-se para o outro uma figura expressiva. Para Bonnafe, a criança significava: "Ele tem uma coragem que eu não tive quando fui obrigado a interromper meus estudos." E, para a criança, o professor significava: "Conquistei sua admiração, portanto, apesar de meu esgotamento físico e de minha miséria social, posso ser admirável."

É espantoso constatar o quanto os professores subestimam o efeito de sua pessoa e superestimam a transmissão de seus conhecimentos. Muitas crianças, mas muitas mesmo, explicam em psicoterapia o quanto um professor modificou a trajetória de suas existências por uma simples atitude ou por uma frase, anódina para o adulto mas perturbadora para a criança.

Os professores, em compensação, não têm consciência desse poder. Quando interrogados sobre o sucesso escolar de seus alunos, quase nunca atribuem a si o mérito por isso[63]. Com freqüência explicam o sucesso por uma espécie de qualidade inerente ao aluno: "Ele tinha uma cabeça boa", "Ele assimilava bem", "Ele era estudioso"..., como se a criança tivesse uma espécie de qualidade escolar à qual eles fossem alheios, um bom terreno onde cresceram os conhecimentos plantados por eles.

Numa criança ferida, a fúria de compreender leva a uma intelectualização que produz o efeito de uma defesa construtiva. A matemática, que constitui uma compreensão impressionante do universo, não a ajuda muito na construção de uma defesa como essa, salvo se ela permitir uma revalorização da auto-estima. Nesse caso, é o sucesso que produz um

---

63. J. Dryden, B. R. Johnson, S. Howard, A. McGuire, "Resiliency: A comparison arising from conversations with 9-12 year old children and their teachers", Annual meeting of the American Educational Research Association, San Diego, abril de 1998, pp. 13-7.

efeito de defesa, muito mais do que o prazer da compreensão. Enquanto as ciências humanas, a literatura, a política não apenas dão coerência ao mundo transtornado da criança, como ainda criam um sentimento de apaziguamento que permite adotar uma conduta a manter, um gerenciamento do mundo íntimo.

Esse raciocínio vale igualmente para os professores que se sentem questionados quando o fracasso das crianças os coloca em xeque. Suas condutas diante dos alunos são manifestações de sua própria desorganização. "Miguel, você está atrasado de novo, você está cochilando, suas explicações não são claras." Podemos imaginar que Bonnafe experimentou sentimentos desse tipo. A metamorfose sentimental do professor foi sensível quando viu Miguel correndo entre as mesas para ganhar seu magro salário. Em apenas uma cena, o professor passou da contrariedade à estima da criança, e seus gestos exprimiram a mudança de seu mundo íntimo de representações.

É por isso que os professores que acreditam na resiliência exercem um efeito de resiliência superior aos que não acreditam nela. Mesmo quando eles não trabalharam o conceito, o simples fato de estarem convencidos dela constrói uma representação íntima que se exprime por indícios que a criança percebe como informações materiais, evidentes para ela.

Mas isso não pode constituir uma receita comportamental porque, para formar um tutor de resiliência, é necessário uma constelação de pressões. A pequena mudança de interação que testemunha a mudança de representações no espírito do professor é mais bem aceita pelas meninas. Elas fazem facilmente desses indícios comportamentais um tutor de resiliência porque, desde muito pequenas, vão à escola para agradar à mamãe, ao papai e à professora. Enquanto muitos meninos, percebendo essas mudanças comportamentais do adulto, não fazem disso um tutor de resiliência, pois, em certos ambientes onde a pressão dos companheiros desqualifica a escola, um indício desse tipo não tem grande significação.

Pode-se investir excessivamente na escola para agradar aos pais ou para fugir deles

Quando meu amigo Abel Raledjian decidiu estudar medicina em Marselha, sua família ficou louca de alegria. Eles viviam numa extrema pobreza vendendo calças na rua Baignoir, perto do velho porto. Quando não estava no colégio, o rapaz ajudava os pais a fazer os ajustes e as entregas. Ele tinha muitos amigos nas lojas próximas, nos bazares, nas pequenas docerias e entre os comerciantes de eletrodomésticos. O dia em que anunciou sua intenção de estudar medicina, encantou sua família e perdeu seus amigos: "Só as meninas e os pederastas estudam. Um homem de verdade deve ser estucador como eu." Na cabeça de seus companheiros da rua Baignoir, ele os estava traindo tentando a aventura dos burgueses, enquanto, para seus pais, ele dava sentido a seus sacrifícios. Se Abel preferisse partilhar do mundo de seus companheiros, não perceberia os sinais de estímulo de seus professores, enquanto, ao preferir se inscrever na história de sua família, as palavras de alegria provocadas por sua decisão tornaram o menino hipersensível ao menor sinal vindo dos professores. O itinerário dos jovens em seus contextos afetivos e culturais atribui a um mesmo comportamento significados diferentes: "Você vai nos trair" pode tornar-se: "Você será nosso orgulho."

Os tutores escolares da resiliência às vezes custam caro. O pai de Marina fugiu da Itália fascista uma noite, às onze horas. Foi até a estação e disse ao bilheteiro: "Quero ir para a França. Dê-me uma passagem que corresponda ao dinheiro que tenho." Assim, ele foi de Savona até La Ciotat, onde desceu sem conhecer nem a língua, nem a região. Encontrou um barraco numa vinha e foi contratado pelo proprietário. Marina nasceu ali e passou a infância suportando a vergonha de ter pais incultos e terrivelmente pobres. Seu vestido era sujo, ela não tinha sapatos, mas sofria menos quando sonhava que sua vergonha desapareceria no dia em que se tornasse professora de francês. E ela se tornou professora de francês! Para realizar esse sonho resiliente, teve de lutar todos os dias contra seu pai.

Para esse homem, a coragem de sobreviver passava pela vontade física. Então, quando via sua filha lendo, ficava furioso e chutava os livros, os móveis e, às vezes, a menina. Como ela ousava descansar e ler, um prazer preguiçoso, quando era necessário lutar para sobreviver e encontrar seu lugar no país adotivo? O que era um sonho de resiliência para Marina era uma prova de sua preguiça para o pai. Então, ela estudou às escondidas para reparar sua vergonha. Esforçou-se muito, mas a entristecia não poder partilhar este prazer com o pai, que considerava o sucesso intelectual da filha uma humilhação a mais para ele.

E foi mais uma vez um professor quem reforçou o processo de resiliência de Marina pedindo-lhe que escrevesse como imaginava o país de origem de sua família. A criança descreveu lindamente a beleza da Itália, falou de um pai delicado e culto originário de uma família pobre, mas muito instruída. Ela releu mil vezes essa redação de resiliência que escondia cuidadosamente sonhando que seu pai a descobriria, leria e sairia dessa experiência metamorfoseado.

Os professores têm muito mais poder do que acreditam, mas não têm o poder que imaginam.

Finalmente, podemos encontrar um ponto comum entre essas famílias pobres que levam seus filhos ao sucesso escolar e os alunos que, apesar da família, se dão bem na escola: todos acreditam em uma espécie de liberdade interior, como se dissessem: "Não vejo por que me submeter à estatística que diz que um filho de trabalhadores não faz estudos superiores", ou: "Não vejo por que tenho de detestar a leitura como meu pai deseja." Esse "controle interno"[64] é custoso, pois esse tipo de família freqüentemente se isola de seu contexto social e às vezes é até a criança que deve se isolar e perder a estima de seus próximos para estudar às escondidas.

....
64. J.-L. Bauvois, R. V. Joule, "La psychologie de la soumission", *La Recherche*, 1998, 202, pp. 1050-7.

A crença em seus sonhos como liberdade interior

O sentimento de liberdade interior, de capacidade de autodeterminação é uma aquisição precoce provavelmente ligada à impregnação do apego seguro. Em caso de agressão, a criança continua a acreditar naquilo que escolheu, nos sonhos que a habitam e não apenas nos estímulos do ambiente. Ela está menos submetida ao contexto, sendo mais determinada pelo seu mundo interior.

Nadir teve muitas dificuldades para estudar Direito. Não apenas devia se sustentar ao mesmo tempo que estudava, como não podia falar sobre isso em casa, pois seu sucesso escolar incomodava a família. O pai se engajou nos *harkis** de tanto sonhar em se tornar um francês de verdade. A independência da Argélia o havia expulsado para os barracos da costa provençal. Nadir não era o favorito de sua mãe. Ela se sentia mais à vontade com as filhas, que riam o tempo todo enquanto cuidavam das tarefas domésticas, ou mesmo com seus outros filhos, que julgava menos pretensiosos do que Nadir, cujas frases eram complicadas demais. Nessa época, no segundo ano de Direito, um professor anunciava em voz alta os resultados do exame escrito antes de chamar os candidatos para o exame oral. Nadir, como todos, esperava chamarem seu nome, mas, a seu lado, outro candidato tentava fazer seus vizinhos rirem acrescentando "Morreu pela França" toda vez que um nome estrangeiro era pronunciado. "Sami Idrir": "Morreu pela França"; "Angelo Francesco": "Morreu pela França"; "Jacques Lebensbaum": "Morreu pela França"; "Nadir Belchir": "Morreu pela França." Por uma fração de segundo, Nadir sentiu o prazer fantasioso de lhe dar um murro na cara. Ele esmagaria o rapaz por ser fisicamente mais forte. Talvez quebrasse seus óculos, quem sabe a emoção da briga o impediria de estudar? Nadir nada disse e não sentiu orgulho disso, mas pensou: "O que conta é realizar o que decidi fazer. Reagindo a

....
* Militar nativo da África do Norte que servia numa milícia ao lado dos franceses. (N. da T.)

esse garoto, eu me submeteria a seu mundo e perderia um pouco de minha liberdade." Dois minutos depois, Nadir tornou calmamente a seus estudos.

Essa observação permite explicar o que acontece com freqüência nas famílias que maltratam. Em metade delas, apenas uma criança-alvo apanha, enquanto na outra metade todas as crianças são espancadas. Algumas enfrentam fisicamente o pai violento, enquanto outras se refugiam no interior de si mesmas: "Pobre mamãe, você não é adulta me batendo desse jeito. Você se deixa dominar por seus impulsos." Vinte anos depois, as crianças briguentas saem-se mal. Elas se adaptaram ao contexto de maus-tratos e sua reação comportamental as submeteu a ele. Enquanto as crianças maltratadas que fugiram para dentro de si mesmas foram infelizes, mas isso lhes permitiu realizar mais tarde parte dos seus sonhos e, dessa forma, reparar sua auto-estima ferida.

O que conta é o que significa a escola ou a aventura intelectual. Ora, o significado de um objeto não está no objeto, mas no entorno que o atribui ao objeto. Samira era realmente uma menina difícil. Sempre chegava atrasada na escola e provocava o professor. Qualquer forma de autoridade suscitava sua rebeldia. Ela orgulhava-se disso e assim construía sua personalidade. Uma noite, deixou-se levar por um menino de quem gostava e foi estuprada por ele e seus colegas em um porão utilizado para essa finalidade. Traumatizada, contou tudo a seus pais, que a expulsaram de casa! A partir de então, ela se transformou numa "garota de porão" humilhada por sua família e desprezada pelos meninos e pelas meninas do bairro. Mas, em meio a seu desespero crescente, uma surpresa aconteceu: a escola mudou de significado. A partir daquele momento, foi o único lugar onde falavam com ela delicadamente: "Vou me agarrar à escola. Lá ao menos tenho um ambiente estável."[65] Antes do traumatismo, a escola tinha o significado de coerção aprisionadora à qual era necessário se opor. Após o traumatismo, o mesmo ambiente se tornava tranqüilizador e lhe permitia voltar a ter alguma esperança.

---

65. S. Bellil, *Dans l'enfer des tournantes*, Paris, Denoël, 2002.

Samira soube aproveitá-lo; hoje ela é formada, vive cercada de amigos e trabalha em uma instituição cultural.

É claro que não se está dizendo que é necessário traumatizar as crianças para fazê-las gostar da escola, mas é possível propor a idéia de que é um conjunto de forças convergentes que atribui à escola seu significado. Samira foi salva pela escola que ela agredia anteriormente porque, após o traumatismo, a instituição tornou-se um refúgio de bondade, uma esperança de libertação. Em um ambiente miserável, a escola conseguiu se constituir em uma ilha de beleza e liberdade. Nem todas as crianças são protegidas pela escola; algumas até são prejudicadas por ela. Um professor pode metamorfosear uma criança com uma simples frase ou com um olhar insistente. ("Metamorfose" significa mudança de forma, não forçosamente melhoria.)

Quando uma criança maltratada chega à escola, quase sempre ela já adquiriu um apego inseguro. Essa maneira de se relacionar a coloca num lugar periférico. Quando chega, não solicita seus colegas e, quando estes a convidam, evita o encontro. Infeliz, pouco confiante em si mesma, ela se coloca na periferia, esquiva o olhar, chupa o dedo, se balança ou finge se interessar por um objeto ao lado que a protege do face-a-face.[66]

Esse estilo comportamental chama a atenção de outro tipo de criança: o brutalizador. Eles sempre existiram nas salas de aula, mas eram mais raros e era sempre possível fugir ou se proteger deles. Ao que parece, atualmente, as crianças maltratadas em casa são, na escola, uma espécie de presa, cujo comportamento atípico chama a atenção dos brutalizadores. A maneira como essas crianças maltratadas se defendem contra os brutalizadores prediz de maneira confiável problemas ulteriores[67].

Uma pequena proporção de crianças maltratadas se rebela na escola contra o brutalizador. Neste momento, elas sen

....
66. M. Gannage, *L'Enfant, les parents et la guerre*, Paris, ESF, 1999, p. 87.
67. D. Schawartz, R. Steven, N. McFadyen-Ketchun, A. Kenneth, G. Dodge, S. Petit, J. E. Bates, "Peer group victimisation as a predictor of children behavior problems at home and school", *Development and Psychopathology*, Cambridge, Cambridge University Press, 1998, 10, pp. 87-9.

tem orgulho do enfrentamento físico que lhes permite pensar: "Fui corajosa. Resisti... Ninguém pode me brutalizar assim." Esse padrão comportamental permite à criança afirmar-se como alguém que, apesar de tudo, tem algum valor.

A criança que brutaliza as outras é quase sempre uma criança também infeliz em casa que doura sua imagem acreditando que sua força física inspira terror. A criança maltratada que resiste àquela que brutaliza, apesar de sua fragilidade, adota um pouco a mesma estratégia de revalorização.

Acontece que esses dois grupos evoluem para o fracasso escolar e para a dessocialização. O benefício imediato da vitória dos brutalizadores e dos brutalizados é fugaz. Ao contrário, o grupo de crianças serenas se afasta deles deixando-os entregues a seu mecanismo de defesa alienante. A surpresa aparece quando acompanhamos por muito tempo esses grupos de crianças. A maioria das crianças maltratadas em casa que se deixam brutalizar na escola evoluem para uma depressão longa e secreta de vítima. Mas é nessa população de crianças infelizes que vamos encontrar mais tarde o maior número de resilientes!

As crianças brutalizadas que adotaram o mesmo estilo de defesa que as brutalizadoras obtêm um benefício psicológico de curta duração. É preciso recomeçar o tempo todo. As crianças violentas são cercadas e admiradas por um grupo de subchefes, o que não impede sua rejeição. Esse mecanismo de defesa tóxica revela que essas crianças sofrem quase sempre de problemas relacionados ao apego[68], e o par mórbido se arrasta mutuamente para a dessocialização. Enquanto o grupo das depressões silenciosas e dos sofrimentos secretos utiliza mecanismos de defesa construtivos: devaneios, intelectualização, ativismo, antecipação e sublimação. Se um adulto lhes propuser um tutor de resiliência a fim de ativar suas competências secretas, veremos essas crianças voltar à vida, até o momento em que a depressão silenciosa desaparecerá sob o efeito do trabalho afetivo, intelectual e social.

....

68. J. R. Meloy, *Violent Attachment*, Northvale, NJ, Aronson, 1992.

Uma defesa legítima, mas isolada dos outros, pode tornar-se tóxica

Em compensação, quando essas crianças são abandonadas a seu sofrimento mudo, um grande número delas será destruído por seus próprios mecanismos de defesa[69]. A negação que as protege condena-as ao mutismo. O devaneio que cria um mundo íntimo de beleza pode afastá-las do mundo social. O medo dos outros aumenta seu absenteísmo. Com freqüência, uma intelectualização mal-adaptada dá a essas crianças um aspecto embrutecido na escola, embora elas sejam muito bem informadas em alguma área marginal.

Quando deixamos as crianças brutalizadas serem rejeitadas e negligenciamos a depressão secreta das maltratadas, elas aprendem o desespero e a dor disfarçada. Mas, quando as ajudamos a utilizar o que seu sofrimento estabeleceu, um grande número delas se torna resiliente.

O que se esclareceu nesses últimos anos é que o poder modelador mútuo ocorre igualmente entre irmãos[70]. Freqüentemente é o irmão mais velho ou a irmã mais velha que fornece o estilo comportamental. Alguns irmãos mais velhos têm um efeito de atração que arrebata os mais novos. A identificação com o mais velho induz frátrias de artistas, de bons alunos, de briguentos ou de pessoas que fogem diante das dificuldades. Inversamente, não é raro que o mais velho se aproveite de sua força e de sua autoridade para estabelecer uma relação de domínio que beira o sadismo e que os pais muitas vezes não percebem. Da mesma forma, por modificar o comportamento dos pais, uma criança doente na família muda a bolha sensorial que envolve as crianças sadias orientando-as de forma diferente.

Sylvaine tinha cinco anos quando seu irmãozinho nasceu com uma anomalia genética. Em menos de dois meses, a menina tornou-se séria. Ela não conseguia compreender que o bebê teria um desenvolvimento particular, mas, desde que o ir-

---

69. E. Debarbieux, C. Blaya, *La Violence en milieu scolaire*, Paris, ESF, 2001, p. 50.
70. R. Myrick, "Development guidance and counselling: A practical approach", Minneapolis Educational Medical Corp, 1997.

mãozinho nasceu, ela não teve mais os mesmos pais. Sua mãe parou de trabalhar e, apesar de ficar mais em casa, falava menos com a menina e sorria menos. Como agora havia um único salário para a família, o pai se ausentava com maior freqüência para trabalhar mais e, quando estava presente, tinha também se tornado mais sério e brincava menos com a filha. Então Sylvaine adaptou-se a esse novo mundo e, sentindo seus pais vulneráveis, foi ela que envelheceu e passou a cuidar deles.

Uma criança mais velha é tutorada pelos gestos, pelas mímicas e pelas palavras dos adultos aos quais é apegada. Ela percebe bem suas interações, mas ainda não tem acesso aos valores de seus pais, nem a uma representação de sua condição social. Mas, quando o sentido da existência muda para os pais, o mundo sensorial que envolve a criança muda igualmente.

Assim, é uma constelação de forças modeladoras que envolve a criança. Esse ambiente muda de forma a cada acontecimento: a chegada de um bebê, uma mudança de casa, a substituição de um professor, a infelicidade dos pais, ou mesmo sua felicidade, podem modificar os tutores de desenvolvimento. Isso explica as variações psíquicas impressionantes em uma criança após um acontecimento que, no mundo adulto, parece insignificante.

Quando crianças mais velhas são modeladas por instituições, aparecem com freqüência dois estilos relacionais extremos: o grupo "exteriorizado", que age facilmente, fala, brinca e se opõe sem medo aos adultos; e o grupo dos "interiorizados", silencioso, esquivo ou até ansioso. Quando observamos essas crianças por pouco tempo, constatamos que as "exteriorizadas" riem, movimentam-se, falam e parecem à vontade. Enquanto as "interiorizadas" medrosas e sempre na periferia não estão muito longe da depressão. Mas, quando as vemos vinte anos mais tarde, as "interiorizadas", que não tiveram um bom desempenho escolar, pois eram infelizes em casa e na escola, freqüentemente compensaram suas falhas desenvolvendo um imaginário que lhes deu a esperança e o desejo de se sair bem[71].

....

71. E. U. Hodges, D. G. Perry, *Behavioral and Social Antecedents and Consequences of Victimization by Peers*, Society for research in child development, Indianápolis, março de 1995.

As crianças podem se modelar entre si, pois têm poderes análogos aos dos adultos: identificação com uma criança mais velha, relação de domínio ou de proteção de uma criança menor, mais vulnerável. Elas podem se ajudar ou se entravar mutuamente como fazem os adultos. A escola pode, dessa forma, tornar se um lugar de tédio e de má influência assim como de resiliência[72], dependendo do significado que a comu nidade lhe atribui.

Na criança, uma tendência afetiva e comportamental pode tornar-se uma aquisição estável se o ambiente for estável. Porém qualquer mudança no sistema modifica a tendência, transformando a trajetória de sua existência.

A escola é um fator de resiliência quando a família e a cultura lhe atribuem esse poder

Acaba de acontecer em Baltimore, nos Estados Unidos, um fenômeno que pode ilustrar essa idéia. A maioria dos meninos dos bairros negros recusava-se a ir à escola. Eles se influenciavam mutuamente, escapando ao controle dos pais, e preenchiam seus dias com um heroísmo de delinqüentes que os levava com freqüência para a cadeia. Até o dia em que uma mãe, desesperada por ver seu filho de oito anos se rebelar orgulhosamente contra qualquer autoridade e enveredar pelo caminho da delinqüência, decidiu enviá-lo para a casa de um primo distante, um massai africano. O menino voltou para casa metamorfoseado, bonzinho, cooperativo, bom aluno e feliz por sê-lo. Hoje, existem dois grupos em Baltimore: os que, tendo permanecido nos Estados Unidos, continuam a ir para a prisão e os que, após uma simples estada na África, terminam o colegial, aprendem uma profissão e não se queixam mais[73].

....

72. E. Werner, R. Smith, *Vulnerable but Invincible: A longitudinal study of resilient children and youth*, Nova York, Adams, Bannister & Cox, 1988; L. Leblanc, seminário do diploma universitário de Toulon-Porquerolles, 9 de junho de 2002.

73. A. Hicklin, "The warrior class", *The Independent*, 21 de fevereiro de 2002.

Contextos estruturantes totalmente diferentes atribuem à escola significados opostos. Em Baltimore, os meninos só lutam contra seu isolamento encontrando na rua outros meninos que desprezam a escola. Os contatos com os adultos são apenas ameaças e repressão. Os acontecimentos e as distrações procedem apenas de outros meninos que enganam a polícia e enfrentam o mundo dos adultos anônimos.

Entre os massai, uma criança nunca está sozinha. Mesmo assim, ela se sente livre e protegida, pois os adultos as ensinam a escapar dos perigos à sua volta. Nesse contexto, a segurança provém dos adultos, que atribuem muito cedo à criança sua parcela de responsabilidade. Em Baltimore, o perigo vem dos adultos enquanto, entre os massai, vem do mundo exterior. Segundo a organização do meio, a escola pode se tornar fonte de desprezo ou de felicidade. O que não exclui, de forma alguma, a participação dos professores e dos alunos, igualmente atores dentro desse sistema[74].

Quando entram na escola, 70% de nossas crianças já adquiriram um apego sereno, o que faz desse acontecimento importante um jogo de exploração, um prazer de descoberta. Mas, num em cada três casos, as crianças inseguras falam pouco, vivem à margem e sofrem caladas porque aprenderam a ter medo dos outros e a sentir a angústia diante do desconhecido. Praticamente todos os apegos inseguros e mesmo uma parte dos apegos seguros são crianças traumatizadas. Apenas uma em cada duas crianças vivencia o início do ano escolar como uma aventura excitante. No primeiro dia de aula, elas já aprenderam uma maneira de amar e todos os preconceitos de sua família. A modelagem prosseguirá sob o efeito conjugado dos irmãos, das irmãs e dos amigos de bairro. O apego dos pequenos não se forma preferencialmente na direção dos professores mais qualificados, eles preferem aqueles cujas personalidades os deixam seguros e os dinamizam. Mas o valor e o significado atribuídos à escola dependem muito dos estereótipos culturais.

....
74. A. Vasquez-Bronfman, J. Martinez, *La Socialisation à l'école*, Paris, PUF, 1996.

Assim, é sob o efeito de uma constelação de determinantes que a criança deverá se insinuar para construir sua resiliência. É por isso que não podemos atribuir um efeito a apenas uma causa. Não podemos dizer que a escola massacra as crianças ou as salva. Os dois casos coexistem. Mas, quando a agressão é extrafamiliar, os tutores de resiliência serão intrafamiliares como nas "famílias-bastião", que sabem proteger e dinamizar seus filhos[75]. Quando uma agressão é intrafamiliar é no ambiente que é preciso procurar os tutores de resiliência: tio, tia, avós, vizinhos, escola, bairro e organizações culturais.

Os filhos de mineiros veneravam seus pais, heróis da família sacrificados no altar da indústria. Esses homens desceram nas minas aos doze anos, sabendo que praticamente nunca mais veriam a luz do dia, que engatinhariam em galerias hiperaquecidas, arriscariam-se a acidentes ou a explosões de gás, ou que morreriam lentamente asfixiados pela silicose. Neste contexto técnico e industrial aterrador, em que a agressão era extrema, a família assumia o valor de um porto protetor, e esses homens, pouco presentes em casa em tempo real, preenchiam o imaginário da família e da cultura que os via como heróis.

O estranho lar da criança-adulto

Quando a agressão é insidiosa, tomamos pouca consciência dela e, no entanto, o peso do cotidiano estrutura a criança que aprende, dia após dia, a se adaptar a uma ruptura lenta.

Os filhos de pais vulneráveis apegam-se a tutores frágeis e adaptam-se a esse ambiente cuidando muito deles. É mais ou menos o que acontece quando se caminha por uma trilha mal traçada numa montanha. Prestamos atenção aos desmoronamentos, afastamos as pedras instáveis, empurramos os galhos que poderiam nos desequilibrar. Podemos chamar de "adultismo" os mundos mentais e comportamentais das crianças

---

75. M. Ravoisin, J.-P. Pourtois, H. Desmet, "Les enfants d'ouvriers à Polytechnique", in: J.-P. Pourtois, H. Desmet, op. cit., pp. 173-95.

cujos pais são vulneráveis. O termo não é bom, e é por isso que é necessário mantê-lo, porque é insólito e designa um comportamento de adaptação ao mesmo tempo que patológico. Quando acompanhamos psicologicamente um grupo de crianças com pais vulneráveis, doentes mentais, deficientes físicos, presos ou alcoólatras, terminamos por descobrir, observando sua evolução, que um pouco menos da metade delas (45%) vão se tornar adultos angustiados, com um padrão emocional instável e um mundo interior freqüentemente doloroso (contra 23% na população geral). Mas, algumas décadas depois, mais da metade desse grupo resultará, apesar de tudo, em adultos serenos e realizados[76], ao preço de uma estratégia custosa: o adultismo. Os 45% que resultaram em adultos que sofrem é a parcela que foi deixada sozinha em contato com o genitor vulnerável. Enquanto a outra metade, que resultou em adultos realizados à custa do adultismo, encontrou fora de seu estranho lar um vínculo familiar ou cultural no qual pôde deixar de ser pai de seus pais. Em torno desse lar que transformava a criança em genitor, havia tutores de resiliência: uma escola, uma associação, um grupo esportivo, um tio, uma vizinha, um grupo de amigos, em que a criança podia retomar seu lugar e seu desenvolvimento.

Podemos nos perguntar por que mistério os filhos de pais imaturos tornam-se tão freqüentemente adultos precoces. O exemplo de referência nos é fornecido pelas crianças cujos pais morreram. A morte, no imaginário do órfão, atribui a seus pais uma condição particular. Essas crianças são as únicas a ter pais sempre jovens, perfeitos e que não cometem nenhum erro. Enquanto aquelas que têm a sorte de ter pais reais deverão, inevitavelmente, conviver, mais cedo ou mais tarde, com um pai cansado ou injusto, uma mãe nervosa ou que deixa seu filho de lado para se ocupar de outra coisa. Os mundos sensoriais que envolvem essas crianças são totalmente diferentes. A criança que tem pais reais, e por isso imperfeitos, aprende a enfrentá-los e a suportar suas pequenas injustiças e abando-

---

76. Centro de pesquisa e de inovação em sociopedagogia familiar e escolar (CERIS), Universidade de Mons-Hainaut.

nos, o que a conduz a uma autonomia progressiva. Enquanto aquela cujos pais morreram, e são portanto perfeitos, se desenvolve em um mundo clivado onde o real é cruel e o imaginário maravilhoso. Quando não desmoronam, os órfãos se tornarão, em mais da metade dos casos, "pequenos adultos" ou, como se diz, "pequenos velhos". O ambiente exalta seus méritos, diz-se que eles são sérios e razoáveis, contudo provocam um sentimento de incômodo. O relacionamento é polido demais, um tanto prolixo e até afetado. Seu senso de responsabilidade nos impressiona e nos deixa pouco à vontade. Seu sorriso afetado nos afasta, seu preciosismo dá-nos vontade de sacudi-los e seus comportamentos encantadores são desprovidos de encanto. Temos vontade de falar mal deles, mas seu desempenho nos obriga a falar bem.

Lembro-me de Antoine, órfão desde muito cedo, bastante atrasado mentalmente, depois de ter passado por cerca de quinze instituições onde jamais teve tempo de desenvolver algum vínculo. Por volta dos doze anos, foi confiado finalmente a uma família na qual mudou instantaneamente de comportamento. O casal vendia charcutaria em um caminhão. Antoine tinha de cuidar da casa e dos filhos do casal. Ele encarava seu trabalho com uma seriedade excessiva. Na escola, Antoine tornou-se um bom aluno, enquanto antes era uma criança inibida, quase débil. Alguns anos depois, quando conseguimos entrar em sua intimidade, fomos obrigados a compreender que esse adultismo constituía a forma socialmente aceitável de um apego evitante, como se Antoine se dissesse: "Faço o que tenho de fazer. Eles me deixam morar na casa deles e eu compro minha liberdade sendo uma criança perfeita como meus pais mortos. Estamos quites, então um dia posso abandoná-los sem nenhum remorso." O apego evitante que Antoine manifestava, associado a seu comportamento perfeito de criança adotada, constituía, na verdade, uma estratégia de vida adaptada à situação. Antoine comprava seu desapego e sua liberdade futuros.

Essa estratégia de ajustamento parece com um controle interno excessivo, como se a criança dissesse: "Uma submissão aparente paga minha liberdade. Renuncio ao prazer imediato a fim de que depois essas pessoas não me impeçam de gozar a vida pedindo-me que cuide delas. Pago adiantado, dou antecipadamente. Minha gentileza anormal prepara meu desligamento. A realidade até aqui era desesperadora, mas, desde que me atribuíram responsabilidades, recupero a esperança por descobrir que posso dominar a realidade." Essa forma de reparação da auto-estima é custosa, mas como agir de outra maneira?

A criança que se torna adulta não é boazinha para conseguir ser amada, para formar um vínculo, como as que desenvolveram um apego sereno, é boazinha para se libertar. Mas essa forma de conquistar a autonomia só aparece com certo tipo de pais. No decorrer das adoções anteriores, Antoine havia manifestado formas diferentes de apego que dependiam muito da família adotiva. Às vezes parecera aturdido, distante, nada tendo a dizer ou a comunicar àquelas pessoas. Outras vezes, ele foi adorável, trabalhador, atento a não ser um peso para a família que o abrigava. Mas o mais espantoso é que, antes de ser enviado à casa dos charcuteiros, ele havia passado alguns meses com uma família bem estruturada, na qual o marido e a mulher, ambos decoradores, o haviam inibido completamente. Antoine não se atrevia a fazer nada, nem em casa, nem na escola, por se sentir muito intimidado e distante desse casal que ele admirava, mas com o qual não conseguia se identificar. Ao chegar à casa dos charcuteiros o menino, então com dez anos, ficara surpreso com a pouca cultura do casal e muito satisfeito com as tarefas com que lhe sobrecarregaram. A força do casal de decoradores fazia com que sentisse vergonha de si mesmo, enquanto a fraqueza e a ingenuidade brutal dos charcuteiros lhe permitiam comprovar que ele era capaz de fazer uma casa funcionar, de tomar conta de crianças e de ser bom aluno.

O adultismo permite não depender do amor dos outros: "Eu mando, eu pago, eu vou embora." Podemos imaginar que, continuando com os decoradores, Antoine procuraria conquistar sua autonomia aprendendo logo qualquer profissão que lhe permitisse ir embora e evitar rever aquela bondosa família adotiva. Enquanto com os charcuteiros a criança, assoberbada de trabalho, tinha recomeçado a sonhar e decidiu fazer o que sua mãe desejava antes de morrer. "Meu filho será um grande advogado." Foi exatamente isso que ele afirmou, de forma violenta, quase gritando, quando o "papai" charcuteiro quis lhe ensinar sua profissão para que Antoine se tornasse seu amparo na velhice. Trabalhar precocemente iria acorrentá-lo à família de charcuteiros, enquanto o mesmo trabalho precoce o libertaria da família de decoradores. As estratégias de resiliência seriam diferentes, e o mesmo evento de trabalho precoce adquiriria uma função oposta dependendo da família adotiva.

A oblatividade mórbida, o dom excessivo de si, como preço da liberdade

É quase regra um pai imaturo provocar a parentalização de um de seus filhos[77]. E é freqüentemente graças a esse processo custoso que as crianças que se desenvolvem em famílias com relações incestuosas conseguem se libertar e tornar-se resilientes. Lorenzo tinha quatorze anos quando surpreendeu o pai com sua irmã na cama do casal. Após algumas semanas de tempestades interiores, ele decidiu prestar queixa na delegacia, que intimou o pai. O homem chegou surpreso, aturdido com a denúncia. Ele deu tantas provas de sua dedicação aos filhos que foi o rapaz quem teve de consultar um psiquiatra que lhe prescreveu psicotrópicos. Dois anos depois, a irmã surpreendeu o pai com a filha caçula. O testemunho associado dos dois adolescentes dessa vez mandou o pai para a prisão. Lorenzo não experimentou um sentimento de vitória. Ao contrário, sentiu-se culpado pela derrocada econômica da família. Por sua causa, todos ficaram pobres, por sua causa suas irmãs não podiam continuar a estudar. Assim, encontrou um trabalho de pedreiro e passou a tomar conta da família, da vida doméstica e administrativa enquanto suas irmãs estudavam.

....
77. J. Miermont (dir.), "Parentification", *Dictionnaire des thérapies familiales*, Paris, Payot, 2001.

O genitor incestuoso não é um genitor forte, assegurador e dinamizante porque não tem acesso ao sentimento de paternidade. Não se sente pai e vê sua filha como uma mulherzinha. Diante de um genitor forte, uma criança se afirma opondo-se, enquanto Lorenzo, perante um pai imaturo e uma mãe ocupada com outras coisas, descobriu sua força assumindo a casa e tornando-se "pai" de sua mãe e de suas irmãs menores. O benefício imediato de seu adultismo permitiu-lhe aliviar sua culpa e restaurar sua auto-estima ferida socorrendo os mais frágeis. Por meio dessa estratégia custosa, o menino voltava a ser capaz de ser estimado e virtuoso.

Os caminhos da justiça às vezes são surpreendentes. O pai do pequeno Claude matou sua mãe diante dele. O menino não disse uma palavra quando foi colocado em uma instituição fria. Essa frieza afetiva foi-lhe conveniente por permitir que ele se adaptasse sem ter de fazer o esforço de criar ligações. Após alguns meses de hibernação, ele foi confiado a uma jovem tia solteira que sobrevivia fazendo *striptease*. Como ela trabalhava à noite e dormia durante o dia, a criança se aborrecia e sentia falta do orfanato triste. Até que um dia a tia decidiu aburguesar-se e pediu ao menino que escolhesse entre dois pretendentes, um alegre e esportivo, de quem Claude gostava muito, o outro triste e entediante, que foi o que ele escolheu por ter uma vantagem indiscutível: uma luxação no quadril! Nunca essa criança, tornada responsável demais por sua tia imatura, poderia infligir uma ferida afetiva a esse homem. Ele sofria menos infligindo essa privação a si mesmo.

Não se conquista a liberdade impunemente, e Claude, como Lorenzo, trabalhando para se tornarem homenzinhos honestos, preparavam-se para uma oblatividade mórbida por ser excessiva. Aquele que se oferece para satisfazer as necessidades do outro em detrimento das suas não pertence, contudo, à família de Masoch porque não procura seu próprio prazer por meio dessa estratégia. Conquista a auto-estima, mas não o prazer. "Eu gosto do esportista, o que ri o tempo todo. Mas não suportaria ser uma criança que faz o mal. Renuncio a meu prazer (enquanto Masoch o busca), para me construir como um homem honesto." Claude falaria dessa maneira.

Diante do real, só podemos suportá-lo e nos adaptar a ele para não morrer, mas uma criança não tem a menor idéia de como enfrentá-lo. Ela precisa do outro para aprender a viver e adquirir algumas habilidades relacionais que caracterizarão seu estilo afetivo. Então ela poderá se tornar fácil ou difícil de amar, empreendedora ou inibida. Ser adulto é adquirir a habilidade de satisfazer as necessidades reais fazendo de sua representação um prazer. Meu organismo tem necessidade de água (é o real), vou colocá-la numa garrafa azul (é a representação do real).

"A maturidade psíquica é resultado de um desenvolvimento mental tutorado."[78] Para enfatizar o aspecto patológico da criança-adulto, Freud falava de "prematuridade do eu", e Ferenczi já havia sublinhado até a maturidade precoce dos "frutos estragados"[79]. Tenho a impressão de que a morbidez do adultismo é mais uma adaptação a uma pressão familiar ou social. Podemos nos perguntar por que algumas famílias tutoram desenvolvimentos imaturos, enquanto outras provocam maturidades precoces. Parece que, quando um ambiente resolve todas as pressões da realidade por meio de figuras de apego, a criança, como que empanturrada, não faz uma representação disso. Não é necessário para ela aprender as habilidades relacionais, porque o real já está satisfeito. Quando o meio fornece tudo, a criança não tem idéia de que precisa de água.

Um adulto precisa de água e de uma garrafa azul. Um empanturrado não deseja nem uma coisa nem outra. Um carente tem tanta necessidade de água que pouco se importa com a cor da garrafa. É assim que ambientes dessemelhantes tutoram desenvolvimentos diferentes conciliando o real com sua representação.

....
78. G. Harrus-Redivi, *Parents immatures et enfants-adultes*, Paris, Payot, 2001, p. 14.
79. S. Ferenczi (1932), "Confusion des langues entre les adultes et l'enfant", *in: Psychanalyse IV, op. cit.*

Livrar-se do sacrifício para conquistar a autonomia

Quando a criança dilacerada se submete à ferida porque ninguém lhe diz que é possível repará-la, ela sofre um traumatismo psíquico. Algumas crianças se adaptam a esse golpe assumindo todos os problemas de seu pequeno mundo, uma espécie de atividade autocentrada não mais dirigida a seu próprio corpo mas ao ambiente próximo. Quando o trauma acontece com uma criança mais velha, ela reage menos se balançando ou se tocando de forma incessante como uma menor faria, e sim assumindo os que estão à sua volta. Essas condutas podem, num primeiro momento, ter um efeito protetor, mas, se duram demais, tornam-se um entrave ao desenvolvimento da personalidade. Assim, é necessário livrar-se do adultismo e abandonar essa proteção para tornar-se resiliente. Esse processo de resistência-resiliência[80] é comum quando das turbulências da vida. Inicialmente, é preciso enfrentar e adaptar-se, a qualquer preço. Depois, quando tudo se acalma, é preciso livrar-se disso para retomar o desenvolvimento e fazer algo com a ferida, dar-lhe sentido. A hipermaturidade precoce não é um avanço, é antes um atraso, mas, após esse longo desvio, uma resiliência torna-se possível. "Comportar-se como adulto" permite escapar ao sentimento de inferioridade da criança ferida, mas agir como se eu fosse mamãe ou como se eu pudesse decidir como um homenzinho é um prazer perigoso, pois esse jogo do "como se" ensina à criança um papel que não corresponde à sua personalidade. Sabendo que "o espetáculo do outro é sempre uma linguagem"[81], a criança ferida encena seu próprio personagem. Ela faz o papel daquele que insiste em não ser criança porque é difícil demais. Comportar-se como adulto possibilita já não estar sozinho. Mas o pequeno ator recita um papel que não sente, pois não gosta de ser adulto e, freqüentemente, não gosta da pessoa à qual se dedica.

---

80. J. Barudy, *La Douleur invisible de l'enfant: l'approche éco-systémique de la maltraitance*, Ramonville-Saint-Agne, Érès, 1997.
81. M. Foucault, *Naissance de la clinique*, Paris, PUF, p. 7.

Uma tarde de quarta-feira, Nicolas teve de renunciar a uma partida de futebol com o time dos adolescentes de seu colégio para levar as crianças de sua família adotiva passear na praça. O rapaz havia colocado um livro didático sobre o carrinho de bebê e tentava estudar enquanto tomava conta das crianças, quando um casal de idosos, encantado com a cena, cumprimentou-o. Nicolas ficou surpreso com os palavrões que escaparam de sua boca. Ele até que aceitava fazer faxina às cinco horas da manhã, renunciar ao futebol, cuidar das crianças, estudar para se sair bem na escola, mas ficava furioso em ser etiquetado de "bonzinho". Não queria ser esse personagem cujo papel lhe garantia apenas uma estratégia de libertação: "Eu me adapto, eu pago, estou quite... Este longo desvio é o único caminho que me permitirá um dia tornar-me eu mesmo."

Como agir de outra forma? Nicolas havia visto várias vezes nas instituições os meninos rebeldes se dessocializarem fugindo, roubando ou brigando entre si. Perdiam sua liberdade ao se permitir alguns breves instantes de revalorização: "Vocês viram a proeza que fiz roubando, viram minha coragem enquanto brigava?" Vitória breve a um preço muito alto. O adultismo de Nicolas tornava-se para ele um subterrâneo escavado lentamente, mas que, dia após dia, o conduzia ao ar livre.

Mas nem sempre! O adultismo libertador se opõe ao adultismo das crianças muito apegadas a um genitor vulnerável. Prisioneiros da imaturidade do adulto, elas não ousam livrar-se dele. A liberdade as envergonha, como se estivessem abandonando um próximo ou uma criança.

A mãe de Pierre foi obrigada a trabalhar como enfermeira para pagar seu próprio curso de medicina. Ela era viva, simpática, ativa, mas incapaz de planejar um dia de trabalho. Esquecia os encontros, perdia documentos, saía de férias no dia em que os sócios de seu consultório a esperavam no tabelião. Muito cedo Pierre havia aprendido a tomar conta dela. O menino enchia a geladeira, arrumava os prontuários, dizendo a si mesmo que um dia ela teria de lhe contar quem era seu pai. Ao final do colegial, ele pagou seus próprios estudos de Letras trabalhando como agente de viagens, pois sua mãe estava cheia de dívidas. Um dia, ela disse chorando ao filho que teve de abandonar seu carro já velho demais e portanto, não conseguiria fazer as visitas do dia seguinte. O jovem imediatamente conseguiu um empréstimo para estudantes, comprou um carro para a mãe e passou a trabalhar ainda mais para pagar suas dívidas. Devido à imaturidade de sua mãe, Pierre se encontrava diante de uma escolha impossível: quando a protegia, comprometia seu próprio desenvolvimento e, quando se afastava para poder trabalhar melhor, era torturado pela culpa. Qualquer que fosse sua decisão, ela era dolorosa. Mas o impressionante era ver a que ponto o fato de maternar sua mãe desenvolvia nele um hiperapego ansioso. Não é raro observar esse mesmo fenômeno quando uma mãe cuida de uma criança vulnerável, doente ou difícil. Os cuidados dispensados ao frágil desenvolvem o apego e valorizam aquele que doa.

O adultismo é um longo desvio que pode levar à resiliência contanto que a criança o utilize para libertar-se e tornar-se responsável por si mesma. Quando essa criança comportada e dedicada demais se deixa aprisionar por aquele a quem protege, ambos naufragam. Mas, quando o fato de ter ajudado o adulto protegeu a criança e permitiu-lhe engajar-se na realização de um projeto pessoal, mesmo julgada ingrata pelos vizinhos que antes a admiravam, ela poderá tornar a seu desenvolvimento pessoal.

Mais uma vez é o contexto que servirá de orientação. Bernadette, Éric e Irène dedicavam-se muito mais à mãe do que a seus colegas de escola. Cada um deles era filho de um pai diferente que havia desaparecido antes de seus nascimentos. A mãe vivia do auxílio social não deixando quase nunca a cama onde recebia, de vez em quando, um amante de passagem. Os filhos cuidavam de tudo e passavam a maior parte do tempo reconfortando a mãe. Até o dia em que Bernadette se apaixonou... por um negro. Como o caso parecia sério, foi necessário apresentá-lo à sua mãe, que não conseguiu conter insultos racistas. Furiosa, expulsou de casa a filha, que, muito infeliz, a princípio ficou preocupada com a mãe e pediu que o irmão e a irmã pequena cuidassem dela. Algumas semanas depois, Bernadette descobria, com espanto, a leveza de viver.

Não é raro que o sucesso escolar da criança-adulto humilhe o genitor que ela assumiu. Essa criança demasiado séria pode ser considerada pedante. Ela explica como o mundo funciona de forma um pouco condescendente, dá lições de moral e é aplicada na escola: irrita. Sobretudo quando os outros irmãos se comportam normalmente, morrem de rir, fazem bobagens e são aplicados na escola... às vezes. Então, alguns padrões comportamentais de pais vulneráveis se obstinam de forma não-verbal em fazer o filho que os ajuda fracassar. A mãe pode se "esquecer" de dar o dinheiro para pagar a inscrição em um exame. Ela pode "perder" o documento de solicitação de uma bolsa. O pai imaturo pode dar um jeito de chegar atrasado à entrevista de emprego à qual havia prometido acompanhar o filho. Os cenários de fracasso são muitos, variados e todos "acidentais", mas testemunham, na verdade, um desejo de entravar esse filho, bonzinho demais, cuja autonomia seria retardada pelo fracasso. Trata-se de mantê-lo por perto no caso dos hiperapegos ansiosos ou de fazê-lo fracassar quando seu sucesso humilha os pais imaturos.

Pois é exatamente a conquista da autonomia que leva à resiliência. Quando um desenvolvimento é normal, a criança se afasta cada vez mais da fonte de apego que, impregnada em sua memória, lhe dá força para deixá-la. Quando aconteceu um trauma, a evolução na direção da resiliência deverá realizar a mesma conquista, mas ela implica estratégias mais custosas pois trata-se de retomar um caminho apesar da ruptura e em circunstâncias adversas.

A partir dos seis anos, uma criança prossegue seu desenvolvimento através de tutores extrafamiliares, em sua maioria fornecidos pela família ampliada, pela escola e pelo bairro. Se a criança precocemente adulta encontra fora do lar um amigo, um professor, um instrutor de esportes ou um parceiro afetivo, com freqüência se transforma.

Foi um colega de colégio que pôs Antoine no caminho da autonomia, permitindo-lhe se libertar dos gentis e incômodos charcuteiros. Roland tinha doze anos quando Antoine tinha onze. Ele adquirira um apego seguro apesar do divórcio dos pais. A mãe, autoritária e trabalhadora, dirigia um ateliê de costura, enquanto seu pai, poeta e professor, dedicava a vida a criar belos encontros, domingos no campo e lindas discussões à mesa. Pais como esses não podiam se entender, mas cada um deles legou a Roland uma rica herança psíquica. A força vinha da mãe, e a beleza do pai. Desde que entrou no colégio, Antoine notara Roland, cuja segurança, alegria e dribles no futebol o impressionaram muito. Os dois meninos moravam no mesmo bairro. Voltavam juntos para casa à tarde e tornaram-se amigos. Apesar de sua força aparente, Roland sentia-se filho de seus pais. Sua mãe desejava que ele se desse bem na vida e, então, ele não hesitava em mantê-la acordada para que lhe tomasse as lições. Roland, por outro lado, tinha se impressionado com a aparente maturidade de Antoine, que já sabia dirigir uma casa. Graças a essa amizade, Antoine foi convidado para ir à casa do pai poeta e professor onde, de repente, sentiu-se criança. Aprendeu a cozinhar, a beber bons vinhos, a fazer bobagens, a cantar canções maliciosas diante do pai que simulava indignação. Todo esse mundo de faz-de-conta criava um sentimento de felicidade verdadeira. Antoine descobria que, com os bons charcuteiros, ele sentia-se constantemente acabrunhado, enquanto sua amizade com Roland lhe permitia compreender que uma criança tem o direito de ser conduzida. É claro que Antoine não se tornaria amigo de qualquer um. Sua amizade com Roland só foi possível porque ele era sensível a esse tipo de amigo. No mesmo bairro, ele cruzara sem conhecer de verdade outros meninos que falavam apenas de brigas e furtos, o que o fazia lembrar-se dos meninos dessocializados das instituições por onde havia passado. Quando, alguns anos depois, Roland inscreveu-se na faculdade de Direito com o sonho de se preparar para a *grande école** com a qual sua mãe sonhava, Antoine perguntou-se por que também estava se inscrevendo. Servindo-lhe de tutor de resiliência, Roland havia permitido que Antoine se encaminhasse para a autonomia, escapando de sua condição de criança dedicada aos outros.

....

* As *grandes écoles* são estabelecimentos de educação superior que se destacam pelo alto nível de ensino. (N. da T.)

Essa reação de imitar é uma prova de que as crianças que se tornam adultas precocemente não são adultas. São razoáveis, sérias e responsáveis desde cedo para se salvar do desespero, mas não estão acabadas. Na verdade, trata-se de um distúrbio da parentalidade: não estão em seu lugar dentro da família. Na época em que se tornam adultas precocemente se submetem... aos fracos! Mas, como são ávidas por encontrar companheiros tutores de resiliência, conseguem libertar-se desse excesso de oblatividade e retomar outro tipo de desenvolvimento. Essa busca por um tutor de resiliência afetiva fora da família faz de sua adolescência um período crítico. Ávidas por encontrar um parceiro mais bem estruturado do que elas, "comportam-se como a criança que não foram"[82]. Observa-se então uma estranha colcha de retalhos de comportamentos parentais misturados com demandas infantis. Mas, nos dois casos, é a vida do outro que elas levam.

Micheline e sua irmã tiveram uma infância miserável na Martinica. O pai morrera de uma doença misteriosa. A mãe e as duas meninas conseguiram ser repatriadas para a França. As duas garotas haviam assumido totalmente a mãe desamparada. Elas cuidavam de tudo, reconfortavam-na o tempo todo, mas conseguiram, apesar de tudo, estudar enfermagem. Quando Micheline conheceu um oftalmologista, sentiu-se segura com a robustez do rapaz para quem tudo era claro. Mas não sabia que, casando-se com esse homem, estaria se casando igualmente com sua família. Quando a sogra ficou doente, Micheline cuidou dela com uma dedicação anormal. Para dar-lhe ânimo, confiou a seus cuidados o bebê que acabara de dar à luz, sofrendo muito com esse presente-abandono. Totalmente infantil no contato com seu marido, maternava a sogra a ponto de esgotar-se. Cuidava das duas casas e de seu trabalho, que não era dos mais leves. Até o dia em que o que deveria acontecer aconteceu: uma depressão por excesso de trabalho. É regra os oblatos desfazerem-se de seus bens para dá-los aos outros. Ficam felizes com isso, mas às vezes desmoronam, es-

---

82. A. Oppenheimer, "Enfant, enfance, infantile", *Revue française de psychanalyse*, 1994.

gotados. Obrigada a cuidar de si quando de sua depressão, Micheline tinha vergonha por estar melhor enquanto sua sogra ainda não estava bem. Recém-curada, tornou à sua estratégia relacional de oblatividade excessiva. Só após a terceira recaída, o marido, exasperado com tanta bondade, interveio para obrigar a mulher a cuidar de si mesma. Então, como uma boa menina, ela obedeceu e ousou ser feliz.

A resiliência, para essa mulher, passou pela depressão que a obrigou à metamorfose, com a ajuda de seu marido robusto. Esse caminho não é raro. Muitas realizações começaram após um abatimento que constituía o resultado de uma maneira de viver custosa e de um mecanismo de defesa desrespeitoso da personalidade da pessoa ferida.

Capítulo II
Os frutos verdes ou a idade do sexo

Narrar não é retornar ao passado

O itinerário mais saudável e menos penoso é constituído pela ação de narrar. A competência para narrar a si mesmo é necessária para compor uma imagem da própria personalidade. Esse trabalho provoca um prazer estranho. Compreende-se facilmente o deleite provocado pela lembrança de momentos felizes como acontece quando se está em grupo e a evocação dos momentos felizes provoca um retorno da felicidade. Dessa maneira forma-se a afeição entre pessoas que compartilham uma mesma lembrança. Mas lembrar-se o tempo todo de um episódio doloroso, fazer imagens tristes voltarem, tornar a diálogos conflituosos e imaginar outros provoca uma desconcertante emoção de bem-aventurado pesar. É provavelmente essa singularidade que permite compreender a função da narrativa interior: tornar a assumir a emoção provocada pelo passado e remanejá-la para torná-la uma representação de si intimamente aceitável.

Esse trabalho sobre a narrativa tem um efeito duplo. Em primeiro lugar, sobre a função de identidade: "Sou aquele que fugiu de um reformatório e mandou o pai para a cadeia para proteger suas irmãs..." Em seguida, uma função de remanejamento das emoções: "Agora consigo suportar a lembrança do exército chileno expulsando minha mãe e seus filhos. Até experimento, vinte e cinco anos depois, um orgulho indefinível evocando essa lembrança dolorosa, aqui na Espanha, meu país adotivo, que me atribuiu responsabilidades importantes." A ação de narrar permite à pessoa se constituir em sujeito íntimo, e a narração convida a assumir seu lugar no mundo humano compartilhando sua história. O que é intimamente aceitável se associa ao socialmente compartilhável. Após esse trabalho, o ferido pode se olhar de frente e reintegrar-se à sociedade.

Não se trata, então, do retorno do passado, pois isso é impossível. Quando conto minha visita ao palácio do rei Miguel da Romênia, não faço retornar a lembrança das quatro horas de estrada na direção de Constanza. Mal me lembro das florestas densas, do mormaço e da lentidão da viagem. Condenso algumas imagens significativas para mim: o isolamento do castelo, a mudança barroca de estilo em cada cômodo, e atribuo um significado a esses desenhos para que eles me permitam, em um só *flash*, evocar essa viagem à Romênia.

Quanto à veracidade das lembranças, elas são verdadeiras como as quimeras. Tudo é verdadeiro nesse monstro: o peito é de um leão, o ventre de uma cabra e as asas, de uma águia. Entretanto, o animal mítico não existe na realidade. Existe em uma representação que o locutor faz para si mesmo do real e partilha com seus parceiros de cultura.

O resultado desse efeito duplo é que as narrativas íntimas ou culturais podem construir no mundo psíquico um equivalente de apego seguro quando os vínculos precoces foram mal formados. Enquanto o apego precoce se impregna no temperamento da criança sem que seus pais saibam, a narrativa pode ser trabalhada intencionalmente por uma psicoterapia, pela criatividade artística ou por um debate sociocultural. Somos todos obrigados a trilhar esse caminho para construir nossa identidade e assumir um lugar no grupo. Os feridos da alma devem fazer isso com o trauma inscrito em sua memória e a narrativa que fazem dele sob o olhar da sociedade, o que não quer dizer forçosamente tornar pública uma ferida íntima.

Toda narrativa é uma ferramenta para reconstruir seu mundo

Algumas pessoas gravemente feridas ou mal assistidas desistem e permanecem embrutecidas, confusas, submetidas ao passado, ruminando a ruptura interior que continua viva. Outras, contudo, chegam à "criação de uma história interior necessária à sobrevivência psíquica"[1]. A narrativa põe em cena fatos reais cuja significação depende de quem a constrói. Georges Perec nunca vira as pessoas em torno dele desaparecerem, mas, um dia, deu-se conta do desaparecimento delas. Durante a Segunda Guerra Mundial via-se raramente os judeus desaparecerem, mas, num dado momento, compreendeu-se que eles haviam desaparecido. Georges lembra-se de seu pai ali, em um uniforme de soldado francês da Legião Estrangeira. E um dia... ele não estava mais ali. Lembra que sua mãe foi com ele até a estação do Norte, e depois... ela não estava mais ali. Seu mundo se esvaziou sem traumatismo aparente. A ruptura é enorme, invisível, a criança nada compreende porque não se pode observar uma coisa que não está presente. Durante seus quatro anos de sessões com o psicanalista, ele "fragiliza a carapaça de seus refúgios racionalizadores" e lembra acontecimentos que, para ele, se tornam reparadores de sua imensa ruptura: "Eu adoraria ter ajudado minha mãe a limpar a mesa da cozinha."[2] Pense que, para amar uma lembrança como essa, é absolutamente necessário não ter tido mãe. Um acontecimento não é o que se consegue ver ou saber dele, ele é o que fazemos dele na necessidade que temos dele para virmos a ser alguém. A banalidade mais insípida traz dentro de si a semente de um grande acontecimento interior, contanto que se proponha ao ferido um lugar e um procedimento em que ele possa mergulhar em busca das lembranças perdidas. O acontecimento é aquilo que fazemos com o que nos acontece: um desespero ou uma glória.

....

1. M. Coppel-Batsh, "Georges Perec, romancier de la psychanalyse", *Les Temps modernes*, nº 604, maio-junho-julho de 1999, p. 199.
2. G. Perec, *W ou le souvenir d'enfance*, Paris, Denoël, 1975.

Efetivamente, é no olhar ulterior, na representação do fato, que nasce a emoção provocada pelo acontecimento. O que o ferido pensa acerca do que lhe aconteceu e o sentimento que experimenta dependem tanto da narrativa que ele faz para si quanto da que ele faz para os outros, sendo necessário adicionar a narrativa dos últimos. É na confluência de todos esses mundos intersubjetivos que nasce o sentimento atribuído ao acontecimento.

A narração pode modelar a emoção de forma muito diferente segundo a atitude de quem escuta e o contexto cultural. O ferido pode ouvir: "Você está exagerando", "Não temos provas do que você está dizendo", "Pobrezinho amigo, com tudo isso que lhe aconteceu, você está perdido", "Coitadinho, não tenha mais medo, estou aqui", "Conte os detalhes de todo esse horror, estou achando delicioso", "Quem procura, acha", "Eu o admiro por ter superado isso"... Invente uma frase, qualquer uma, e esteja certo de que já foi pronunciada.

O que não impede que a estrutura narrativa do ferido contando sua história revele o sentimento que experimenta. Mas a emoção de seu mundo íntimo vem de fontes totalmente diferentes: sua própria sensibilidade impregnada em sua memória pela afetividade dos próximos, o significado que ele atribui ao acontecimento e o sentido que lhe é atribuído por seu contexto cultural.

Antoine ficou muito chocado quando o charcuteiro lhe deu o relógio de seu pai. No entanto, o relógio era lindo com sua corrente e sua tampa cinzelada. Mas o menino, que queria se libertar de sua família adotiva, ficara muito angustiado quando o bom charcuteiro quis lhe transmitir seu ofício. O presente significava que o pai adotivo desejava que o menino seguisse a tradição e continuasse a trabalhar para lhe servir de "apoio na velhice", como ele havia dito. Num contexto como esse, dar o relógio significava a inscrição de Antoine na filiação dos charcuteiros. "Meu pai foi charcuteiro. Vou lhe dar seu belo relógio, como ele me deu. Dessa forma, continuo passando, através das gerações, esse objeto-testemunha." Era exatamente isso que Antoine temia: trabalhar para essa família por toda a sua vida quando seu adultismo lhe permitia libertar-se dela. O lindo relógio tornava-se fonte de angústia. E, efetivamente, o comportamento de Antoine mudou após o acontecimento do presente: ele se tornou frio e distante.

Então, para que narrar? Imagine que um dia você está de férias. Em 11 de setembro, aconteceu um atentado terrível nos Estados Unidos. Só se fala disso, o espírito é tomado por esse acontecimento inaudito. Na praia, você está na fila de um sorveteiro. De repente, aparece um colega seu cientista que, por dois minutos, faz uma narrativa incoerente, mas mesmo assim ele pronuncia três palavras: "Bandeira", "água azul", "música divina". Depois ele desaparece.

Você poderia não dizer nada, não exprimir nenhuma emoção? A surpresa criou em você uma sensação de acontecimento. Você sorri, finge-se surpreso e arrisca alguma interpretação. Mas, quando alguém colhe suas narrativas, vê aparecer lentamente uma regularidade: a interpretação que você dá desse acontecimento insólito fala na verdade de seu contexto cultural[3]! Quando se está numa praia, espera-se que as pessoas tenham "comportamentos de praia": deitar-se na areia, molhar-se, jogar bola, ou fazer fila para comprar sorvete. Se alguma coisa que você não espera surge, esse fato provoca uma pequena ruptura em sua expectativa dessa situação. Senão por que você precisou dizer: "Ele falou de 'bandeira', ele vê atentados em todo lugar"? Outras testemunhas dizem: "Eu escutei 'água azul': ele acha que há uma guerra bacteriológica." "Não, de jeito nenhum", retorquiram outros. "Por causa da vida de hoje, ele anda tão estressado que está tendo um delírio místico. Ele tem alucinações de 'música divina'." Você percebeu corretamente o aspecto insólito da cena não adaptada ao contexto da praia e, para acalmar sua leve desordem mental, precisou dar sentido a essa incoerência. Dessa forma, você integrou o acontecimento no contexto cultural que o preocupa, digeriu os acontecimentos. Sem a integração do fato em uma narrativa coerente e adaptada a seu contexto, você continuaria confuso, não conseguiria falar, não veria claro e não poderia

---

3. J. Bruner, *Car la culture donne forme à l'esprit. De la révolution cognitive à la psychologie culturelle*, Paris, Eshel, 1991, pp. 57-77.

reagir a esse mundo em desordem. Nenhuma conduta clara poderia fazer você tornar a encontrar a paz.

Uma narrativa é uma representação de atos sensatos, uma encenação de seqüências comportamentais, uma organização de imagens reorientadas pelas palavras. Se o fato de dizer "bandeira", "água azul" e "música divina" não faz sentido, o observador ficará desorientado. Por outro lado, se o contexto cultural permite interpretar e dar sentido a essas incongruências, então o observador irá se reorientar. Qualquer percepção de um acontecimento exige de imediato um ato de absorção psíquica. E, a partir do momento em que o sujeito pode atribuir um sentido, ele se sente melhor, porque seu mundo torna-se claro, orientado, e ele sabe como agir a esse respeito. Na fulgurância da percepção, o que vemos ou ouvimos já está impregnado de nossa subjetividade, nossa história íntima e nosso contexto cultural.

As narrativas "podem ser 'reais' ou 'imaginárias' sem que percam nada de sua força como histórias"[4]. O que conta é que a história proponha uma razão. "Ele gritou 'bandeira' devido ao atentado e para nos avisar que havia visto algo." Toda narrativa é uma ferramenta para construir nosso mundo. E, se nos sentimos melhor quando podemos ver o que estamos fazendo nele, é porque a orientação, o sentido atribuído ao que percebemos, faz-nos abandonar o absurdo para entrar no bom senso.

Debater-se e depois sonhar

Somos todos impelidos a realizar esse trabalho narrativo de nós mesmos para nos identificar e assumirmos um lugar em nossa cultura, mas algumas narrativas são difíceis. As coisas que podemos dizer não são equivalentes: "Meu pai comprou uma bicicleta" não é sinônimo de "Meu pai foi fuzilado na minha frente". Podemos dizer, experimentando um suave prazer: "Descobri a emoção da sexualidade beijando uma

---

4. *Ibid.*, p. 58.

prima no rosto, bem perto dos lábios." Mas como confessar: "Descobri o prazer sexual aos onze anos, no dia em que meu pai se deitou em minha cama: 'Vergonha, prazer, angústia e medo'."[5] Aquilo que expulsa uma criança de sua cultura é o que você deixa escapar, um gesto de horror, um sorriso congelado.

Quando se está sofrendo, qualquer "salve-se quem puder" pode converter-se em uma louca esperança. Como agir de outra maneira? O devaneio permite preencher o mundo íntimo com um sentimento provocado pela história que inventamos. Sentimo-nos melhor, o passado torna-se mais leve, a realidade é suavizada. Mas esse devaneio é um meio de proteção, um equilíbrio frágil. Para tornar-se resiliente, o devaneio deve acompanhar o ideal do ego. É um momento íntimo no qual encenamos interiormente um esquete imaginado, como que uma amostra de nossos desejos: "Ele vai agir assim... então, vou lhe dizer..." Aquilo que o sonhador "projeta diante de si como ideal do ego é o substituto do narcisismo perdido da infância"[6]. Quando um bebê experimenta uma emoção, ele a exprime com todas as suas forças, sem negociar com seu ambiente. Só quando compreende que todo real é uma coerção e que é necessário levar em conta o mundo dos outros é que a criança renuncia a ser onipotente. Mas, para suportar essa limitação, ela inventa um mundo de representações íntimas onde continua a realizar seus desejos. Então experimenta os sentimentos que desencadeiam os sonhos. Quando um adolescente sonha que um dia ganhará o prêmio Nobel, que o mundo inteiro lhe será grato e que, apesar de seu imenso sucesso, ele continuará sendo de uma simplicidade maravilhosa, o jovem sonhador se delicia com a própria imagem que inventa.

A atitude resiliente consiste em se perguntar: "O que vou fazer com minha ferida? Vou me refugiar de vez em quando em devaneios e deles extrair pepitas de beleza que me permitirão tornar o real suportável e às vezes até embelezá-lo?" Um modo de defesa não resiliente seria: "Vou viver num mundo

---

5. N. de Saint-Phalle, *Mon secret*, Paris, La Différence, 1994, p. 5.
6. S. Freud, *in*: J. Laplanche, J.-B. Pontalis, *Idéal du moi*, Paris, PUF, 1967, p. 184.

de imagens e de palavras isolado dessa realidade intolerável. O que acontece em mim? Como posso inventar narrativas de um eu maravilhoso quando sou obrigado a reconhecer que minha realidade é miserável?" As duas vertentes do ideal do ego são próximas uma da outra. Um simples encontro, um lugar de expressão ou um acontecimento poderão conduzir o ferido à criatividade resiliente ou à mitomania, que mistura a glória imaginária à humilhação pela realidade. Nesse sentido, a criatividade seria uma passarela de resiliência entre o devaneio que apazigua e um imaginário a ser construído. Enquanto a mitomania, fracasso da resiliência, fabricaria simplesmente uma máscara para a vergonha.

Quando o real nos desespera, o devaneio constitui um fator de proteção. Tive a oportunidade de conhecer um escritor polonês que havia sido deportado para Auschwitz por um pequeno conflito que teve com um oficial alemão. Estupefato com aquela realidade, embrutecido pelo que via, mergulhava nas frases de Proust para se refugiar, procurava lembrar-se delas como alguém que se debate para não se afogar. Como a lembrança de uma única frase lhe tomasse uns quinze minutos, conseguia, graças a Proust, criar para si ilhas de beleza no meio de um real aterrorizante. Naquele contexto, tratava-se de um fator de proteção, porque o devaneio substituía um real insuportável. Se, após a Libertação, ele tivesse continuado a se refugiar no devaneio, ele se dessocializaria se isolando de relações interpessoais. Tendo mudado o contexto, o devaneio excessivo que o havia protegido arriscava agora a tornar-se um entrave à sua socialização. Então encontrou uma passarela de resiliência entre o devaneio e seu contexto social: tornou-se tradutor de Proust.

Segundo o contexto, esse mecanismo de defesa pode ser construtivo ou destrutivo. Pode-se considerar uma regra para toda criança ou pessoa que se encontra em situação difícil reagir debatendo-se e depois, logo depois, sonhando, testando cenas imaginárias. Quando somos agredidos, inicialmente nos sobressaltamos, depois buscamos compreender para encontrar uma solução. O ativismo e o devaneio são os dois fatores de defesa na urgência. O altruísmo, a sublimação, a antecipação e o humor, que são outros fatores de resiliência, necessitam do distanciamento no tempo.

Nossos professores de sonho são os artistas, os que colocam em cena nossos debates interiores, os que fazem imagens com nossos conflitos sociais e narrativas com nossas provações. Transformam em poesia nossos sofrimentos indizíveis. Alguém que descrevesse um real sórdido sem transformá-lo seria um autor indecente, um agressor a mais. Mas aquele que sabe transfigurar uma realidade insuportável dando-lhe uma forma compreensível e partilhável, este sim, ajuda-nos a dominar o horror.

Anna Freud falava das "fantasias graças às quais a situação real é invertida"[7]. No momento da ruptura traumática, debatemo-nos como é possível, mas, logo em seguida, o devaneio dá uma forma figurada ao retorno da esperança. Então, desde que encontre uma pessoa a quem possa dirigir a representação do que aconteceu, o ferido começa a recuperar sua história. Mas esse trabalho é lento porque, após a urgência da briga e do sonho, a reparação da ruptura necessita de uma cascata de encontros. O ferido deve aprender a exprimi-la de uma maneira aceitável. O estilo torna-se a ferramenta de sua comunicação porque é indecente dizer as coisas tal como são. A elegância, o maneirismo, a alusão, a irrisão, a ênfase, o humor ou qualquer outra forma de expressão permitem esse trabalho. Na vida, "existem coisas tão pesadas de carregar que só podemos falar delas de forma leve"[8]. O teatro, a pintura e a teorização participam desse trabalho de alívio. Quando o olhar distanciado da intelectualização mantém a distância o retorno da emoção, o ferido recupera um pouco de seu autocontrole.

É por isso que escrever permite, com tanta freqüência, esse trabalho de costura de um eu dilacerado. Graças à escrita, posso entreabrir a cripta que contém as coisas indizíveis, posso dar voz aos fantasmas trancafiados que surgem todas as noites em meus pesadelos. Cinqüenta por cento das escritoras e 40% dos escritores sofreram graves traumas na infância. É muito

---
7. A. Freud, *Le Moi et les mécanismes de défense*, Paris, PUF, 1936, 1993.
8. M. Bellet, *Les Survivants*, Paris, L'Harmattan, 2001.

mais do que a população em geral e infinitamente mais do que os 5% que se orientam para a política ou para as *grandes écoles*[9].

O zoológico imaginário e o romance familiar

As crianças que não sabem escrever ou que não dominam o suficiente a representação do tempo para construir uma narrativa contam a si mesmas, todas as noites, dois tipos de fábulas: o folhetim do amigo imaginário e o romance familiar.

O zoológico imaginário desempenha um papel importante no desenvolvimento do psiquismo de uma criança. Antes de dormir, toda criança sabe que, para dormir, precisa abandonar o real para se deixar levar a outro mundo, o do sono. Seu dia deve ter sido bom, e ela já deve ter adquirido confiança suficiente para ousar soltar o que a prende ao real e poder escorregar para um mundo de sombras onde todos os fantasmas podem surgir. Então a criança inventa uma etapa intermediária na qual imagina seres estranhos, mas familiares, não totalmente desconhecidos. Toda noite, ela brinca com a cena do menininho que leva para a cama Pernu, o amigo invisível bonzinho imaginado como metade homem metade cachorro; e Perguit, outro amigo animal-homem. Sentindo-se segura com essas boas companhias que acaba de inventar, ela pode ousar a aventura de mergulhar na noite. Os animais imaginários povoam essa zona intermediária entre o genitor conhecido que lhe dá segurança e o desconhecido que a angustia. Embora a criança saiba muito bem que é autora desse povo intermediário, ela se sente melhor, pois experimenta o sentimento que esse mundo inventado acaba de suscitar. O imaginário agiu sobre sua realidade íntima, os dois "amiguinhos" imaginários modificam seu mundo interior, acalmam sua angústia e convidam-na a dormir em boa companhia. Não existe criação sem efeito. Tudo o que é inventado age sobre o psiquismo de quem inventa.

....
9. A. de Cacqueray, J. Dieudonné, "Familles d'écrivains", *Archives et culture*, 2000.

Desde seus primeiros escritos, Freud havia sublinhado a importância do romance familiar quando a criança fabrica para si uma narrativa em que conta a si que sua família não é a verdadeira[10]: "Foi um acidente da vida que me colocou entre essas pessoas. Sei que sou uma princesa, porque me pareço muito com a rainha Fabíola. Aliás, um dia, vi aqueles que pretendem ser meus pais falarem com um mendigo esquisito. Estavam certamente dando-lhe o dinheiro que prometeram por ele me ter roubado..." A menina que conta essa fabulação, aperfeiçoando-a a cada novo indício, trabalha no fundo de si mesma, graças a esse conto, para desenvolver o sentimento de autonomia que acaba de nascer nela. "Estou descobrindo que meus pais não são os seres excepcionais que eu acreditava que eram. Tenho vontade de me identificar com pessoas que tenham mais a ver comigo, uma rainha por que não? O angustiante desejo incestuoso que senti não é condenável, pois os homens de minha família não são nem meu pai nem meu irmão verdadeiros. Meus sentimentos então são normais." Não se deve pensar que esse romance familiar seja uma manifestação de desprezo pelos pais verdadeiros. É quase o contrário. Ao crescer, a criança descobre os limites de seus pais reais. Sente saudade de sua admiração passada, mas, graças ao romance familiar, evita a decepção e preserva no fundo de si o sentimento delicioso que experimentava quando seus pais ainda tinham prestígio. Eis como uma criação imaginária atua sobre um sentimento realmente experimentado. Mais tarde, quando a criança crescida ou o adolescente encontrarem um companheiro que compartilhe um imaginário análogo, construirão um devaneio coletivo que provará a eles que o que sentem tem fundamento, pois o outro sente o mesmo. A crença está atuando, modificando o real e levando os que nela acreditam para a delícia... ou para o horror.

Assim, o devaneio pode modificar a maneira como sentimos o que nos cerca, de certa forma o gosto pelo mundo. Todos nós experimentamos sentimentos como esses. Mas, a partir de uma competência comum, cada um se orientará em

....
10. S. Freud, "Lettre à Wilhelm Fliess, 2 mai 1897", *in*: *La Naissance de la psychanalyse*, Paris, PUF, 1979.

direções diferentes segundo os tutores afetivos, sociais e culturais que o ambiente dispõe ao nosso redor.

"Enquanto a sublimação leva em conta a existência do outro, o devaneio é uma expressão de narcisismo."[11] Se o entorno está vazio, o sujeito continuará prisioneiro de seu refúgio, arriscando-se a fechar-se nele, como na mitomania. Mas, se consegue encontrar uma pessoa que o convida a fazer o esforço de transformar seu devaneio em criação, então o ferido poderá construir uma passarela de resiliência.

Uma criança traumatizada que não sonha continua submissa à realidade que a arruína. Ao contrário, uma criança despedaçada que se refugia no sonho a ponto de se isolar da realidade se dessocializa. Somente a criança ferida que se protege com o devaneio e encontra alguém que a convida a fazer o esforço da criação terá chances de construir sua resiliência.

Fugir da realidade ou submeter-se a ela são dois mecanismos de defesa tóxica. Enquanto se proteger de uma realidade agressiva e extrair do imaginário razões para transformá-la constitui um mecanismo de defesa resiliente. "Contra as feridas da infância e o peso de lembranças enterradas, os artistas encontram novas forças reinventando sua própria história. Próxima do sonho [...], essa transformação de si leva-nos a ampliar nossa concepção estreita de indivíduo."[12]

Dar forma à sombra para se reconstruir.
A onipotência do desespero

Gosto de dizer que o que não pode ser dito sempre pode ser para-dito*. Esse lamentável jogo de palavras permite dar

---

11. S. Ionescu, M.-M. Jacquet, C. Lothe, *Les Mécanismes de défense. Théorie et clinique*, Paris, Nathan, 1997, p. 253.
12. J.-P. Klein, E. Viarm, "L'art, exploration de l'intime", *Cultures en mouvements*, n° 34, fevereiro de 2001, p. 23.
* O autor usa essa palavra, inexistente tanto na língua francesa como na portuguesa, para dizer que podemos falar as coisas de forma velada, usando metáforas ou comparações. Faz um jogo de palavras entre *para-dit* e *paradis* (paraíso), impossível em português. (N. da T.)

sentido ao desafio da transformação quando uma deficiência, um sofrimento ou uma vergonha são enfrentados transformando-se em realização pessoal. Qualquer herói bem-educado deve superar uma provação como uma etapa na direção da luz. Uma pessoa traumatizada não tem escolha porque o dano está ali, junto com a violação que a transtorna, intimando-a a escolher entre a aniquilação e a luta: "Achei mesmo que ia sucumbir. A vida perder assim todo o sentido é um sofrimento sem igual. [...] Eu nada mais era do que uma atividade transbordante, então, descobri em mim a onipotência do desespero."[13] Quando somos impelidos para a morte, a defesa urgente consiste em lutar, mesmo que às vezes tenhamos a tentação de escorregar para o abismo. Se nos deixamos fascinar por esta última saída, tornamo-nos niilistas, privados de qualquer ponto de apoio, à deriva sob os golpes da realidade. Enquanto, se enfrentarmos o absurdo da vida, antes que o nada se imponha, poderemos preencher esse vazio e tornarmo-nos criadores[14].

O caminho do homem comum não é desprovido de provações: ele topa em pedras, arranha-se em espinhos, hesita nos trechos perigosos, mas, finalmente, caminha mesmo assim! O caminho do traumatizado está destruído. Há um buraco, um desmoronamento que leva ao precipício. Quando o ferido pára e volta atrás em seu percurso, torna-se prisioneiro de seu passado, fundamentalista, vingador ou submetido à proximidade do precipício. O resiliente, após essa parada, retoma um itinerário lateral. Ele deve traçar um novo caminho levando em conta em sua memória a beira da ravina. O andarilho comum pode se tornar criativo, enquanto o resiliente é obrigado a ser criativo.

Quando o real percebido não é assimilável, a criança mais velha tem a sensação de ser detonada: "Por que aqui, lá ou em outro lugar? Por que isso em vez de outra coisa?" Sua identidade despedaçada já não pode trabalhar as informações do mundo e adaptar-se a elas. Dar forma a esse despedaçamento significa a urgência de tornar a se assumir. Construindo uma

---
13. Hölderlin (1797), *Hypèrion*, Paris, Gallimard, 1973, p. 21.
14. J. Russ, *Le Tragique créateur*, Paris, Armand Colin, 1998.

coerência para o mundo que percebe, a criança permite-se uma resposta adaptativa: fugir, submeter-se, seduzir o agressor, enfrentá-lo ou analisá-lo para controlá-lo. O mecanismo habitual de defesa na urgência é o sintoma, fenômeno observável que exprime uma parte do mundo íntimo invisível. A partir do momento em que o sintoma ilustra a sensação de pulverização do mundo interior, o sujeito se sente melhor porque pode identificar a imagem de sua própria infelicidade. Ele discerne de onde vem o mal e pode, finalmente, dar-lhe um nome. Esse desenho do corpo dá forma à confusão e torna o sofrimento comunicável: "Posso entrar num grupo e dizer o que sinto. Posso consultar um médico e mostrar-lhe um sintoma. Já não estou sozinho no mundo. Agora sei o que devo enfrentar e como ser ajudado por meus próximos e por minha cultura." "Esta representação é um avatar da angústia, uma descida ao traçado da imagem, [...] a transformação de um real não assimilável [em uma forma] que transforma o trauma e o regula."[15]

Quando um trauma dilacera a personalidade, a pulveriza ou despedaça de forma mais ou menos grave, durante certo tempo o ferido fica desorientado, sem identidade: "O que está acontecendo comigo? O que fazer nesse caso?" Se em sua memória perturbada permanecer a lembrança da pessoa que ele era, da família que o cercava, ele levará consigo a sombra de seu passado, testemunha estranha, prova impalpável de que foi alguém: restará portanto no fundo de seu eu despedaçado uma afirmação vacilante, uma presença de outro lugar, uma brasa de vida: "Quando retomo meu caminho, quando me volto para o sol para encontrar um pouco de felicidade, vejo a sombra que projeto: a de meus pais mortos. Sou uma imagem real, sou um menino, jogo futebol mal, tenho muitos amigos, mas os outros vêem claramente que tenho duas sombras em mim, então desconfiam e me acham sombrio." "O que tem esse menino? Ele é bonito, simpático e, de uma hora para outra, sua linguagem torna-se descontínua. Ele cala-se quando falamos de nossos pais, imobiliza-se quando o abraçamos. O que tem esse menino?

---

15. C. Masson, *L'Angoisse et la création*, Paris, L'Harmattan, 2001, p. 19.

Ele nos encanta e inquieta. Mesmo quando está com a gente, continua distante, carrega sempre consigo uma relíquia, uma foto antiga com as bordas rendadas. Ele a olha sempre, é a foto de suas sombras. Às vezes, um objeto lhe chega do além, uma caixa de papelão com os cantos amassados, uma moeda de um país estrangeiro, uma pequena chave de ouro, com certeza legada por sua sombra paterna."[16] Dar forma à sombra é se reconstituir após a pulverização traumática. Dar forma à sombra é o primeiro momento da criação artística. O nome que carrego é o de minhas sombras. É a prova social de que elas existiram de verdade. Meus fantasmas foram reais. Minha história ganha peso com a história de minhas sombras. Como se faz para pesar uma sombra? Devemos nos esconder na sombra para não mais ter sombra? Devemos nos confundir com a massa, procurar o anonimato para nos tornarmos ninguém? Mas, quando desejamos viver apesar do peso das sombras, transformamos nosso nome e, para escondê-lo melhor, o colocamos em evidência: "Vou me chamar Niki de Saint-Phalle. Esse pseudônimo atravessará o mundo e assumirá seu lugar na humanidade de onde fui expulsa, aos onze anos, quando meu pai, esse banqueiro importante que eu amava tanto, se deitou comigo. Vou combater meu exílio, vou esculpir imagens de garotas com o sexo bem aparente, dando carne à minha sombra e matéria ao meu trauma. Então essas criaturas expulsas de meu mundo íntimo permitirão que meu nome se torne aceitável. Reintegrarei o mundo dos humanos com a ferida que transformarei em obras de arte."[17]

Expulsar de si a cripta traumática enquistada no psiquismo constitui um dos fatores de resiliência mais eficazes. Para isso é necessário que a criança mutilada seja capaz de encontrar um modo de expressão que lhe convenha e um lugar de cultura disposto em torno dela[18].

A escrita oferece muito rápido esse procedimento de resiliência. Pôr para fora a fim de tornar visível, objetivável e ma-

---

16. G. Perec, *op. cit.*
17. N. de Saint-Phalle, *op. cit.*
18. N. Abraham, M. Torok, *L'Écorce et le Noyau*, Paris, Flammarion, 1987.

leável um sofrimento impregnado no fundo de si. É misterioso esse desejo experimentado por muitas crianças traumatizadas de se tornarem escritoras antes de saber escrever. Escrever não é dizer. Quando narro minha ferida, as mímicas do outro, suas exclamações ou mesmo seus silêncios modificam minha emoção. Sua simples presença muda o transforma em co-autor do meu discurso. Já não sou o único senhor de meus desejos. É como se eu não tornasse a me apoderar do sentimento de meu passado. O ouvinte modificou minhas intenções. Ao contrário, quando escrevo com palavras que busco no ritmo que me convém, coloco-me fora de mim e ponho no papel a cripta que, a cada noite, deixava alguns fantasmas saírem. Como Niki de Saint-Phalle se reintegra ao mundo dos humanos graças ao artesanato de "garotas" com o sexo em evidência, Francis Ponge exterioriza um objeto de escrita cuja função íntima será sua reparação: "Tudo acontece como se, depois que comecei a escrever, eu corresse... 'atrás' da estima de certa pessoa."[19] Escrever é pleitear. Todo romance coloca em cena um herói reabilitador. A obra é um prolongamento do aparelho psíquico e dá uma forma esculpida ou escrita à sombra que o ferido carrega em si, "esse lugar é um foro exterior que contém uma delegação de representantes do foro interior"[20]. O lugar da obra é o lugar da cripta, é o teatro onde os fantasmas representam. "Então compreendi que todos esses elementos da obra literária eram minha vida passada"[21], escreve Proust, especialista em evocar sombras.

Os livros intimistas modificam o real

Erich von Stroheim, autor de si mesmo, dedicou sua vida a metamorfosear seu passado doloroso. Se o tivesse transformado em uma narrativa realista, diria que nasceu em Viena de

....
19. F. Ponge, *Le Parti pris des choses*, Paris, Gallimard, 1948, p. 105.
20. C. Masson, *op. cit.*, p. 154.
21. M. Proust, *À la recherche du temps perdu*, tomo VII, *Le temps retrouvé*, Paris, Gallimard, 1989, p. 206.

pais judeus religiosos que vendiam chapéus[22], e todo o mundo morreria de tédio. Contaria que no fim de sua vida, após sua glória americana, estava arruinado, abatido por uma série de catástrofes. A filha, gravemente queimada no rosto, não podia mais deixar o hospital, o filho quase morreu, e ele precisou vender tudo para pagar a pensão de sua mulher. Então, seus amigos arranjaram-lhe um trabalho de cenógrafo, no qual Erich "inventou" heroínas desfiguradas, cuidadas por médicos pobres mas admiráveis, psiquiatras célebres abatidos pela adversidade que se pareciam... com quem você está pensando.

O devaneio é uma defesa que protege do horror do real, criando um mundo íntimo e caloroso, quando o mundo exterior é frio e doloroso. Quando a ficção consegue agir sobre os fatos, o real é poetizado, mas, quando nos desligamos demais dele, o devaneio pode tornar-se um delírio lógico ou uma mitomania. Charles Dickens foi mandado aos dez anos de idade para uma fábrica de graxa, onde trabalhava doze horas por dia e onde as relações humanas eram desesperadas. Depois foi enviado à escola Wellington House Academy, onde se considerava necessário e correto bater nos meninos todos os dias para educá-los. Desde os quinze anos de idade, o menino organizava leituras públicas em que contava, por meio da mímica, as provações de sua vida que se preparava para escrever[23]. Um dia em que estava achando muito difícil viver da maneira como vivia, passou diante do castelo de Gad's Hill Place, perto de Chathan, e começou a sonhar que ele morava ali e que o simples fato de viver dentro de tanta beleza o tornava feliz. Alguns anos depois, tendo se tornado incrivelmente célebre e rico, ele comprou esse castelo... e nele nem sempre seria feliz. No entanto, o castelo sonhado o havia protegido e encantado permitindo-lhe construir em seu espaço interior um mundo cheio de esperança e beleza.

A transformação provocada pela leitura já não é a angústia da morte, mas a luta contra o horror. A narrativa já não é

---

22. F. Lignon, *Erich Von Stroheim. Du ghetto au gotha*, Paris, L'Harmattan, 1998, p. 316.
23. P. Ackroid, *op. cit.*

metafísica, não nos diz onde vamos viver até o final dos tempos, planta em nós a esperança de transformar a realidade.

A literatura intimista demorou muito para nascer. De início, o "eu" era um ato de tabeliães ("possuo três cabras, vendo duas, assino"). Depois tornou-se narrativa interiorizada que se acreditava íntima quando ainda era social ("encontrei o rei", "fui para a guerra"). O "eu" moderno, aquele que ousa contar suas viagens pelo mundo interior, é muito recente, mesmo que às vezes grandes nomes como Santo Agostinho ou Jean-Jacques Rousseau tenham conseguido escapar das coerções sociais para tentar essa aventura pessoal. "A explosão da literatura íntima, a partir do fim do século XVIII, testemunhava de fato uma nova concepção social da intimidade da pessoa."[24] Inversamente, uma das primeiras manifestações do totalitarismo consiste em queimar os livros para impedir a expressão de mundos mentais diferentes. A ditadura implica o governo das almas, a ponto de a política da confissão tornar-se o meio de controlar os mundos íntimos. Dessa forma, a existência de uma literatura dos mundos interiores poderia fornecer uma prova acerca do grau de democracia de uma sociedade.

A partir do seu desenvolvimento, no século XVIII, os escritos íntimos tiveram um efeito terapêutico: um vidraceiro "escrevia todos os dias para lembrar-se de sua mulher que havia morrido cinco anos antes"[25]. Essa escrita permitia-lhe viver mais um pouco com ela e reviver, no presente, alguns bons momentos do passado. O esboço do tempo e a invenção da lembrança reforçam uma função de defesa. Talvez seja isso que lhe atribui um efeito de resiliência: escrever para remanejar a emoção, torná-la suportável, embelezá-la, exprimir o mundo íntimo para escapar às pressões sociais.

Escrever sobre a própria ferida é também modificar a maneira pela qual o sujeito se afirma. O passado falado cria uma intersubjetividade, enquanto o passado escrito se dirige ao leitor ideal, ao amigo invisível, ao outro eu. Significa dizer que o

---

24. G. Gusdorf, *Les Écritures du moi*, tomo II, Paris, Odile Jacob, 1990, p. 200.

25. P. Ariès, G. Duby, *op. cit.*, p. 158.

mundo escrito não é, de forma alguma, a tradução do mundo falado, é a invenção de uma consciência suplementar, a aquisição de uma força para se colocar perante os outros.

Quando a preocupação com a infância se tornou uma preocupação social, os contos de Perrault ou dos irmãos Grimm, dirigidos às crianças, falava-lhes de sua condição social. O Pequeno Polegar falava do abandono, Pele de Asno do incesto, em uma época em que as crianças eram, com freqüência, bocas que não se podia alimentar e em que os pais incestuosos não só não eram mandados para a prisão, como eram convidados para o casamento da filha: "Ela declarou que não poderia casar com o príncipe sem o consentimento do rei, seu pai: então, ele foi o primeiro a quem se enviou um convite."[26]

A literatura da resiliência trabalha muito mais para a libertação do que para a revolução

No século XIX, surge uma bela literatura da resiliência em que se trata de crianças pequenas arrancadas de seus lares aconchegantes. *Sans famille* [*Sem família*] fala da incrível condição dos operários cujos próximos morriam de fome ao primeiro acidente de trabalho[27]. *Les Misérables* [*Os miseráveis*] dá vida a Cosette, porta-voz de milhares de menininhas abandonadas e exploradas. *Oliver Twist* e *David Copperfield* são espécies de autobiografias em terceira pessoa nas quais o pequeno herói representa o autor que remodela, assim, sua própria tragédia. Todas essas narrativas de resiliência têm uma mesma estrutura narrativa. Contam a história edificante de uma bela criança que perdeu sua família devido à crueldade de homens malvados. Graças à providência, elas acabam assim mesmo sendo felizes por conhecerem homens bons. A moral dessa história é que essas crianças pareciam malvadas por terem sido maltratadas por pessoas malvadas. Mas, não se enganem, elas haviam nascido em uma boa família, convencional e tra-

---

26. "Peau d'Âne", *Vieux contes français*, Paris, Flammarion, 1980.
27. H. Malot, *Sans famille*, Paris, Hachette, 1933.

balhadora. Essas crianças pareciam sujas, ladras e infelizes, mas, como eram de "boa qualidade", bastava-lhes encontrar um substituto familiar amável e burguês para que tudo entrasse nos eixos e a história acabasse bem.

Não se trata de uma literatura revolucionária e sim de uma literatura de libertação do eu. O marxista Jules Vallès sustenta o mesmo tipo de discurso edificante. Só que *L'Enfant* [A criança] (1879) se tornará *L'Insurgé* [O insurreto] (1879) que se restabelecerá em uma sociedade nova, na qual a exploração do homem pelo homem não existirá mais e na qual os pais que maltratam (como os do autor) se transformarão em pais que tratam bem assim que a sociedade se organizar melhor.

No século XIX, a criança ferida torna-se tema de literatura por fornecer um exemplo que conduz à virtude: "Assim, não se lerá sem interesse esse livrinho no qual três crianças, de países diferentes, de pais muito miseráveis, contam elas próprias como, depois de terem sofrido muito, ascenderam, por seu trabalho, mérito e honestidade, a boas posições e a tudo o que se pode desejar de felicidade, conforto e consideração nesse mundo."[28]

No século XX, as descobertas da psicologia não excluem as causas sociais. Quando um homem é expulso da humanidade pelo incesto, pela deportação ou pela miséria, deverá percorrer o mesmo caminho de resiliência que um imigrante ou um excluído. Ora, a exclusão é o modo de funcionamento que caracteriza nossas sociedades: 15% dos habitantes do Ocidente atual são excluídos, contra 50% dos africanos e 70% dos sul-americanos. Seria possível se tornar humano fora da humanidade? Se a organização de suas coletividades permitir, eles só tornarão a encontrar um lugar na sociedade por meio da busca do sentido de seu despedaçamento e recomeçando a construção de sua identidade[29]. A autobiografia ou a narrativa

....

28. Citado *in*: A. Gianfrancesco "Une littérature de résilience? Essai de définition", *in*: *La Résilience. Résister et se construire*, Genebra, Médecine et hygiène, 2001, p. 27; E. Charton, *Mendier. Enfance et éducation d'un paysan au XVIIIe siècle*, Paris, Le Sycomore, 1981.

29. R. Shafer, "A new language for psychoanalysis", *Psychoanalysis*, Yale University Press, 1976.

de si não é o retorno do real passado, é a representação desse real passado que nos permite voltar a nos identificar e a buscar o lugar social que nos convém[30]. Mas, como a pessoa se tornou um valor primordial do Ocidente moderno, esse trabalho íntimo, essa busca do sentido privado que permite tentar a autorealização de si, fornece uma prova de democracia.

O itinerário íntimo é combatido nas sociedades totalitárias, nas quais "nem mesmo temos certeza de ter o direito de contar os acontecimentos de nossa vida particular"[31]. Enquanto, em uma democracia, somos convidados à "busca e [à] construção de sentido a partir de acontecimentos temporais personalizados"[32].

Essa oscilação entre vida íntima e vida pública é ilustrada pelo desaparecimento das autobiografias na França entre 1940 e 1970. Os estragos provocados pela guerra e a necessidade da reconstrução deram tanta prioridade ao discurso social que, num contexto como esse, qualquer expressão íntima parecia indecente. A necessidade da reconstrução fez calar as vítimas a fim de valorizar os discursos míticos. Um pai violento era impensável em uma cultura em que os pais eram glorificados. Um filho de colaboracionistas não tinha o direito de se lamentar quando o discurso social se abatia sobre seus pais. Quanto aos pais e mães incestuosos, seria obsceno evocá-los em uma época na qual era necessário sonhar com a reconstrução de uma família idílica.

Depois de 1970, a explosão da literatura intimista testemunha uma mudança cultural. Estamos em paz, a sociedade é rica, a aventura pessoal é exaltada. Então, apaixonamo-nos pela vida cotidiana de um camponês bretão, de uma cidadezinha provinciana, de um explorador dos pólos ou de destinos estranhos.

Os leitores desses percursos de vida particular buscam um espelho para já não estarem sozinhos em sua intimidade.

....
30. M. Rustin, *The Good Society and The Inner World*, Londres, Vintage London, 1991.
31. A. Soljenitsyne, *L'Archipel du goulag*, Paris, Le Seuil, 1974, p. 110.
32. G. Pineau, J.-L. Legrand, *Les Histoires de vie*, Paris, PUF, 2000.

Assim vemos aparecerem os autores de um só livro: a estrela de cinema que escreve por meio da pluma de um *ghost-writer*, o político que não tem tempo de ler seu próprio livro, o personagem célebre que se torna o símbolo de um grupo social e uma miríade de pessoas simples que escrevem milhares de livrinhos baratos, disponíveis hoje em cestos na entrada das livrarias.

Simular para fabricar um mundo

A escrita é a alquimia que transforma nosso passado em obra de arte, participa da reconstrução de um eu deteriorado e permite o reconhecimento pela sociedade. Mas, antes da escrita, outras formas socialmente valorizadas de representação de si se estabelecem no decorrer do desenvolvimento.

Desde os quinze meses, uma criança deve saber "simular". Ela deve cair quando não é forçada a isso, deve simular choros e sofrimentos que não experimenta realmente, deve saber parecer ameaçadora, adormecida ou até afetuosa. Em suma, todas as atividades fundamentais de sua existência devem ser encenadas em seu pequeno teatro pré-verbal, sob pena de não ter acesso à alteridade. A partir do momento em que uma criança se exercita inventando um personagem ao qual ela dá a vida, um duplo imaginário ao qual confia suas pequenas aflições, um papel pré-verbal que encena com gestos, mímicas, posturas e vocalizações, ela fornece ao adulto a prova de que compreende que existe outro mundo mental além do seu e que ela está tentando agir sobre ele graças a suas cenas imaginárias. Brincando de simular, o bebê inventa uma ficção expressa pelo corpo, dá forma às suas emoções para agir sobre o mundo mental do outro. Esse "simular" é uma proeza intelectual porque permite, ao mesmo tempo, a expressão de seu mundo interior e o controle intersubjetivo: "Vou comovê-lo caindo. Vou provocar sua ajuda protetora imitando o choro." Quinze meses depois, quando a criança começa a dominar suas próprias frases, realizará o mesmo processo com palavras. Ao contar uma história, exprimirá seu mundo íntimo, manipulará as emoções do outro e, assim, formará o vínculo do qual necessita. Mas, para que esse mecanismo de criação de um mundo virtual seja eficaz, é preciso que o outro, o adulto ou companheiro, responda a esse simular por uma reação que deve ser autêntica, porque a criança não está brincando, ela experimenta um sentimento "de verdade".

Quando a criança fica sozinha e seu mundo se esvazia, quando a realidade é aterradora e ela se protege inventando uma ficção, quando o outro, o adulto ou o companheiro, não responde a esse mundo virtual, o pequeno será prisioneiro daquilo que acaba de inventar. Enquanto a mentira é uma defesa utilitária, a mitomania constitui uma tentativa de resiliência pervertida, porque, em torno do pequeno ferido, a família, os companheiros ou a cultura não souberam responder, nem tornar essa defesa uma forma socialmente exprimível.

Quando o real é suportável por não ser inquietante, porque nele assumimos nosso lugar e estabelecemos relações, a realidade torna-se agradável, interessante e até mais divertida do que as brincadeiras de ficção. Num contexto como esse, a criança, brincando, aprende a se insinuar em seu ambiente. Mas, quando o real amedronta, quando as relações afetivas ou sociais são perigosas ou humilhantes, a fabulação permite que a criança se proteja do mundo exterior submetendo-se ao mundo que inventa.

A mentira é uma defesa contra o real, a mitomania é um tapa-miséria

A mentira a protege quando está em perigo, a mitomania lhe dá um sentimento de revalorização quando ela não tem a possibilidade de remediar sua imagem alterada. Então, as narrativas em que se põe em cena tornam-se coerentes demais para serem honestas. O real é sempre um pouco caótico, enganamo-nos nas datas, experimentamos sentimentos ambivalentes, as imagens do passado às vezes divergem, dirigimos um gesto de raiva àqueles que amamos, uma lembrança nos intriga. Já o fabulador deve ser coerente até o absurdo, deve extrair das narrativas que o envolvem fragmentos de verdade com os quais construirá uma ficção. Uma criança suficientemente apoiada adquiriu um apego sereno, brinca com a ficção para treinar assumir um lugar em seu meio. Já um pequeno mitômano refugia-se na ficção para evitar esse mundo ou para apresentar uma imagem vantajosa com a qual entra na sociedade. Ele tem medo do mundo real, mas quer, ainda assim, nele encontrar um lugar, então aí se insinua criando a imagem que seu ambiente espera. Por isso os temas da mitomania são os de nossa própria existência: sucesso social, aventuras físicas, proezas militares ou até mesmo pequenos sucessos cotidianos encantadores: "Ela era tão linda... saímos para passear", conta o adolescente desesperado por nem ousar sorrir para uma garota. No momento em que ele conta sua fábula, experimenta o sentimento provocado pela imagem de si apresentada por sua narrativa.

A carência afetiva está no centro dessas ficções compensatórias. Ela é a principal causa da mitomania que pode, por sua vez, agravá-la: é uma defesa malograda. O devaneio, ao contrário, é uma metáfora de nossos desejos por encenar aquilo a que aspiramos. Em seguida, a brincadeira da ficção nos treina para fazer esse desejo chegar ao real. Porém, na mitomania, contentamo-nos com palavras para preencher momentaneamente nosso deserto afetivo. Não é um bom negócio. Evidentemente, pairamos no ar no momento em que encenamos o esquete de nosso desejo, mas a descida é triste e, como com todas as drogas, é necessário repetir a dose rapidamente.

Esses "picos de fingimento" testemunham, entretanto, uma tentativa de defesa construtiva. Uma criança em um contexto de isolamento afetivo acaba quase sempre por se abandonar à morte psíquica e depois física. De vez em quando, mesmo nas maiores privações, vê-se uma que resiste: é a que consegue criar um mundo interior construído a partir de alguns indícios, de quase nada. Depois de extrair duas ou três percepções do real que a envolve, a criança as transforma em objeto de hiperapego[33]. Ela investe excessivamente uma foto,

---

33. M. Myquel, "Mythomanie", *Dictionnaire de psychopathologie de l'enfant*, Paris, PUF, 2001.

um papel de presente, um prego dourado, uma fita, um artigo de jornal que transforma em um tesouro que esconde sob o travesseiro. Esse objeto simboliza o apego perdido e depois reconquistado: "Meu pai teria me dado isso", "Uma mãe teria dado isso a seu filho". Essa coisa que, para um adulto, parece miserável e desprovida de significação é uma pérola preciosa para o pequeno proprietário, uma prova material de que é possível amar. É assim que um pedaço de papel se torna portador de esperança. Mas a criança sabe que ela inventou esse objeto e lhe atribuiu o poder afetivo de que tanto necessita.

Quando uma criança mais velha ou o adolescente fabula, está fazendo o mesmo trabalho. Inventa um esquete que encena seus desejos e, no momento em que o representa com palavras e posturas, experimenta o que acabou de inventar.

A mentira serve para mascarar o real protegendo-nos dele, enquanto a mitomania serve para compensar o vazio do real a fim de preencher uma carência afetiva. Ela aparentemente repara uma imagem de si estilhaçada. Já o devaneio dá forma ao ideal de si, provocando uma apetência que convida o sonhador a transformar sua vida sob a condição de tornar seu sonho real.

A função desses três mundos virtuais é promover um sentimento de segurança. A mentira protege como uma muralha, a mitomania como uma imagem sedutora e o devaneio como uma ponte levadiça que se abre para o campo. Mas, quando não há campo, a ponte levadiça não leva a nada, e a criança permanece prisioneira daquilo que inventou. Isso quer dizer que é uma relação com o outro, com a família ou com a sociedade que pode transformar o devaneio em criatividade ou, ao contrário, em miragem. A mitomania é uma tentativa de resiliência que fracassa porque a criança magoada não encontrou um ambiente que a aceitasse com sua ferida.

Eu gosto muito do provérbio, certamente chinês, que diz: "A fachada da casa pertence àquele que a contempla." O habitante da moradia constrói uma fachada para dá-la de presente ao espectador. Quando, porém, conhecemos os benefícios que o dom traz a quem o dá, podemos compreender que, na verdade, a criança desmoronada que constrói para si uma fachada fabulosa tenta fabricar uma passarela afetiva entre ela e os que estão à sua volta. Como na época em que brincava de "simular", como quando desenhava um acontecimento que testemunhara, essa criança tenta submeter o real à sua representação. Mas o pequeno ferido só pode oferecer ao outro uma linda fachada de si, pois seu real é triste demais. Na mitomania, ela oferece apenas a fachada. Por trás da decoração há a ruína, o desespero. Pelo menos, ela existiu lindamente em seu espírito, ela compartilhou um sonho belo com você. É um benefício miserável que ela obtém ao dar de presente uma fachada que esconde os escombros.

Quando você destrói sua encenação, fere a criança duas vezes. Primeiro, você a manda de volta a seu real sórdido, em seguida a humilha revelando sua fraude. Então ela vai fugir para escapar à realidade e salvar a fachada, sua dignidade imaginária. De qualquer forma, quando se trata de um único trauma e quando os esquetes se tornam menos vitais, a mitomania desaparece. Mas, quando a criança ferida permanece no deserto, o mundo que imagina continua sendo seu único prazer.

Se tornarmos sua realidade suportável, ela terá menos necessidade de mitomania. Seus devaneios voltarão a ser amostras de prazer e metáforas de projetos. É a fantasia que daqui por diante se torna protetora e não mais as mentiras. Ela pode escrever um conto com ela ou subir no palco sem burlar o espectador. Tudo é claro, é apenas uma narrativa, um quadro, uma lenda, uma representação teatral. No fundo de si, porém, o ferido voltou a controlar sua infelicidade que você alivia quando o aplaude. O distanciamento no tempo, a busca de palavras e a habilidade da encenação são ferramentas que lhe permitem não continuar prisioneiro de seu trauma e até torná-lo uma passarela para a sociedade.

Jorge Semprun ilustra bem esse itinerário que parte da ferida para progressivamente adquirir a forma de uma ficção. Em *Le Grand Voyage* [A longa viagem][34], ele dá a seu trauma uma forma narrável. Trinta anos depois da deportação, ele

---

34. J. Semprun, *Le Grand Voyage*, Paris, Gallimard, 1972.

consegue testemunhá-lo misturando fatos e imaginação. Picasso reconheceu ter seguido o mesmo itinerário quando pintou *Guernica*, alegoria quase incolor para exprimir a morte. Steven Spielberg protegeu-se durante quarenta anos, graças à negação, da dor da Shoah*. Mas foi finalmente uma ficção que lhe permitiu voltar à integridade: "Depois do filme, já não sou um judeu partido em dois." Até a escolha do tema é uma confissão autobiográfica. Contando a história de um homem que, durante a Segunda Guerra Mundial, salvou milhares de judeus, Spielberg deu forma à sua vontade de pensar que o mundo contava, apesar de tudo, com alguns homens generosos.

A ficção tem um poder de convicção bem superior ao da explicação

Nenhuma ficção é inventada a partir do nada. São sempre os indícios do real que alimentam a imaginação. Mesmo os devaneios mais desenfreados dão forma a fantasias oriundas de nosso mundo íntimo muitas vezes próximas do inconsciente. Quando Joanne Rowling escreveu *Harry Potter*[35], optou por dar o nome de Weasley a seu melhor amigo, nome que lembra a música da palavra Measly, que significa "lamentável como uma criança com sarampo". Com uma única evocação sonora, povoa o mundo de Harry Potter de crianças infelizes. A própria autora pertenceu a esse mundo onde o real era lamentável, mas do qual se protegia imaginando sapos, "professores de defesa contra as forças do mal". Aos seis anos ela escreveu sua primeira história, intitulada *Coelho*, para proteger sua irmã menor das feridas do real. E quando, já adulta, foi agredida mais uma vez pela realidade reencontrou seu professor de defesa que a aconselha a escrever um livro fantasia, *Harry Potter*. Toda vez que Joanne tinha de enfrentar mais um trauma, a escrita de *Harry Potter* mudava de direção. Em suma, ela escrevia

----

* O Holocausto. (N. da T.)
35. S. Smith, *J. K. Rowling. La magicienne qui créa Harry Potter*, Lausanne, Favre, 2002, p. 29.

uma "ficção falsa" na medida em que não era falsa e lhe permitia exprimir a metamorfose de sua dor em uma narrativa mágica, socialmente deliciosa.

Essa passagem resiliente da dor real ao prazer da representação dessa dor acusa muito mais a sociedade do que a pessoa ferida. Por que o público tem tanta dificuldade de ouvir os depoimentos? Ou melhor, por que consegue ouvir apenas os depoimentos que corroboram a idéia que faz de sua própria condição? Fred Uhlman, filho de um médico judeu alemão, quis testemunhar o desaparecimento de metade de seus colegas de classe, judeus e não-judeus, em 1942. Quando escreveu: "Vi que vinte e seis meninos dos quarenta e seis de minha turma estavam mortos", provocou um silêncio estúpido. Desamparado, ele hesitou um pouco: "Eu tinha realmente vontade ou necessidade de saber?" Então, para falar a verdade que ninguém conseguia ouvir, ele decidiu escrever *O reencontro*[36] em que, como Semprun, Picasso, Rowling e muitos outros, inventou uma ficção que dá à verdade uma forma socialmente aceitável. Contou sua amizade de adolescente com Graf von Hohenfels, executado aos dezesseis anos por conspiração contra Hitler, enquanto seus pais, magníficos aristocratas, estavam engajados na destruição dos judeus europeus.

A ficção tem um poder de convicção muito superior ao do depoimento porque o esboço da narrativa acarreta uma adesão que não provoca a mera atestação, próxima demais dos sórdidos enunciados burocráticos: "55% das crianças foram mortas aos 15,3 anos... 90% passaram de ano no ginásio..."

A recusa emocional facilita a negação: "Quarta-feira, 14 de junho de 1916. Minha querida mãe, voltei de minha folga e tornei a encontrar meu batalhão sem grandes dificuldades [...]. Imagine você, constatei, aliás, como todos os meus companheiros, que esses dois anos de guerra provocaram aos poucos o egoísmo e a indiferença da população civil e que nós, os combatentes, fomos quase esquecidos [...]. [Alguns] quase me deram a entender que estavam espantados por eu ainda

---

36. F. Uhlman, *L'Ami retrouvé*, Paris, Gallimard, "Folio", 1997, pp. 106-7 (ed. fr.). [Ed. bras.: *O reencontro*, São Paulo, Planeta, 2003.]

não ter sido morto [...]. Então vou tentar esquecer da mesma forma que me esqueceram [...]. Até breve, mil beijos, de todo o coração. Gaston."[37]

Quando nos calamos, morremos ainda mais. Mas, quando testemunhamos, fazemos os outros se calarem. Diante de uma escolha tão dolorosa, a ficção transforma-se em um bom meio de tornar o real suportável fazendo dele uma narrativa de aventura. Mas aquele que inventa uma história construída a partir de suas lembranças nos oferece o que esperamos: algumas belas narrativas de guerra, de amor, de solidariedade, de vitória contra os maus, a glória, a pompa, a vingança dos fracos, a magia, as fadas, a ternura, todos os grandes momentos da vida do ouvinte são encenados por aquele que conta sua própria lenda.

Prisioneiro de uma narrativa

Quando Jean-Claude Romand tem medo de se apresentar para as provas do segundo ano de Medicina, vê-se só e cai no deserto[38]. Ele nunca tinha sonhado com outro projeto, e seu fracasso o remete a seu nada melancólico. Prisioneiro de um único sonho, ele não tem um projeto de reserva. Para ele era impossível admitir essa desolação, essa ausência de vida antes da morte. Entretanto, um sobressalto imaginário providenciou-lhe ainda um pouco de vida. Ele vai dizer que passou, que continua seus estudos, que se tornou um médico pesquisador da Organização Mundial da Saúde. Dessa forma, poderá ver, com os próprios olhos, no olhar de seus pais, a felicidade e a admiração que ele provocará. No esplendor de sua ficção, Romand sente-se reparado. Sua representação modificou a realidade.

Ele não era ninguém fora dessa narrativa. Só experimentava um sentimento de existir nas palavras, só nelas existia.

....
37. J.-P. Gueno, Y. Laplume (dir.), *Paroles de poilus. Lettres et carnets de front, 1914-1918*, Paris, Librio, 1998, pp. 104-5.
38. E. Carrère, *L'Adversaire*, Paris, POL, 2000.

Qualquer renúncia a esse engodo o faria cair no vazio, no nada de sua não-vida: "O que dizer, o que contar quando não se vive nada, quando se mata o tempo lendo todos os jornais dentro do próprio carro nos estacionamentos de grandes supermercados, quando se cochila sozinho num bar, quando se passa horas na cama olhando o teto?"[39] A realidade dá náuseas, a beleza acontece apenas no imaginário. Então é preciso buscar alguns indícios de verdade para construir uma narrativa magnífica, uma imagem verbal de si mesmo que se oferecerá àqueles que se ama. Uma noite, na Fnac, Bernard Kouchner dedica-lhe "com amizade" um de seus livros. Aí está um indício de realidade, aí está uma prova de sua amizade com o herói médico com quem "trabalhou na OMS". Uma noite, Roman conta que foi convidado com sua amante para jantar na casa dele, em Fontainebleau. Ele pega o carro, finge errar realmente o caminho lendo o mapa, representa aquele que procura a casa de seu amigo herói. Faz seu imaginário viver e torna-o mais forte do que o real: "Olhe a placa da encruzilhada de Tronces. Não estamos muito longe."

Vitória breve, pois a realidade vencida sempre se vinga. Sua amante espanta-se com certas incoerências, mas principalmente provoca o retorno da realidade ao perguntar quando Jean-Claude poderá lhe devolver a grande soma de dinheiro que ela lhe confiou. O teatro da beleza desmorona, o real medonho o maltrata e o deixa em pânico. Então ele tenta estrangular a amante. Não pense que se trata de uma tentativa de assassinato, é antes uma melancólica declaração de amor: "Sua mulher permitia que ele a amasse [...]. Ele não distinguia bem ele mesmo de seus objetos de amor [...]."[40] Quando a morte se torna uma vantagem, quando se deseja o suicídio como libertação do real, o melancólico já não sabe muito bem se é a si mesmo que está matando ou aquela a quem ama. Por isso, depois, quando a realidade se tornou inexorável, Jean-Claude Romand, em sua "grande bondade", matou, com um

---

39. P. Romon, *Le Bienfaiteur*, Paris, L'Archipel, 2002.
40. *Ibid.*

tiro de fuzil na nuca, sua filha, seu filho, sua mulher, sua mãe, seu pai e até Choupette, a cadela, para lhes evitar o sofrimento da desilusão quando caíssem na realidade!

Essa defesa aterradora poderia ter evoluído de forma diferente. A prova é que ele se curou com o processo. "Condenado a viver" após uma tentativa de suicídio, Jean-Claude experimenta, finalmente, o sentimento de existência. A partir do momento em que já não tem escolha, a partir do momento em que tem de aceitar as visitas dos advogados, comparecer às convocações do juiz, respeitar o regulamento dos passeios, dos trabalhos, da correspondência e dos encontros, Roman descobre que o real é suportável. Um capelão fez com que descobrisse a espiritualidade, outra forma de fugir do real, de não mais se submeter a ele, mas, dessa vez, transcendendo-o[41]. Ele fala, escreve, medita, aprende japonês, e as mulheres se apaixonam por ele, um ser excepcional: "Nunca fui tão livre, a vida nunca foi tão bela [...]. Sou um assassino, [mas] isso é mais fácil de suportar do que vinte anos de mentira."[42]

Libertado pela prisão, talvez ele tenha pensado: "Já não preciso mentir. Era prisioneiro de minha defesa imaginária, mas descubro que a realidade da prisão é mais agradável e viva do que o vazio melancólico que eu conhecia antes. Nessas condições posso voltar a ser eu mesmo. Agora que a confissão tornou a me colocar no mundo, é assim que vocês terão de me amar, com meus crimes e meu passado."

Essa necessidade de encontrar os outros, de se submeter à prova do real, de carregar o peso dos acontecimentos e dar-lhes sentido nunca foi proposta a Jean-Claude Romand. É fácil ser um bom aluno transparente, basta ter medo da vida. Assim você diminui o passo, mergulha na rotina da mesa de trabalho no quarto, lê de forma vaga, quase recitando, passa em alguns exames e seus pais ficam orgulhosos com esse sucesso morno. Para ter o sentimento de viver um pouco assim mesmo, sonha-se, coloca-se em imagens a existência à qual se aspira.

....

41. S. Vanistendael, *La Spiritualité*, Genebra, Bureau international catholique de l'enfance, 2002.
42. E. Carrère, *op. cit.*, pp. 183-6.

Quando ninguém o convida a sair de si mesmo, os sonhos acabam por afastá-lo do real que se torna mais enfadonho e entediante do que nunca. O único prazer acaba sendo imaginário. Só podemos torná-lo uma passarela de resiliência se a cultura dispuser em torno de quem sonha acordado alguns espaços de trabalho e sobretudo de encontros. Foi a prisão que ofereceu esse lugar a Romand.

O poder reparador das ficções pode modificar o real

A sociedade pode propor espaços de cura mais amenos. Foi o que aconteceu com Erich von Stroheim. "Ele utilizou a mentira para proteger sua intimidade, mas igualmente para se construir. Foi tão bem-sucedido em sua tarefa que resta apenas uma via de acesso à sua verdadeira personalidade: as obras-primas que criou."[43] Por meio de uma compensação imaginária excessiva, Erich von Stroheim repara a vergonha de sua juventude. Nascido em Viena em 1885, engaja-se em 1906 no batalhão do trem apelidado "os dragões de Moisés", tantos eram os soldados judeus que nele atuavam. Em 1907, torna-se cabo de infantaria mas, três meses mais tarde, é reformado por "incapacidade de usar armas". Em 1909, ele embarca em Bremen e, quando desembarca em Nova York, dez dias depois, conquistara um "von" entre Erich e Stroheim. Como todo imigrante pobre, faz mil pequenos trabalhos até o dia em que, em 1914, entra como figurante em Hollywood. Já ia longe o belo cavaleiro, capitão dos dragões!

No contexto cultural dos Estados Unidos daquela época, todos os homens eram convidados a cair no real para ali realizarem seus sonhos mais loucos. Erich, humilhado por ter sido reformado, refugiou-se em um imaginário compensatório, mas, na cultura americana, conseguiu engrenar um processo de resiliência. De início, construiu seu mito a partir de detalhes verdadeiros. Romand lia todos os artigos sobre o colesterol e percorria regularmente o edifício da OMS, em Genebra. Stroheim

---

43. F. Lignon, *op. cit.*, p. 9.

acumulava detalhes precisos que pareciam verdadeiros, o que lhe permitiu descrever a condecoração da ordem de Elisabeth que teria sido concedida à sua mãe e o ferimento que ele teria sofrido na Bósnia-Herzegovina. Como todos os mentirosos, ele esconde-se fazendo o papel daquele que não suporta a mentira. O fato de ter encontrado um espaço onde conseguiu exprimir seu imaginário permitiu à "imagem que ele apresentava em seus filmes tornar real e verdadeiro aquele que ele gostaria de ser"[44]. Stroheim gostava muito de contar que, quando Goebbels viu *La Grande Illusion* [A grande ilusão] em 1937, como bom conhecedor do exército, teria exclamado: "Mas nunca tivemos oficiais desse tipo"; um espectador teria respondido: "Azar do senhor!" Essa anedota permitia que Stroheim desarmasse os críticos. A transformação do judeuzinho real no aristocrático oficial sonhado permitiu-lhe tornar-se um monstro sagrado. Em outro contexto sociocultural, podemos imaginar que a mitomania de Stroheim evoluiria mal. Talvez como a de Romand?

Esse exemplo também permite afirmar que, sem adoradores de mitos, não haveria mitômanos, pois as narrativas que eles nos servem correspondem aos acontecimentos que esperamos. Quando os mitômanos transformam a realidade, estão falando de nós. Suas belas narrativas satisfazem a nossos desejos mais delirantes. A cumplicidade deliciosa entre o mitômano e seus adoradores explica o grande número de Luís XVII no século do romantismo, a quantidade de tzarinas após a revolução russa de 1917 e o número espantoso de médicos voluntários e até de sobreviventes de Auschwitz[45]. Como a ficção do mitômano lhe permite, com nossa concordância, ocupar um lugar de sonho em um ambiente social desesperador, ele conclui com isso que seu imaginário modificou o real, e, assim, sente-se melhor. Ele experimentava uma vergonha imensa devido à importância que atribuía ao olhar dos outros. Mas tudo mudou na representação do real e nas interações que essa imagem provoca. Ele fabricou um retrato, uma identidade

---

44. *Ibid.*, pp. 27 e 324.
45. E. Lappin, *L'Homme qui avait deux têtes*, Paris, L'Olivier, 1999.

narrativa para si que o personaliza e acalma a tal ponto que, quando profere sua narrativa-ficção, ele é de uma simplicidade, de uma modéstia fascinante. É claro que não consegue se impedir, de vez em quando, de confessar a si mesmo que essa identidade é apenas narrativa, mas é impossível para ele renunciar a tal benefício porque o imaginário mítico dos indivíduos e dos grupos modifica a maneira pela qual se experimenta o real. A ficção tem um grande valor relacional, porque a história liga o orador a seu ouvinte: "Estão vendo, ele é médico da OMS... Percorreu o mundo... E é tão simples apesar disso..." "O mitômano mente como respira porque, se deixasse de mentir, já não respiraria"[46], ele não tem outra vida.

O imaginário coletivo não se organiza de forma diferente. Quando um grupo é humilhado ou está desesperado, inventa uma bela história trágica e gloriosa para unir seus membros e reparar sua auto-estima ferida. Como a ficção é composta de detalhes verdadeiros, é necessário então provocar o real para provar que a quimera está viva.

Jorge é um pequeno salvadorenho de oito anos. Seu pai imigrou para os Estados Unidos, e sua mãe desapareceu quando ele tinha quatro anos. Foi encontrado vagando pelas ruas, magro, embotado e imundo. Uma instituição religiosa o recolheu, deu-lhe banho e alimentou-o sem lhe dirigir a palavra, tanto as freiras estavam sobrecarregadas. Jorge adaptou-se a esse meio sem palavras. Voltou a desenvolver-se muito lentamente, até o dia em que um grupo de soldados tentou arrebatá-lo na saída da igreja para treiná-lo para a guerra[47]. A criança se debateu e conseguiu fugir. Mas, a partir desse dia, começou a sonhar em voz alta. Revia à noite, durante seus sonhos involuntários, os devaneios que havia inventado de dia. Contava as atrocidades que teria testemunhado e espantava-se por não sofrer com elas. Estranho bem-estar pois, enquanto os adultos

....

46. G. Maurey, *Mentir. Bienfaits et méfaits*, Bruxelas, De Boeck Université, 1996, p. 123.
47. E. J. Menvielle, *Psychiatric Outcome and Psychosocial Intervention for Children Exposed to Trauma. The Psychological Well-Being of Refugee Children*, Genebra, International Catholic Child Bureau, 1996, p. 94.

choravam e entravam em pânico, o menino parecia tranqüilo. Ele não podia saber que a dissociação entre a memória do trauma e o embotamento da afetividade é um sintoma clássico de traumatismo psíquico. Acreditava ser mais forte que os outros, e esse erro o protegia. Pensava ser um super-homem. Contava que, com apenas um salto, podia transpor as montanhas, que sua força era tão grande que ele podia adivinhar todos os pensamentos e matar com apenas um olhar os malvados que lhe desejavam o mal. Tendo estabelecido uma relação entre a tentativa de rapto e esses discursos curiosos, as religiosas da instituição o ouviam suspirando, mas os visitantes ficavam convencidos de que se tratava de um esquizofrênico.

Nessa época Jorge começou a colocar sua mitomania à prova para provar a si mesmo que dizia a verdade. Desde que começou a inventar suas incríveis narrativas, o menino se sentia melhor. Voltava a se sentir confiante, em segurança e, sobretudo, estabelecia relações humanas, pois tinha finalmente belas histórias para contar. Às vezes, ele duvidava, é claro, mas em seus momentos de incerteza, quando o real se impunha, sentia o gelo tornar a se fechar em si e isolá-lo do mundo. Precisava provar a si próprio que era mesmo um super-homem. Então resolveu tentar o diabo. Escalou uma parede de edifício apenas com as mãos, para sentir melhor as asperezas, mergulhou no turbilhão de uma torrente deixando-se levar pelas ondas, jogou-se entre os carros para ser atingido por eles. Toda vez em que não morria, sentia-se mais contente, pois conseguia a prova de que era invencível. Ele se sentia melhor. Achavam que ele era louco.

Toda narrativa de si constrói a identidade narrativa e pode tornar-se um fator de resiliência, contanto que o ambiente familiar e cultural lhe forneça um *status*, uma rede de encontros em que possa encontrar uma expressão compartilhável.

Quando vivenciamos uma situação extrema, quando fomos expulsos da normalidade[48], são possíveis várias estraté-

....
48. Há várias décadas um tabu cultural nos "proíbe" pronunciar a palavra "normal". No entanto, existem três definições possíveis para norma:
   1) A norma estatística que poderíamos chamar de "média".
   2) A norma normativa que normaliza o que é admitido pela cultura.

gias. Quando a implosão foi grande demais, podemos experimentar um alívio estranho abandonando-nos em direção à morte. Mas, quando a ferida não nos destruiu completamente e os recursos internos impregnados durante nosso apego precoce ainda nos dão força para nos agarrar aos outros, a reintegração à normalidade dependerá então do ambiente afetivo, social e cultural.

Um veterano de guerra de doze anos

As crianças-soldado sempre existiram. Os rapazes que tocavam tambores ou pífaros nos exércitos da República freqüentemente estavam nas primeiras fileiras da frente de batalha. Os soldados rasos dos exércitos de Napoleão, os jovens da Wehrmacht derrotada foram sacrificados para atrasar em algumas horas o avanço das forças aliadas. Sem contar os quatorze mil garotos que explodiram sobre as minas ao longo da guerra Irã-Iraque permitindo, em seguida, que os soldados adultos atacassem um campo livre de minas. Mas o século XX acaba de inventar uma nova forma de ser criança-soldado. Não se trata de transformá-las em análogos de soldados em tamanho menor. Hoje prefere-se utilizar suas características de criança para adaptá-las à guerra moderna, a guerrilha. Ao mesmo tempo que se desenvolve a guerra virtual das máquinas, constata-se o desaparecimento dos campos de batalha. Os exércitos enfrentam-se cada vez menos em campo aberto e cada vez mais nas esquinas, nas praças das cidades ou nas estradas do interior[49]. Um punhado de crianças armadas de lindas metralhadoras leves como brinquedos podem com facilidade bloquear uma estrada, controlar os passageiros de um

---

3) A norma axiológica que caracteriza o melhor funcionamento possível de uma pessoa.

Esses três componentes heterogêneos definem o "normal".

D. Houzel, "Normal et pathologique", *in*: D. Houzel, M. Emmanueli, F. Moggio, *Dictionnaire de psychopathologie de l'enfant et de l'adolescent*, Paris, PUF, 2000, p. 457.

49. E. La Maisonneuve, *La Violence qui vient*, Paris, Arléa, 1997, pp. 165-73.

ônibus, ajudar a expulsar pessoas de suas casas, participando assim, de maneira eficaz, dessas guerras sem fronte nas quais os civis desarmados se tornam alvos. Já não se trata de comprar tropas de soldados com seus uniformes de belos tecidos finos pagos pelos aristocratas, não estamos mais na época da criação de exércitos populares para defender a nação, agora é preciso matar aqui e ali, destruir civis à vista de todos para desmoralizar as famílias e desorganizar os que não se submetem completamente ao pensamento dos agressores. Nesse tipo de guerra, as crianças ocupam um lugar especial.

É estranha a sensação de conversar com um menino de doze anos que lhe diz com gravidade: "Sou um veterano da guerra de Moçambique." Ele veio solicitar seu prêmio de desmobilização e pergunta-se o que vai acontecer com ele. Como dois mil pequenos companheiros e algumas companheiras, ele passou cinco anos na guerra. É delicado, mas sua aparência é estranha. Provoca uma espécie de mal-estar. Sério demais para sua idade. Recolhido pela Amosapu[50], ele é descrito como muito calmo, distante, tenebroso, quase insensível ao que acontece a seu redor. Poderia ser confundido com um durão sem sentimentos se, de vez em quando, uma causa anódina não provocasse explosões de raiva ou lágrimas inesperadas. Ele encena seu "homenzinho" e se aborrece quando lhe fazemos perguntas que se fazem normalmente às crianças. Se ele não parecesse tão adulto e razoável em seus comportamentos, evocaria a vigilância fria das crianças maltratadas. Ele diz que não foi maltratado. Contudo, a maioria dessas crianças sofreu traumatismos inimagináveis: antropofagia forçada, foram obrigados ao incesto com suas mães, a matar seus próprios pais diante dos habitantes da aldeia sob pena de serem assassinados, como ocorreu com seus pequenos companheiros que não conseguiram matar. Depois desses traumas incríveis, Boia Efraim Junior descreve quatro tendências evolutivas[51]. A nega-

---

50. Amosapu: Associação Moçambicana de Saúde Pública.
51. Boia Efraim Junior, tese de doutorado em psicologia, citado *in*: J. Kreisler, "Enfants-soldats au Mozambique. L'enfant et la guerre", *Enfance majuscule*, nº 31, outubro-novembro de 1996, p. 4.

ção constitui o mecanismo de defesa mais habitual: "Só obedeci, senão morreria", "Outro teria feito o mesmo". A imagem da atrocidade impregna a memória da criança e ressurge de repente quando não se espera. Se a criança não se congelasse ou não anestesiasse a emoção associada à imagem-lembrança, não seria possível nenhuma vida psíquica. Ela só conseguiria urrar seu horror como faz às vezes, sob a forma de explosões de raiva surpreendentes. A negação ainda lhe permite viver um pouco, como um amputado.

Outro mecanismo de defesa freqüente consiste em desvalorizar as vítimas: "As pessoas que eu matei não valiam muito. Eram selvagens, de raça inferior, não eram bem homens. O que fiz não foi um crime de verdade. Muitas vezes, foi um bem, uma depuração." O desprezo permite a essas crianças reduzir sua culpa.

A identificação com o agressor que a criança tenta ultrapassar em crueldade não é o mecanismo de defesa mais freqüente no campo de batalha. O observador se dá conta disso facilmente de tão aterrorizante que é. É o mecanismo de identificação habitual nas escolas de terrorismo porque, nesse contexto, as crianças se apegam ao instrutor e muitas vezes o admiram. Acontece de esse fato progredir para o sadismo, no qual o gozo é provocado pelo terror que a criança onipotente vê nos olhos daquele ou daquela que ela submete.

A imensa maioria dessas crianças destruídas defendem-se pela negação, que as anestesia, e pela racionalização, que lhes dá argumentos para desvalorizar as vítimas a fim de relativizar seu crime. Todos esses mecanismos de defesa são alterações da personalidade. Nenhum é fator de resiliência, de retomada do desenvolvimento.

O que é espantoso e fonte de aprendizagem é que "muitas crianças conseguiram conservar sua integridade"[52]. Conseguiram purificar-se graças aos rituais dos curandeiros de sua cultura, encontraram uma nova família e até voltaram para a escola.

A maioria dos observadores de campo testemunham a hipermaturidade dos pequenos combatentes. Quase todos

---
52. *Ibid.*, p. 24.

desenvolvem suas possibilidades intelectuais. Conversam melhor, descobrem novos centros de interesse, adquirem uma cultura política, e seu desempenho escolar melhora[53].
Mohammed tinha onze ou doze anos. Como todos os jovens combatentes de Serra Leoa, provavelmente sofreu muito. Jamais admitirá isso e talvez não tenha se dado conta do sofrimento. Em algumas semanas, ele aprendeu a dominar o francês e tornou-se brilhante em cálculo[54]. Nem tudo é sofrimento num país em guerra. Entre os momentos aterradores que maltratam o corpo e a personalidade, alguns momentos de paz ou de felicidade são supervalorizados. Num contexto como esse, qualquer atividade intelectual provoca um sentimento de beleza e liberdade. Antes de mais nada, sente-se segurança, pois o simples fato de compreender adquire uma função de adaptação em um meio hostil. O perigo iminente provoca distúrbios de atenção, concentra sobre o agressor e isola do mundo, mas os desempenhos intelectuais são paradoxalmente aperfeiçoados.
Trata-se de uma vitória precária que depende do encontro com um único adulto. Todas as observações de campo feitas hoje com crianças em guerra, na Croácia, no Kosovo, em Israel, na Palestina ou no Timor, confirmam o espanto dos educadores que, desde 1950, constatam "a excelência dos resultados escolares"[55] das crianças traumatizadas pela guerra. Ao receber tal informação, a reação mal-intencionada consistiria em dizer: "Então, vocês estão dizendo que é necessário uma boa guerra para melhorar a escolaridade das crianças?" Podemos tentar compreender isso de outra forma.

Quando a paz provoca o medo

Edmond nunca pôde ir à escola devido à guerra. Quinze dias aqui, três meses ali, impossível tecer um vínculo, impossí-

---

53. M. Grappe, "Le devenir des jeunes combattants", Oitava reunião do grupo de pesquisa do CERI, B. de Pouligny, Paris, 7 de março de 2002.
54. *Ibid.*
55. S. Tomkiewicz, "L'enfant et la guerre", *Enfance majuscule*, n°. 31, outubro-novembro de 1996, p. 13.

vel a manutenção da escolaridade. As adoções sucessivas desta criança sem família agravam seu enorme atraso. O menino tem dez anos quando um juiz o confia a uma família adotiva que o manda à escola, na qual seus resultados são catastróficos. Não apenas a criança mal sabe ler e escrever, como também nem sabe que é proibido colocar o livro sobre a mesa para copiá-lo durante uma prova. A professora humilha e pune Edmond, que foge durante o recreio. O acaso dos julgamentos arranca-o mais uma vez de um início de vida familiar, e o menino recomeça seu caótico percurso institucional. No ano seguinte, ele é novamente confiado a essa família que o manda para a mesma escola, mas, dessa vez, uma professora nova aceita estabelecer um pequeno vínculo com ele. Quando uma criança é devidamente amparada por seu grupo, uma palavra ou um sorriso irão se perder entre muitos outros, mas, quando está abandonada em pleno deserto afetivo, a menor palavra ou o menor sorriso constituem para ela um acontecimento relevante. Ora, era a primeira vez em sete anos que alguém sorria para essa criança de dez anos. As palavras da professora pediam-lhe simplesmente para fazer um pequeno exercício de gramática e de cálculo que lhe davam a oportunidade de falar com ela. O esforço intelectual tornava-se uma brincadeira mágica. Não apenas velava a tristeza da realidade, mas ainda trazia a esperança de uma relação afetiva. O esforço escolar com essa professora apaziguava sua aflição. O primeiro nó de um vínculo acabava de ser estabelecido e, na intensidade dessa nova relação, a escola acabava de adquirir um novo significado. Esse lugar de encerramento e de humilhação acabava de se metamorfosear em palco mágico de brincadeiras e encontros. Edmond despertou e, emergindo de sua bruma intelectual onde a angústia, o abatimento e o isolamento afetivo o haviam mergulhado, metamorfoseou-se em bom aluno.

A maioria das trezentas mil crianças-soldado vivenciaram uma aventura análoga[56]. Muitas crianças não sabem mais como se faz para ser criança. Quando se sabe apenas fazer a guerra,

---

56. G. Mootoo, *Sierra Leone. Une enfance perdue*, Amnesty International, 2000.

tem-se muito medo da paz. Quando já não se tem família nem se pode voltar à sua aldeia, quando, aos doze anos, uma criança é responsável por outras crianças mutiladas, então a paz torna-se aterrorizante. Como fazer para viver em um país pacificado onde não há nenhuma estrutura afetiva ou cultural ao redor de si? É a mesma situação das crianças separadas de famílias que as maltratavam e colocadas em uma instituição onde o isolamento constitui um trauma a mais. Quando já não existem amigos, família, escola, nem acontecimentos rituais, a resiliência torna-se impossível. Então, essas crianças se agrupam e descobrem os mecanismos arcaicos da socialização. Formam bandos armados que devastam o país, oferecem seus braços a milícias privadas ou a adultos que saberão explorá-las. Esse fenômeno, fácil de observar em qualquer país após uma guerra, começa a se desenvolver nos países em tempo de paz.

O aumento da delinqüência juvenil começou na Europa a partir de 1950. Os pequenos *suscia*, crianças de rua da Itália esfomeada, os jovens alemães de um país arruinado praticaram uma delinqüência de sobrevivência, adaptada ao desmoronamento que os cercava. Pouco depois, uma urbanização insensata, com a construção de moradias-abrigo que impediam os encontros, provocou na Áustria, na França e na Inglaterra o aumento de uma delinqüência que não tinha essa função de sobrevivência pois esses países eram ricos. Portugal, um país muito pobre, e um Japão arruinado não conheceram esse fenômeno porque suas culturas ainda ritualizadas organizavam o ambiente dos jovens. Na Europa, o aperfeiçoamento da tecnologia urbana facilitava a construção de moradias empilhadas, de residências sem lugares de encontros, e de comunicações desprovidas de sentimentos[57]. Em tal contexto, a família deixa de ser um lugar de cultura e de cultivo da afetividade. Os únicos acontecimentos são provocados pelos companheiros de bairro. A escola perde o sentido. Alguns grupos de crianças escapam à influência dos adultos para se submeterem ao domínio de um chefe de bando.

---

57. J. Vicari, "Résilience, urbanisme et lieux de rencontre", *in*: M.-P. Poilot, *Souffrir mais se construire,* Paris, Fondation pour l'enfance/Érès, 1999, pp. 164-74.

A delinqüência explode, mas o uso inadequado de números verdadeiros acaba por dar uma impressão falsa: "O número de acusações contra menores passou de 93 000 em 1993 para 175 000 em 2000."[58] As declarações de agressão, feitas com mais facilidade, inflam um pouco esses números, mas incontestavelmente as infrações aumentam, o que não quer dizer que o número de delinqüentes tenha aumentado. Uma pequeníssima proporção de menores com problemas na justiça (5%) tornam-se "superativos", realizando a maior parte dos roubos, das agressões, do tráfico e dos estupros[59]. Metade dos integrantes desses pequenos grupos altamente delinqüentes são recrutados nos HLM* de subúrbio; outra metade nas casas burguesas em torno desses bairros. Assim, a pobreza não é o determinante da delinqüência. Quando se fala de forma algo leviana da "delinqüência dos subúrbios" comete-se uma grande injustiça para falar a verdade, pois essa formulação não permite falar dos 95% dos habitantes desses bairros que gostariam de trabalhar, amar e não ser incomodados.

O que não impede que a existência desses pequenos grupos de jovens entre treze e dezoito anos, hiperativos e instáveis, constitua um sintoma de nossa sociedade. Não se trata da rebelião dos adolescentes que se opõem aos adultos para descobrir outras formas de socialidade, e sim de uma forma de expulsar de si uma violência que não foi estruturada pelo ambiente. Esta "violência de proximidade"[60] é aprendida nos primeiros anos de vida, quando os meninos pequenos insultam seus próximos num estágio de desenvolvimento em que ainda não são capazes de se dar conta dos danos que suas palavras provocam no psiquismo dos outros. Aos três anos, eles batem

---

58. S. Roché, "Délinquance des jeunes: des groupes actifs et éphémères", *Sciences humaines*, n°. 129, julho de 2002; *Tolérance zéro? Incivilités et insécurité*, Paris, Odile Jacob, 2002.

59. L. Bègue, "Sentiment d'injustice et délinquance", *Futurible*, n°. 274, abril de 2002.

* Moradias de aluguel mais barato, criadas e/ou subvencionadas pelo Estado, que existem na França desde 1834. (N. da T.)

60. G. Conghi, D. Mazoyer, M. Vaillant, *Face aux incivilités scolaires*, Paris, Syros, 2001.

em suas mães, que desandam a chorar porque "ninguém lhes diz como agir"[61]; em seguida, levados à expulsão desenfreada dessa violência, pegam-se com o merceeiro, com o motorista do ônibus, com o professor. Embriagados com sua pequena dose de poder, só sabem se relacionar por palavras que ferem e golpes que machucam. O insulto "guerreiro" prepara a "proeza" física. Estão preparados para estabelecer relações de dominação porque não aprenderam nada diferente. Então aparece o chefe, cujos insultos provocam risos e cuja coragem física nos roubos e nas brigas provoca admiração. É uma delinqüência por prazer e não por sobrevivência, uma espécie de esporte de risco uma vez que esses roubos não são rentáveis. Nessa socialização arcaica, os adultos deixam-se dominar porque não souberam assumir seu lugar ao longo da modelagem dos primeiros anos.

Um pequeno indício possibilita propor uma solução. Por volta dos dezenove anos, essa violência de proximidade e esse prazer expulsivo freqüentemente se acalmam. Poucos jovens continuam a viver dessa maneira quando encontram alguém que os responsabiliza. Em vez de ameaçá-los, em resposta a suas provocações, ou de lhes dar lições de moral, o que os faz rir, alguém diz a esses jovens: "Conto com você." Segue-se normalmente uma metamorfose relacional, uma mudança de trajetória existencial. O engajamento social e o encontro afetivo estabilizam esses jovens e dão sentido a seus esforços. A lei finalmente foi interiorizada... com quinze anos de atraso! O trabalho de reparação que se começa a propor a esses jovens delinqüentes constitui certamente um fator adaptado à sua resiliência. "Da delinqüência à descoberta da responsabilidade"[62], a reparação oferece-lhes um meio transicional de aprender a amar e a socializar-se de outra forma que não o prazer que a violência lhes dá.

....

61. Depoimento da senhora Bruère-Dawson, "École des parents", Téléphone vert.

62. M. Vaillant, "L'hypothèse transitionnelle dans la réparation. Recyclage de la violence et capacité de résilience", *Journal du droit des jeunes*, n° 196, junho de 2000.

Um grande número de crianças-soldado tornaram-se resilientes apesar dos enormes traumatismos porque receberam, ao longo de seus primeiros anos, a marca de um apego sereno que lhes permitiu conservar um pouco de esperança em meio a uma realidade insustentável. Quando o horror passou, puderam retomar algum tipo de desenvolvimento porque a cultura disponibilizou em torno delas alguns homens, algumas escolas, alguns tutores de resiliência. As que não foram beneficiadas com estes dois tipos de recursos, uma marca afetiva e um projeto existencial, não se tornaram resilientes.

Os jovens delinqüentes hiperativos não sofreram traumatismos. Até com freqüência, suas condições materiais não são ruins. Mas não adquiriram as condições da resiliência: nenhuma estabilidade afetiva quando pequenos, aprendizagem não consciente das relações de dominação, nem circuitos sociais para encontrar substitutos. Aqueles que por volta dos vinte anos tiveram a sorte ou o talento de encontrar uma pessoa para amar e uma rede cultural escaparam.

Freqüentemente eu ficava espantado com a maneira pela qual esses jovens sentiam suas provações. As crianças-soldado murmuravam que não haviam sofrido de verdade e davam de ombros quando se falava de seu heroísmo. O que não era de forma alguma o caso dos delinqüentes gozadores que se sentiam perseguidos pelos "burgueses" e se consideravam o Super-Homem.

Para essas duas categorias de jovens, a família e a escola constituíram os maiores fatores de resiliência e permitiram-lhes evoluir. As crianças-soldado escolheram escolas distantes e encontraram famílias que lhes possibilitaram não retornar à aldeia, enquanto os Rambos de subúrbio, mesmo inseridos, em geral recusavam deixar o bairro[63]. As crianças-soldado fugiam de seu passado, enquanto os pequenos Rambos temiam a novidade.

Nos dois casos, houve uma catástrofe psíquica, um dilaceramento enorme entre os pequenos soldados, uma ausência

---

63. P. Dubéchot, P. Le Queau, "Quartiers prioritaires. Le jeunes qui 's'en sortent'", Crédoc, *Consommation et modes de vie*, n° 126, abril de 1998.

de estrutura que permitiria a construção da personalidade dos pequenos Rambos.

Infeliz do povo que precisa de heróis

Quando nos sentimos mal, quando sentimos vergonha de nós mesmos e de repente descobrimos que outra pessoa que pertence ao mesmo grupo apresenta de nós uma imagem gloriosa, seu sucesso nos repara. O desempenho do herói reabilita a imagem alterada que apresentávamos aos olhos dos outros. Se nos sentimos fortes, felizes e em paz, procuramos em torno de nós pessoas simpáticas e disponíveis para prosseguir nosso desenvolvimento. Mas, se nos sentimos fracos ou dominados injustamente, precisamos de um herói para nos representar de forma vantajosa e reparar nossa falta de auto-estima. Nesse sentido, o herói tem uma função de defesa por delegação.

Não admiro mais Tarzã. Mas gostava muito dele quando era pequeno, frágil e dependente. Minha fragilidade me fazia acreditar que, se fosse musculoso, eu poderia dominar a natureza e socorrer os animais. De fato, Tarzã apresentava em público a imagem bela e apaziguadora à qual eu aspirava, porque a idéia de um dia ser musculoso, bom nadador e amado como ele me dava segurança. Quando cresci, tornei-me forte, conquistei diplomas e alguns quilos a mais, e deixei de sentir necessidade desse Senhor Músculos meio débil e vagamente colonialista. Até me surpreendi pensando que hoje, com seu enorme atraso de linguagem ("Mim Tarzã, você Jane[64]"), Tarzã seria orientado para um centro de recuperação escolar. Ele já não era meu herói. Eu já não tinha necessidade de sua imagem reparadora. Quanto mais me sentia forte, mais Tarzã me parecia ridículo. Era fácil para mim compreender que os adultos

---

64. J.-F. Mattei, Comunicação pessoal, Mouans-Sartoux, 21 de setembro de 2002.

Os diálogos de cinema dizem simplesmente: "Tarzã... Jane", porém, quando são acompanhados de um apontar de dedo, só podemos escrevê-lo com as palavras: "Mim, Tarzã... Você, Jane."

do pós-guerra precisassem de heróis como se precisa de curativos. O filme *Le Père tranquille* [O pai tranqüilo][65] apresentava um francês mediano tranqüilo, parecia que estava escondido, mas não, sua aparente submissão lhe permitia resistir em segredo ao exército de ocupação. Exatamente na mesma época, em 1946, os alemães apresentavam no cinema heróis que lhes permitiam acreditar que quase todos eles tinham se oposto ao nazismo e que apenas alguns assassinos entre eles tinham cometido todos os horrores[66].

Infelizes aqueles que precisam de heróis, eles lutam para se oferecer uma reparação imaginária. Esse conserto grosseiro é um fator de proteção contanto que não invada o real. O fato de admirar Tarzã deu-me a esperança de um dia ser como ele, mas, se eu tivesse renunciado à vida familiar e a qualquer aventura social para me tornar o Senhor Músculos e cobrir meu sexo com uma pele de animal, teria me afogado na imagem que me reparava.

Freqüentemente é isso que acontece quando os heróis se tornam os salvadores de nações vencidas ou de grupos humilhados. Eles têm uma função terapêutica, mas os efeitos colaterais desse tratamento são muitas vezes custosos. Um herói nunca está longe do sacrifício, pois sua função é reparar uma humilhação. Mas, quando a ferida é um erro ("cometi um crime", "não tive coragem", "fui vencido"), o herói torna-se um redentor que pagará por mim. Vou adorá-lo porque sua morte gloriosa repara minha imagem e compensa meu erro, porém, assim que ele tiver pago, irei me sentir quite, aliviado, reparado, com o direito de recomeçar. Então precisarei encontrar outros heróis para sacrificar em função de meu maior bem-estar. Esse crime em nome do bem é uma moral perversa, um sacrifício por delegação que repara os sobreviventes... momentaneamente. A fabricação de heróis[67] serve, com freqüência, para legitimar a violência: "Só estávamos nos defen-

....
65. *Le Père tranquille*, filme de R. Clément, com Noël-Noël, 1946.
66. *Die Mörder sind unter uns*, filme de W. Staudte, 1946.
67. P. Centlivres, D. Fabre, F. Zonabend (dir.), *La Fabrique des héros*, Paris, Maison des sciences de l'homme, 1998.

dendo do opressor." "Eles morreram como heróis." "Eles são maiores mortos do que quando vivos..." Todas essas frases de beira de túmulo testemunham a erotização de sua violência. Quando o beijo da morte os leva, seu triunfo é ainda maior pois os mortos são onipotentes, não se negocia com eles. As narrativas heróicas contam sempre a mesma tragédia maravilhosa. O inimigo estava presente em todos os lugares, invisível, quando, de repente, um jovem se levantou e o abateu arriscando sua própria vida. O herói emergiu de nosso grupo, um pouco acima da condição humana, quase um semideus. Mas, quando nos salvou enganando a morte, transgrediu a condição humana. Talvez até tenha feito um pacto com o diabo? Aliás, quando se fala com ele, e ele nos conta seu triunfo sobre esses horrores fascinantes, ainda exala algumas baforadas de inferno. Os heróis, decididamente, precisam morrer se quiserem continuar a ser amados.

Qualquer jovem que conta a si mesmo seu traumatismo se cura como um herói em situação excepcional. Ele deve se salvar e deve salvar. Foi marginalizado pelos maus-tratos, pela guerra, pelo incesto ou por um acidente grave, o que aconteceu com ele não foi banal, o traumatizado já não pode ser insípido. Como Ivã, o Terrível, ele era um camponês, mas a invasão dos teutões lhe deu condições de ser um tirano. Como o pequeno Bara, tocador de tambor dos exércitos republicanos, massacrado a golpes de foice e forçado aos treze anos porque se recusou a gritar "Viva o rei!", ele merece viver para sempre pois sua morte glorificou os exércitos republicanos. O chato é que esse tipo de eternidade não dura muito. Todos esqueceram o pequeno Bara[68]. Isso explica por que um exército clandestino fabrica mais heróis do que um exército regular, muito burocrático e não suficientemente marginal para isso.

Como qualquer grupo humilhado se cura com um herói, uma criança traumatizada, marginalizada, envergonhada com

---

68. Exceto aqueles que irão ao museu do Louvre para ver o quadro enfático e pretensioso de De Weerts, onde descobrimos um garotão de pele branca, encostado em um magnífico cavalo empinado, a ponto de ser furado pelos forçados dos insurretos da Vendéia.

o que lhe aconteceu e sentindo-se contudo um ser excepcional, torna-se ávida de heróis.

Para a felicidade da criança ferida que precisa de heróis

"Não sei por que sinto admiração assim com tanta facilidade", dizia-me Gérard, de quatorze anos. "Uma criança de orfanato que chega em uma família é uma criança que traz consigo um drama escondido [...], ela pode ser o resultado de um estupro, de um incesto, o filho de uma prostituta [...], pode também ser vítima de pais que maltratam [...]. O que é certo é que seus pais, em particular sua mãe, são genitores abomináveis."[69] Impregnado pela vergonha de suas origens lamacentas, a criança começou a admirar os músicos: "Eu precisava fazer música de qualquer jeito, precisava encontrar alguma coisa para me acalmar. Foi assim que aos nove anos decidi, sem perguntar nada a ninguém, ir pedir informações na orquestra municipal de Creusot."[70] O fato de admirar heróis músicos possibilitava à criança uma imagem de identificação agradável. Tornando-se músico como seus heróis, reparava a vergonha de ter nascido de alguém "certamente abominável". Quando soube que seu pai era Jacques Fesch, guilhotinado depois de haver descoberto a espiritualidade, e proposto para canonização, essa "descoberta o obriga a se reconstruir"[71]. Trazendo beleza para sua vida, os heróis músicos haviam cuidado da vergonha de suas origens e permitido que sofresse menos enquanto esperava a revolução que iria "transformá-lo interiormente".

O teatro do heroísmo revela nossas feridas. Os revolucionários do século XIX fizeram de Bara, o pequeno tocador de tambor que ousara morrer pela idéia da República em perigo por causa dos habitantes de Vendéia, um herói. Romand, ani-

---
69. G. Droniou, *Fesch, mon nom guillotiné*, Paris, Éditions du Rocher, 2001, p. 40.
70. *Ibid.*, p. 65.
71. *Ibid.*, p. 168.

quilado por seu fracasso em medicina, fazia de Kouchner seu herói, pois ele havia realizado seus sonhos. Nossa sede de heróis revela nossos pontos fracos que esses personagens compensam quando os admiramos. As crianças destroçadas precisam de heróis, esses representantes narcísicos que plantam nelas a esperança de uma identificação reparadora. Isso funciona como as imagens dos pais funcionam: na infância são venerados, na adolescência, criticados, e, na idade adulta, diferenciamo-nos deles reconhecendo o que deles herdamos. O que significa que todas as crianças precisam de heróis por se sentirem frágeis. Esses personagens de teatro ou de histórias em quadrinhos apresentam seus desejos compensatórios: "Um dia, serei forte como ele." O que também quer dizer que uma sociedade fragmentada não propõe às suas crianças o mesmo tipo de herói que uma sociedade tranquila. Os heróis salvadores de países em guerra não apresentam a mesma imagem que os ídolos dos tempos de paz. Um grupo humano desesperado aceita pagar muito caro o preço do sacrifício que restaura sua imagem e resgata seus delitos. Enquanto em um país em paz alguns heróis conservam sua função simbólica. Madre Teresa ou o abade Pierre "são feitos para" representar a generosidade dos que têm a sorte de não sofrer muito e no entanto querem doar um pouco de felicidade aos feridos da alma e da sociedade. Inversamente, um jogador de futebol, um cantor ou uma princesa transformados em ídolos de multidões não têm como função reparar e sim poetizar, dinamizar, criar um belo acontecimento luminoso e fugaz em uma sociedade sem graça onde nada acontece. Zidane, ídolo de futebol para um grande número de meninos, é um herói símbolo da integração pelo esporte para apenas alguns deles. Edith Piaf, que fez chorar de emoção uma geração inteira, é o símbolo da integração das crianças de rua pelo canto apenas para uma minúscula parcela daquelas que conhecem sua história. Quanto a Lady Di, Loana* ou os vencedores "históricos" dos Jogos Olímpicos, são heróicos o tempo de um *flash*, revelando dessa forma que uma cultura em paz funciona no imediato... como

---

* Estrela francesa extremamente solicitada pela mídia. (N. da T.)

a droga. Os ídolos não são feitos para representar, são injetados na cultura para dar prazer. Quando os semideuses não descem mais do Olimpo e contentam-se em subir em suas Mercedes, fabricam uma espécie de realidade em imagens, como se apenas contasse a aparência das coisas, o imediato que nao tem tempo de fazer uma narrativa. Um ídolo não é amado pelo que representa, senão seria um símbolo, é amado pelo que provoca, o acontecimento, a emoção, o êxtase, a histeria coletiva e depois o esquecimento.

As heroínas percorrem o mesmo itinerário. Em tempos de guerra, as mulheres reparam a estima das pessoas destruídas. As amazonas cujos homens desapareceram aceitam fazer filhos com machos estrangeiros, depois pegam as armas e matam os genitores. Joana d'Arc e Lucie Aubrac testemunham a participação das mulheres nas guerras de libertação e, em tempos de paz, mantêm essa função simbólica. A personagem de Marie Curie ou de Jacqueline Auriol permite que as mulheres demonstrem que elas contribuem para a construção de sua civilização. Mas, quando a existência se torna insípida e desprovida de acontecimentos para identificação, as mulheres começam a adorar imagens. Brigitte Bardot ou Marilyn Monroe, superfêmeas, deixam hoje espaço para ídolos sem futuro, cabides de casacos, vestidos ou roupas de baixo, venerados nas capas de revistas ou nas publicidades que fabricam imagens idolatradas.

A pulverização dos heróis de nossa cultura e sua transformação em ídolos é um indicador de paz que provoca uma dificuldade de identificação entre os jovens. Os que conseguem ver como heróicos os combates humanitários do abade Pierre ou de Bernard Kouchner ou a guerrilha de Che Guevara vão se colocar à prova, descobrir o quanto valem, dando assim um pouco de sentido a suas vidas. Não é o caso da maioria dos jovens, que se identifica com heróis de papel. Quando se pediu que colegiais de dezessete ou dezoito anos respondessem a um questionário, designaram setecentos heróis diferentes[72]. Muitos personagens de ficção, de espetáculos artísticos ou es-

---

72. A. Muxel, "Le héros des jeunes Français: vers un humanisme politique réconciliateur", *in*: P. Centlivres *et al.*, *op. cit.*, pp. 80-1.

portivos, alguns eruditos, escritores ou heróis ligados à educação foram citados sem emoção, nem efeito de identificação. Esses "heróis simplórios"[73] provocam pequenos acontecimentos psíquicos sem perturbar nosso bem-estar. Sinal de uma sociedade em paz, eles são ao mesmo tempo a prova da ausência de integração desses jovens cuja identidade é frágil.

A guerra que visa destruir aqueles que querem nos destruir ou a quase-guerra das sociedades em via de construção provocam tantos traumatismos que os grupos lesados têm necessidade de heróis para se reparar. Essa integração violenta que busca submeter o adversário hesita entre a glória e a morte e freqüentemente associa ambas. Um dia será necessário conseguirmos inventar uma sociedade pacífica capaz de integrar seus jovens e personalizá-los sem os traumatizar. Talvez nossa sociedade tenha privado os jovens de rituais de integração?

A angústia do mergulhador de grande envergadura

A adolescência no Ocidente é cada vez mais precoce e cada vez mais duradoura. A melhoria das condições educacionais permite que um jovem de doze ou treze anos se encontre na situação do mergulhador que se pergunta de que altura terá de saltar. Tem água embaixo? Seu corpo vai suportar o choque? E sua alma vai lhe dar coragem para se lançar no vazio? Essa metáfora do mergulhador permite ilustrar a atitude de um número crescente de adolescentes para os quais o desejo de se lançar na vida é tão grande quanto o medo de saltar. Disso resulta uma espécie de inércia efervescente na qual o refúgio na cama nunca está longe da explosão brutal. Os adolescentes andam em marcha lenta, atrasam sua escolaridade, sonham que vão dar um mergulho maravilhoso, criticam a sociedade por não colocar água suficiente na piscina e os pais por não prepará-los para o mergulho. Sentem-se mal de tanto que se crispam nessa rigidez febril. A passagem ao ato adquire

---
73. *Ibid.*, p. 86.

para eles o efeito de uma libertação. Sentem-se aliviados após uma explosão e depois, quando conseguem narrá-la, melhoram a construção de sua identidade: "Vivi um acontecimento extraordinário", "Sou aquele que foi capaz de superar uma provação terrível".

Todos os nossos progressos sociais e culturais concorrem para desenvolver esse sofrimento. Os progressos na compreensão da primeira infância, a tolerância familiar, o incentivo para prosseguir os estudos, a melhoria das técnicas cujo aprendizado atrasa a integração dos jovens, tudo está a postos para facilitar sua inércia efervescente. Sem contar o enorme componente afetivo que a partir de então precisa encontrar um novo modo de expressão: "Aprendi a amar de forma serena", poderiam pensar os que, em seus primeiros anos, adquiriram um apego seguro: "Como sou digno de ser amado, sei que alguém vai me amar. Então vou dar um jeito de agir e encontrar aquele ou aquela que saberá me amar. Vamos nos respeitar e nos ajudar." Jovens desse tipo passam uma adolescência comovente que será superada. Este não é o caso de um adolescente em três que, tendo adquirido um apego inseguro, torna-se ainda mais angustiado quando aparece o desejo sexual.

O surgimento da fala durante o terceiro ano de vida tinha sido um acontecimento extraordinário, a descoberta de um mundo novo possível de ser criado apenas agitando a língua. Esse jogo fabuloso melhorava a relação com nossas figuras de apego enriquecendo o mundo que compartilhávamos com elas assim que conseguíamos fazê-lo viver com nossas palavras. Quando o fogo do desejo sexual aparece, na puberdade, provoca outra mudança radical com a qual é mais difícil de lidar, pois se trata agora de apoiar-se nas bases afetivas impregnadas ao longo dos primeiros anos para adquirir outra maneira de amar. Trata-se de manter o apego às figuras parentais e descobrir que o objeto de nossos novos desejos necessita de outros comportamentos. O apego a nossos pais era muito sexuado (uma mãe, de forma radical, não é um pai), mas totalmente desprovido de apetite sexual. Se a imagem de uma possibilidade sexual surgisse, a angústia, o horror ou o ódio iriam nos empurrar para uma autonomia violenta. A maior parte do tempo, quando tudo vai bem, após a crise o adolescente mantém o apego a seus pais. Em seguida deverá aprender a amar seu companheiro de outra maneira, pois este terá uma tarefa dupla a realizar: ser o objeto de desejo do parceiro e tornar-se também o objeto de seu vínculo afetivo.

É difícil lidar com essa mudança radical porque ela impõe a coordenação de pulsões heterogêneas: "Entro com a marca de meu passado, com a idéia que faço de mim mesmo e com o que sonho para o futuro", "Devo me livrar daqueles a quem ainda sou apegado. Devo me libertar deles se quiser prosseguir meu desenvolvimento afetivo, sexual e social".

O adolescente deve integrar forças de naturezas diferentes, em geral até opostas. A pulsão hormonal tem um papel desencadeador no surgimento do apetite sexual. A testosterona inflamará os meninos e acenderá as meninas: o trabalho consiste então em modelar a pulsão. Como expressá-la? Como proceder? Para dar a essa força que jorra uma forma aceitável, é necessário lançar-se com nossa maneira de amar nos circuitos afetivos propostos pelo objeto de amor e por nossa cultura.

Quando tudo transcorre bem, já não é fácil. Então, você admitirá que, quando um dos dois parceiros passou por dificuldades em seu desenvolvimento afetivo, ou quando a cultura não propõe modelos de comportamento amoroso, será ainda mais difícil. Quando um déficit relacional precoce não foi corrigido pelo clima familiar nas interações cotidianas, o distúrbio afetivo explode na adolescência.

De forma muito paradoxal, quando os distúrbios são visíveis, são mais fáceis de enfrentar. Podemos ajudar uma criança a modificar seu apego, ensiná-la a amar de forma mais agradável. Isso provavelmente explica por que, quando acompanhamos por muito tempo um grupo de crianças que aprenderam precocemente um estilo de apego inseguro (ambivalente, evitante ou confuso), constatamos que um terço delas melhora de forma surpreendente na adolescência e adquire um apego seguro[74].

---

74. L. A. Sroufe, *Emotional Development: The Organization of Emotional Life in the Early Years*, Cambridge, Cambridge University Press, 1996.

Mesmo os mais fortes têm medo de se lançar

Inversamente, temos a surpresa de constatar que um quarto das crianças com apego sereno desmoronam na adolescência, tornando-se inseguras. Provavelmente não soubemos observar os distúrbios invisíveis do apego. As crianças muito ajuizadas, muito bem adaptadas, agradam aos adultos, ou melhor, deixam-nos aliviados. Seu comportamento exageradamente bom faz o adulto ficar menos atento. Ele acompanha menos o filho e permite o desenvolvimento de um equivalente fóbico, um hiperapego da criança que não ousa atirar-se sozinha e, dessa forma, bajula o adulto obedecendo demais a ele.

As crianças superprotegidas parecem tranqüilas e felizes, pois nunca têm a chance de se colocarem à prova. Acreditamos que são fortes pois nunca revelaram sua fragilidade até o dia em que um acontecimento minúsculo as derruba. Então elas criticam os pais por não as terem preparado para a vida, o que é injusto para esses pais dedicados, mas não é mentira. Sem contar que, com freqüência, essas crianças anormalmente equilibradas, sustentadas por um ambiente constantemente atento, mascaram sua timidez obedecendo com facilidade. Na adolescência, elas representam para si sua relação passada como uma submissão, um domínio contra o qual se rebelam por explosões de ódio.

Claro que existem famílias autoritárias em que um dos pais impõe sua concepção da existência aos familiares e consegue controlar toda vida íntima. As crianças que se desenvolvem nesses clãs familiares são fortemente modeladas por esse quadro totalitário. Adaptam-se a ele porque não podem agir de outra forma sob pena de ser eliminadas.

O que se inflama na adolescência, o que provoca o desabrochar ou o desmoronamento é o modo de apego estabelecido precocemente. Podemos então tentar predizer que tipo de adolescência as crianças maltratadas terão. Aos dezoito meses, 75% das crianças maltratadas manifestam modos de apego alterados[75] (contra 35% na população em geral). A in-

---

75. E. Palacio-Quintin, "Les relations d'attachements multiples de l'enfant comme élément de résilience", *in*: J.-P. Pourtois, H. Desmet, *op. cit.*, p. 119.

tensidade dos distúrbios varia, mas, no conjunto, esses bebês são muito evitantes, não sustentam o olhar, não respondem ao sorriso e reagem de forma vaga às informações distantes. As mais alteradas são seguramente as crianças negligenciadas, que foram abandonadas, às vezes até isoladas em um quarto ou em um armário durante semanas ou meses. Embrutecidas e confusas, qualquer estímulo as aterroriza, sobretudo as solicitações afetuosas, que provocam freqüentemente auto-agressões.

Do mesmo modo que uma população de crianças que tenha adquirido um apego sereno manterá esse estilo até a adolescência, quando apenas uma em quatro encarará mal a guinada, a coorte de crianças cujo apego é perturbado manifesta estilos afetivos instáveis. O modo de apego depende, nesse caso, da interação com a pessoa que ela encontra. A maioria das crianças negligenciadas voltam ao calor afetivo, mas a retomada evolutiva será variável segundo as díades. Algumas se reaquecem já nos primeiros meses de interação com seus substitutos que às vezes são pouco disponíveis afetivamente, enquanto outras crianças retornam lentamente à vida. As transações afetivas são mais fáceis com um casal que com outro, o que não quer dizer mais intensas. Isso permite deduzir que é preciso amar as crianças carentes a fim de dispor em torno delas alguns tutores de resiliência, mas não há uma relação entre a dose e os efeitos. Não é amando-as cada vez mais que elas se restabelecerão melhor. Mas, se não as amarmos, é fácil predizer seu futuro: seu desenvolvimento cessará.

É difícil privar totalmente uma criança de afeto, a não ser colocando-a em um armário ou isolando-a em casa com uma geladeira e uma televisão. Podemos nos perguntar por que, nas privações graves, apenas 75% das crianças se alteram. Por que não 100%? Porque, em torno da mãe ausente ou que maltrata, houve um marido, uma avó, uma vizinha, um avô ou uma instituição que propuseram alguns tutores de resiliência. Quando um monopólio das marcas profundas impede a criança de escapar e encontrar outros tutores, quando um ambiente é petrificado pelo domínio de uma única pessoa, quando esse domínio afetivo é autoritário, a bolha sensorial, os comportamentos, as mímicas e as palavras serão sempre os mesmos, e a criança permanecerá presa a eles. Uma mesma estrutura envolvente de maus-tratos ou de asfixia afetiva não terá os mesmos efeitos se a criança puder encontrar uma brecha, e isso pode ser suficiente.

Lisa tinha muito medo do pai que, todas as noites, a es pancava e muitas vezes a perseguia com um sabre para que ela acreditasse que iria matá-la. Felizmente, todos os finais de tarde, entre a saída da escola e a chegada do pai, Lisa podia ir para a casa de uma vizinha a fim de fazer algumas compras para ela, arrumar um pouco a casa e tomar conta de seu bebê. O tormento de todas as noites tornava-se apenas uma baforada de inferno porque, um pouco antes, Lisa tinha vivenciado um momento adultista no qual conseguira mostrar a si mesma que era capaz de relações fortes e generosas. Quando o pesadelo se anunciava, Lisa mantinha consigo a crença de que um mundo justo e afetuoso podia existir, contanto que ela o procurasse, o que ela fez sua vida inteira. Na adolescência, assim que conseguiu sair de casa, descobriu seu talento para conhecer homens, amigas, grupos, países e línguas em que era possível compartilhar afeição e projetos. O adultismo, uma defesa custosa durante sua infância, tornou-se um fator de resiliência quando ela conseguiu mudar de ambiente. Hoje, diretora comercial, fala cinco línguas e vive em dez países, cercada por mil amigos. Sua vizinha jamais saberá o quanto protegeu Lisa permitindo-lhe fabricar para si mesma a prova de que havia outras maneiras de viver diferentes da de sua família e de adquirir a crença de que ela era capaz de vivê-las.

Quando um ambiente familiar é deficiente, uma estrutura de bairro, uma maneira de viver em uma aldeia, a criação de circuitos profissionais de arte, de esporte ou de psicologia bastam para plantar o germe de um processo de resiliência. A aquisição de um apego sereno pode acontecer fora da família[76]. Mas para isso é necessário que a cultura proponha lugares

---

76. F. A. Goosens, M. H. Van Ijzendoorn, "Quality of infant's attachment to professional caregivers: Relation to infant-parent attachment and day care characteristic", *Child Development*, 1990, 61, pp. 832-7.

de abertura e pare de pensar em termos de relação unívoca na qual apenas uma única causa provocaria um único efeito[77].

O jovem que se prepara para lidar com a guinada da adolescência se lança nesse teste difícil e apaixonante com a idéia de si mesmo construída no decorrer de sua história. No momento em que Lisa fugia de seu pai armado com um sabre, ela manifestava um salve-se-quem-puder adaptativo e não um mecanismo de resiliência. Só mais tarde na representação deste acontecimento é que ela pôde se dizer com orgulho: "Agora que estou salva e conquistei minha liberdade, tenho apenas de construir a vida que me convier. De quais meios disponho dentro de mim e em meu ambiente?"

É com um *patchwork* de pequenas vitórias que o jovem se lança na guinada da adolescência. Empurrado pela irrupção da apetência sexual que o obriga a deixar sua família, ele faz um balanço dos sucessos que legitimam sua crença em suas capacidades e em um mundo justo. O que equivale a dizer que um jovem aprisionado em seu passado por uma memória abusiva, enclausurado em uma família fechada ou autoritária, privado de pequenas vitórias por um grupo demasiadamente dedicado, ou que vive em uma sociedade debilmente estruturada terá dificuldades de tornar-se resiliente.

A crença em um mundo justo dá uma esperança de resiliência

Esse sentimento de mundo justo é bastante surpreendente quando se conhecem os acontecimentos a que foram submetidas essas crianças espancadas, violadas, expulsas e exploradas. Na verdade, essa noção de "crença em um mundo justo" designa duas atitudes opostas que, contudo, concorrem para a resiliência. A primeira consiste em dizer: "Fui uma vítima inocente, mas posso me sair bem porque o novo mundo que me acolhe é um mundo justo." Isso corresponde mais ou

---

77. R. A. Thomson, *Construction and Reconstruction of Early Attachment*, Hillsdale, Nova Jersey, Laurence Erlbaum, 1991, pp. 41-67.

menos à ideologia dos romances populares do século XIX, nos quais Oliver Twist, Rémi e Cosette, crianças massacradas por adultos malvados, retomam seu desenvolvimento bem merecido assim que encontram uma família burguesa ou um grupo social justo. Esses romances edificantes restituem a esperança aos feridos da alma e convidam-nos a adaptar-se e a assumir seu lugar na sociedade. A outra crença em um mundo justo necessita, ao contrário, de uma revolta: "Fui espancado, expulso da escola, impedido de me socializar, aprisionado ou deportado. Mesmo assim, existe um mundo justo, basta destruir essa sociedade e substituí-la pela do pensador, do padre ou do amigo no qual acredito." Nos dois casos, essas visões de mundo convidam a agir para assumir um lugar numa sociedade justa, estabelecida ou por estabelecer.

Esses esquemas correspondem às crianças de orfanato que se tornaram executivos ou industriais ricos[78], e aos meninos de rua que se tornaram inovadores. Takano Masao, órfão de guerra na Coréia nos anos 1940, sobreviveu na rua graças a permutas e à mendicância: "Lembro-me de que eu vivia sem sentir nada. A tristeza, a alegria, a dor eram totalmente desconhecidas para mim [...]. Os tiras nos tratavam como vagabundos ou rebotalhos da humanidade e diziam-nos para morrer rápido pois éramos parasitas da sociedade."[79] Seu destino muda subitamente com apenas um encontro. Estando a ponto de morrer de fome no parque de Tamahine, depósito dos excluídos de Tóquio, um esfarrapado dá-lhe uma vasilha de macarrão misturado com tripas de cachorro. Ele recupera as forças e, para estabelecer um laço com esse homem, decide aprender a ler, como ele. De dia, o menino trabalha na rua para conseguir pagar seus estudos nas escolas noturnas (como acontece ainda hoje nas Filipinas). Em novembro de 1966, uma lei decreta o fechamento dos cursos noturnos porque o trabalho infantil se torna ilegal. Takano Masao resolve então

---

78. C. Rodhain, *Le Destin bousculé*, Paris, Robert Laffont, 1986.
79. T. Masao, *Homo japonicus*, Paris, Picquier; comunicação de Muriel Jolivet, universidade de Sophia-Antipolis, Faculty of Foreign Studies, Tóquio, 1999.

militar pela causa das crianças e obtém "a manutenção de trinta e quatro escolas noturnas [...]. Todas sem exceção estão repletas de órfãos japoneses, chineses [...], de coreanos [...], de refugiados do sudeste asiático e de brasileiros que vieram trabalhar no Japão". Num contexto ocidental, essas condições de educação constituem uma forma de maus-tratos, mas num contexto de desmoronamento cultural e social a mendicância e a escola noturna tornam-se tutores de resiliência.

É o discurso ambiente que atribui ao fato seu valor de destruição ou reconstrução. Em uma sociedade estável onde as narrativas fazem crer que cada um está em seu lugar na hierarquia social, qualquer agressão deve ser justificada: "Estranhas essas pessoas que são sempre vítimas. Só estão obtendo o que merecem! Não é por acaso!" A impossibilidade mental de questionar a própria noção de hierarquia impede as testemunhas da agressão de procurar ajudar os lesados. E, para não se sentirem culpadas, até tendem a desvalorizar a vítima[80]: "As mulheres estupradas com certeza procuraram por isso", "As crianças abandonadas eram encefalopatas ou autistas antes de serem abandonadas", "Os delinqüentes com certeza saíram de ambientes pobres." A ordem reina.

Pode-se fazer de uma vítima uma estrela cultural?

Nas últimas décadas, os estereótipos culturais modificaram-se de forma brusca. Atualmente, identificamo-nos mais com o agredido. Temos quase a tendência a transformá-lo em um iniciado por que esteve muito perto da morte. Ele tem algo a nos ensinar sobre o mundo invisível de onde voltou. Nós lhe damos a palavra, fazemos dele praticamente uma estrela cultural quando sua narrativa corresponde à expectativa social. Então aparecem falsas vítimas que contam aventuras horríveis incrivelmente verdadeiras e belas. Binjamin Wilkomirski es-

---

80. C. Chalot, "La croyance en un monde juste comme variable intermédiaire de réaction au sort d'autrui et à son propre sort", *Psychologie française*, t. 25, n.º 1, março de 1980.

creveu *Fragmentos*, um livrinho onde narra sua infância polonesa, "em diversos barracões para crianças nesses campos onde os nazistas encerravam os judeus".[81] Quando fala de Auschwitz e de seu encontro com Mengele, o médico torturador que fazia experiências, a quem ele teria sido entregue por seu pai adotivo, a narrativa corresponde de tal forma a todos os clichês esperados que se torna suficientemente bela para ser miticamente verdadeira. A idéia de uma beleza horrível corresponde à estética da cloaca que tanto agrada a uma sociedade empanturrada. Algumas imagens provocam uma sensação de acontecimento. Então falamos delas, comovemo-nos, indignamo-nos, apressamo-nos para socorrer, atribuímo-nos o direito de agredir o agressor. Enfim, sentimo-nos bem. Aconteceu algo belo, um momento de existência em nossa vida insípida. Foi necessário ver, compreender, ler, falar, encontrar-se com outras pessoas e associar-se a elas para prevenir monstruosidades como essas. Sentimo-nos belos diante dessas feiúras, somos generosos diante das injustiças, fomos corajosos diante dos monstros. Nós, os normais, temos necessidade do horror sofrido pelas vítimas para assim revelar nossa grandeza interior.

Binjamin "Wilko" fala com o sotaque ídiche, sofre a fobia dos trens "de deportados", mexe os pés sem parar para "afugentar os ratos que subiam nele nos campos". Os verdadeiros sobreviventes identificaram rapidamente o acúmulo de clichês. Mas os clichês só têm a força de clichês porque correspondem à gula dos normais que se deleitam com o *kitsch* da Shoah. Quando se conheceu Auschwitz, evidentemente se sofreu, mas aconteceram outras coisas além do sofrimento. Também ocorreram momentos de amizade, um raio de beleza que permitiu suportar o insuportável. O sofrimento mudou de forma após a Libertação, quando falar sobre isso provocava a incredulidade ou a resposta moralizadora dos libertadores: "Como! Vocês comeram lixo? Vocês são porcos!", diziam os americanos generosos que não sabiam que *Schwein* (porco) era justamente o insulto favorito dos nazistas. Quando "uma

....
81. E. Lappin, *L'Homme qui avait deux têtes, op. cit.*, p. 15.

narrativa é normatizada, admitida, [torna-se] uma ladainha amplamente instrumentalizada. A memória formatou-se. E tende a se tornar vulgata"[82].

Por isso os parentes dos sobreviventes aceitaram com prazer o horrível conto de fadas de Wilkomirski, que correspondia à idéia que tinham dessa realidade. Sem contar que uma narrativa é sempre mais emocionante, mais bela e convincente do que um relatório administrativo.

A atitude cultural que permite o desenvolvimento de um número maior de resiliências individuais deve evitar os extremos. Desvalorizar uma vítima para respeitar a ordem estabelecida não dá melhores resultados do que fazê-la subir no palco para nos deleitarmos com isso. Mas "desde os anos 1980 os poderes públicos dão uma atenção especial às vítimas"[83]. Após o reconhecimento de sua condição, a vítima pode existir socialmente como após um acidente. Ela pode então se "desvitimizar" trabalhando sua resiliência[84].

Como aquecer uma criança gelada

Durante toda a nossa existência, vivenciamos os acontecimentos com o capital com que nossa história nos impregnou. Quando se acompanham por décadas crianças maltratadas, observa-se que elas vivenciam seu primeiro encontro amoroso com tudo aquilo que seu passado lhes ensinou de doloroso, mas também com defesas construtivas.

De modo geral, as crianças maltratadas adquirem uma grande vulnerabilidade a qualquer perda afetiva, pois não tiveram a oportunidade de aprender a manter a esperança de ser amadas, nem a possibilidade de ser consoladas. Elas se defen-

----

82. R. Robin, "La judiciarisation de l'holocauste", *La Lettre des amis de la CCE*, n° 29, fevereiro de 2000, p. 14.

83. G. Lopez, A. Casanova, *Il n'est jamais trop tard pour cesser d'être une victime*, Bruxelas, EDLM, 2001, p. 88.

84. Ségolène Royal, ministra da Família, criou um programa de ação social a partir de 2000.

dem evitando amar e, em seguida, ficam tristes por não conseguirem amar[85]. Sofrem menos, só isso. Nessa população de apegos evitantes, alguns subgrupos individualizam-se. Um grupo de sessenta e duas crianças maltratadas foi acompanhado na creche, na escola e depois na instituição em que foram acolhidas[86]. Mais ou menos um terço dessas crianças haviam sido violentadas fisicamente. Na creche, após um curto período em que se mantiveram periféricas apresentando dificuldade de entrar no grupo, elas finalmente assumiram seu lugar de maneira muito presente, às vezes um pouco agressiva. As crianças violentadas verbalmente tiveram mais dificuldade de se integrar. Continuaram muito tempo inibidas e desorganizadas, sem estabelecer interações com seus colegas ou respondendo de forma desconcertante, não decodificável. Esse comportamento aprendido em casa, depois expresso na creche e na escola, diminuía suas chances de encontrar um coleguinha que poderia funcionar como tutor de resiliência.

As crianças negligenciadas constituíram o terceiro grupo. Por diferentes razões parentais (mãe muito jovem, pobre ou terrivelmente só), essas crianças encontravam-se em uma situação análoga àquela dos isolamentos sensoriais em etologia: nenhum contato, nem mímicas, palavras ou brincadeiras, um mínimo de cuidados rápidos, silenciosos, automáticos. Foi esta a população mais alterada. Até os seis anos, apresentavam muitos comportamentos de retração, uma afetividade glacial, não brincavam, não demonstravam criatividade, faziam inúmeros gestos de insegurança (proteção da cabeça levantando os braços ao menor ruído), revelavam retardo notável dos gestos e das palavras, passividade diante de pequenas agressões dos colegas. É "a negligência parental que parece [...] ter as conseqüências mais desastrosas sobre o desenvolvimento so-

---

85. L. S. Éthier, "La négligence et la violence envers les enfants", *Psychopathologie de l'enfant et de l'adolescent: approche intégrative*, Boucherville (Quebec), Gaétan Morin, 1999, p. 604.

86. M. Erickson, B. Egeland, "Child neglect", *in*: J. Brière, L. Berliner, J. A. Buckley, C. Jenny, T. Reid (dir.), *Handbook of Child Maltreatment*, Thousand Oats Sage Publications, 1996, pp. 4-20.

cioemocional da criança e sobre seu desenvolvimento cognitivo"[87]. Notou-se entretanto uma pequena brasa de resiliência: é nesse grupo que observamos alguns comportamentos adultistas, como se as crianças negligenciadas tivessem tentado preservar um vínculo cuidando do genitor que maltratava.

É portanto possível que a forma de maus-tratos organize em torno da criança um ambiente sensorial que tutora preferencialmente um tipo de distúrbio e de resiliência. Todas as crianças estão perturbadas, mas a perturbação e as estratégias de resiliência parecem diferentes. As crianças maltratadas fisicamente adquirem uma intensidade emocional que, na adolescência, terão dificuldade de controlar. Mas conservam um impulso na direção dos outros que, mais tarde, as ajudará a socializar-se. As crianças maltratadas verbalmente fornecem uma população de humilhados, daqueles cuja auto-estima foi esmagada. Mas é entre eles que vamos encontrar a maioria das resiliências imaginárias, míticas ou heróicas. As crianças negligenciadas são as mais deterioradas. São elas que utilizam menos as defesas construtivas. Salvo quando permanece possível a interação com um adulto negligente, mas infantil, com relação ao qual o pequeno resiliente poderá tentar a estratégia do adultismo.

Para analisar o problema, é necessário criar grupos clinicamente categorizados (violência física, verbal ou negligência). Mas, na aventura humana espontânea, essas categorias raramente são claras porque uma criança espancada pode ao mesmo tempo ser insultada e depois atirada no porão, o que não é raro. Uma situação espontânea pode revelar uma brasa de resiliência importante: a plasticidade das respostas da criança.

Hans tinha dois anos quando seu pai desapareceu, levado pela guerra. Imediatamente a afetividade de sua mãe se apagou, e a criança foi obrigada a sobreviver em um ambiente negligente que havia sido caloroso nos primeiros anos. Tendo adquirido a marca de um temperamento sereno, Hans conti-

---

87. P. K. Trickette, C. McBride-Chang, "The developmental impact of different forms of child abuse and neglect", *Developmental Review*, 1995, 15 (3), pp. 311-37.

nuava dirigindo-se a uma mãe inerte até o dia em que ela teve de ser hospitalizada e, por sua vez, desapareceu. Hans, órfão aos quatro anos, foi colocado em uma instituição. Nos anos seguintes, passou por muitas instituições diferentes devido à ruína social da Alemanha do pós-guerra. Chegada a adolescência, Hans, revendo sua vida, espantava-se com as diferenças de quadros clínicos que ele manifestara segundo cada instituição. Primeiro, ele se anestesiou para sofrer menos e porque nenhum adulto tinha tempo de lhe dirigir a palavra. Mas, nesse deserto afetivo, algumas pequenas chamas de resiliência lhe permitiram manter a esperança. Em Essen, um "monitor" que tomava conta de quarenta crianças as reunia todas as noites para contar belas histórias de guerra. Essas fanfarronices heróicas podem parecer obscenas para uma testemunha em tempos de paz. Foram capitais para Hans, que finalmente conseguia imaginar seu pai morrendo dignamente para defender seu país, enquanto antes dessas belas histórias trágicas o menino tentava não pensar nisso para evitar a imagem que via freqüentemente de cadáveres abertos, cheirando mal, macerando na lama. O acaso das decisões administrativas levou-o em seguida para perto de Erfurt, onde cerca de mil crianças haviam sido recolhidas em um castelo. Alguns adultos ocupadíssimos dedicavam-se a administrar os recursos e a conseguir alimentos. Longe dos responsáveis, um bando de pequenos desordeiros, entre dez e quatorze anos, fazia sua própria lei reinar. Hans ficava por perto sem admirá-los. Como eles, tornou-se um pouco brigão, um pouco ladrão e bastante orgulhoso por ter conseguido cavar um túnel para passar sob as grades da propriedade. Ele sabia esgueirar-se à noite no almoxarifado por uma janela quebrada. A venda de coisas roubadas na rua no dia seguinte era fonte de acontecimentos engraçados, de bons negócios, de fugas desenfreadas. Seus amigos de delinqüência um dia foram presos e transferidos de instituição. Hans conseguiu não ser preso. Sua delinqüência incipiente acabou no mesmo dia. Mas, quando pensava nisso, dizia-se que, se houvesse sido apanhado, provavelmente teria sido rotulado de "delinqüente", e que essa palavra vinda de fora faria então parte de sua identidade.

Aprender a amar apesar dos maus-tratos

Ele se espantava muito com sua atração pelas garotas. Desde os quatro anos, antes de qualquer apetite sexual, o simples fato de estar próximo de uma menina lhe propiciava um sossego e uma felicidade surpreendentes. A beleza delas, a graça de seus gestos e seu gosto de falar agradavam a Hans, que sempre dava um jeito de estar perto delas. Mas entediava-se com as brincadeiras de meninas e preferia as corridas, as brigas, as competições intermináveis, as regras o tempo todo negociadas dos meninos. Assim que a brincadeira terminava, ele se aproximava de uma menina e mudava de mundo afetivo. Um domingo, as crianças receberam um pedaço de biscoito de sobremesa, e Hans roubou o de um menino maior. Ele percebeu, perseguiu o menininho por muito tempo pelo pátio e deu-lhe um soco. Hans ainda estava meio tonto quando uma menininha saiu do grupo para vir consolá-lo dizendo palavras delicadas. Nesse dia, Hans descobriu o prazer da afetividade e o preço que estava disposto a pagar para ter sua parcela disso. Descobriu também a importância de sua emotividade. Extremamente dependente da reflexão mais sutil dos "monitores", que podiam encantá-lo ou feri-lo com apenas uma palavra, ele descobriu o poder do afeto.

É com essa modelagem do passado, com essa aprendizagem afetiva que Hans chegou à guinada da adolescência. A irrupção apaixonante e assombrosa do desejo sexual evocava tudo o que ele adquirira desde a primeira infância e deveria exprimir em seu engajamento sexual.

Ficar perto de uma menina antes da emergência do desejo sexual não provoca absolutamente a mesma sensação de quando podemos nos dizer: "Só o fato de vê-la me provoca uma sensação deliciosa que me possui. Já não sinto as mulheres da mesma forma. Essa nova percepção me dá um grande prazer porque aprendi a dar forma a minhas emoções e porque os adultos me ajudaram nisso propondo-me modelos culturais." Essa mesma emoção nova pode provocar angústia naqueles cujo passado impregnou uma efervescência descontrolada. Esses repetem os mecanismos habituais de defesa contra a angústia: "Eu me inibo, congelo-me para evitar qualquer explosão. Posso também acreditar que o que sinto em meu corpo é uma doença, será menos angustiante do que pensar que se trata de uma pulsão sexual que pode me arrastar não sei para onde. Também posso me tornar agressivo porque a agressão constitui em geral uma máscara para o medo."

Essas mil formas que os novos amores adquirem sempre provocam metamorfoses. Alguns adolescentes se acalmam, se realizam e iniciam um projeto de vida, enquanto alguns se tornam ansiosos e outros desmoronam, dilacerados por uma paixão insuportável.

Para compreender esses devires tão diferentes foram constituídos dois grupos de crianças entre doze e dezoito meses. A evolução de um grupo que havia adquirido um apego seguro foi comparada à de um grupo de apego inseguro. Essas crianças foram vistas novamente vinte anos depois em uma entrevista semidiretiva que lhes pedia que contassem seu primeiro amor[88]. Os depoimentos gravados foram depois submetidos a uma lingüista que fazia uma análise semântica deles.

Por definição, o primeiro amor acaba mal. (Se é o primeiro, é porque houve um segundo.) A grande maioria dos apegos serenos definiu esse acontecimento com as palavras "feliz", "amigável", "confiante", "altos e baixos", "não muito doloroso", "ternura". Sem razão aparente, 18% dos jovens desmoronaram nesse momento.

No grupo dos apegos inseguros, o primeiro amor foi definido com as palavras "dor", "ciúme", "tristeza", "desagradável". Mas 28% melhoraram de maneira surpreendente. A maioria dos apegos serenos engajou-se no primeiro amor com um estilo afetivo que os tornava atentos ao outro, mas sem se perder nele, sem se deixar despersonalizar, sem experimentar "o amor como um traumatismo"[89]. A leveza desse vínculo lhes permitiu não serem devorados pelo momento amoroso ou es-

---

88. C. Hazan, C. Shaver, "Attachment as an organizational framework for research on close relationships", *Psychological Inquiry*, 1994, 5, pp. 1-22.
89. A. Duperey, *Allons plus loin, veux-tu?*, Paris, Le Seuil, 2002.

vaziados pela separação. Tanto na euforia como na tristeza, continuaram a ser eles mesmos.

A maioria dos apegos inseguros sofreu no primeiro encontro. O êxtase amoroso desencadeou um dilema ansioso que suas palavras tiveram dificuldade de precisar: "É maravilhoso, eu a amo... é aterrador, vou perdê-la... para continuar com ela, vou me perder nela... ela destruiu minha personalidade: eu a detesto." (Evidentemente podemos escrever as mesmas palavras vindas de uma mulher.)

Os adolescentes cujo apego é seguro até aproveitaram a provação do primeiro amor para melhorar sua relação futura com o segundo: "Agora vou saber amar melhor. Claro que é preciso dar, mas sem se perder." Enquanto os apegos inseguros, feridos pelo seu primeiro amor, em geral adquiriram o medo de amar. Para um grande número deles, a plenitude do sentimento amoroso transformou-se em fascinação pela morte: "45% dos adolescentes que se suicidaram [...] tinham perdido um genitor nos primeiros anos de vida, por falecimento ou por divórcio."[90] A aquisição muito precoce de uma vulnerabilidade afetiva muitas vezes foi mascarada ao longo da infância, por uma seriedade excessiva, por uma incapacidade de levar as coisas mais displicentemente. A maior parte do tempo, os comportamentos que poderiam revelar a vulnerabilidade afetiva da criança foram mal interpretados pelos educadores. Quando uma criança se torna um bom aluno por sentir angústia assim que tira os olhos do livro, é considerada uma criança estudiosa. Quando uma criança continua colada aos seus pais, dando-lhes beijos o tempo todo e enchendo-os de presentes, é qualificada de "muito afetuosa", quando, na verdade, se trata de um hiperapego ansioso em que ela tenta amar seus pais, rápido, antes de sua morte iminente. A intensidade amorosa que desperta os componentes da personalidade desvela também esses pontos frágeis e provoca o desabamento.

---

90. M. Tousignant, M.-F. Bastien, "Le suicide et les comportements suicidaires", *op. cit.*, p. 527.

O conserto após a ruptura

O problema consiste agora em se perguntar como a perda precoce de um genitor (por morte ou divórcio) pode provocar uma vulnerabilidade que, vinte anos depois, provocará o desmoronamento de certo número de adolescentes apaixonados enquanto outros, exatamente nas mesmas circunstâncias, viverão o encontro amoroso como uma estrutura para sua personalidade, um poderoso tutor de resiliência.

De fato, a morte e o divórcio são acontecimentos de referência tão evidentes que lhes atribuímos apressadamente a vulnerabilidade adquirida da criança. Trabalhos posteriores demonstraram claramente que a culpa provocada por esses acontecimentos inscreveu na personalidade da criança a rachadura que se partirá mais tarde. Uma criança bem amparada pelo apego parental sente-se menos culpada quando um genitor desaparece. Se ela encontra substitutos adequados, seu desenvolvimento continuará harmonioso. Até o dia em que ouvir alguém recitar em torno dela os estereótipos culturais segundo os quais um órfão ou uma criança de pais divorciados deve sofrer cruelmente. Então o jovem terá vergonha de seu bem-estar e, quando de seu primeiro amor, tentará provar a si mesmo que não é um monstro mostrando-se exageradamente gentil e centrado no outro. O efeito despersonalizador ou, ao contrário, de suporte do primeiro amor depende, a partir de então, do parceiro, de sua própria personalidade e de sua história. Pode aproveitar a doação excessiva do adolescente que não fez seu luto de forma adequada, conduzi-lo à decadência ou utilizá-lo e desprezá-lo em seguida por causa dessa dominação fácil. O primeiro amor adquire um gosto amargo: "Depois de tudo o que fiz por ele (ela), fui enganado", dizem quase sempre esses rapazes e essas moças, infelizes por terem dado tanto, amargos por terem sido submetidos a uma trapaça afetiva da qual eram, todavia, candidatos inconscientes.

Pode acontecer que o parceiro fique maravilhado por encontrar uma namorada tão dedicada. Este ignora que ela também está surpresa que alguém queira amá-la. Não sabe que sua instabilidade é "curada" pela segurança afetiva que ele acaba de lhe dar. Então o período sensível do adolescente ferido provoca uma guinada bem-sucedida, e sua existência torna-se resiliente. Nesse caso, a associação das duas vulnerabilidades reforçou o casal.

O que culpabiliza uma criança enlutada é a relação conflituosa que seus pais estabeleceram antes de morrer e na qual ela teve dificuldade de se desenvolver. Mais tarde, os discursos que as famílias substitutas e a cultura sustentam sobre essa morte heróica ou vergonhosa, merecida ou injusta, acalmam ou agravam o sentimento. Todo jovem ferido encontra-se no centro de uma constelação de determinantes com os quais deve negociar o tempo todo.

Podemos compreender os efeitos do divórcio com um raciocínio análogo. Não é a separação dos pais que provoca a ferida, e sim a carga afetiva que lhe é atribuída. Quando o pai é mandado para o exterior para uma missão valorizada socialmente, quando a mãe se ausenta para realizar uma proeza intelectual ou artística, as crianças maiores experimentam essa separação como uma provação gloriosa. Mas, quando os pais estão abatidos por imporem a eles mesmos continuar em casa em companhia de seu inimigo íntimo, não constituem melhores tutores de desenvolvimento do que pais separados, mas apaziguados, que propõem, apesar de tudo, um ambiente modificado para o desenvolvimento de seus filhos.

Uma separação em si não significa muito, exceto para um bebê que vive no imediato e tem necessidade de uma presença constante. Para uma criança maior, é o contexto social e o encadeamento dos fatos que atribuem significado ao acontecimento. Uma separação pode ser vivida como uma pequena aventura, assim como, inversamente, uma criança pode sofrer com ela quando foi impregnada pelo ódio ou quando os acontecimentos que se seguem lhe dão um significado de perda ou de culpa. A constituição de outro casal por parte da mãe, logo depois de um divórcio, fere mais os filhos do que quando é o pai que o constitui, porque o divórcio dos pais anuncia-se quase sempre entre os seis e os dez anos, antes "da aquisição de sua plena autonomia afetiva"[91], quando o apego à mãe não é do mesmo tipo do que o apego ao pai.

O que fere uma criança e a prepara para atribuir ao primeiro amor uma conotação dolorosa é a rejeição insidiosa e não o acontecimento espetacular. A impossibilidade de estabelecer um vínculo afetivo que dá segurança e a expectativa iminente da separação ensinam a essas crianças a viver na angústia da perda. É nessa população que se encontra o maior número de traumatismos invisíveis.

Esses golpes são quase sempre dados quando não há testemunhos: "Lamento que você não tenha morrido no dia em que nasceu... seria melhor se o médico tivesse fracassado em sua reanimação... eu preferiria que você tivesse morrido e não seu irmãozinho" não são frases raras. Pronunciadas na intimidade, o efeito corretivo do ambiente não foi possível: "Você está exagerando... Mamãe está nervosa..." Então a criança vai viver com essa frase na memória e adaptá-la ao menor acontecimento cotidiano. Qualquer atraso de sua mãe na saída da escola quer dizer: "Ela vai me abandonar." Toda observação como: "Você ainda está com a garganta inflamada" quer dizer: "Ela quer que eu morra." O acontecimento mais insignificante alimenta a ruptura interior, impede a aquisição de recursos internos de resiliência e, como a agressão foi íntima, tampouco houve recursos externos. Tudo está preparado para o traumatismo, e as testemunhas dirão: "Não compreendemos por que o teste encantador do primeiro flerte provocou tal estrago. Ela é realmente muito frágil."

Uma criança em cinco que tenta o suicídio foi testemunha direta do homicídio ou do suicídio de um dos seus pais[92]. Chega à adolescência com a idéia de que uma infelicidade amorosa pode justificar a morte porque, ao longo dos anos precedentes, não conseguiu aprender esperança, fonte interna de resiliência. Para ela, é o amor ou a morte.

....
91. *Ibid.*, p. 527.
92. M. J. Paulson, D. Stone, R. Sposto, "Suicide potential and behavior in children ages 4 to 12. Suicide and life", *Threatening Behavior*, 1978, 8 (4), pp. 225-42.

Cabe à cultura soprar as brasas da resiliência

Nunca ouvi uma narrativa de infância mais difícil do que a de Juliette. Sua mãe tinha desejado morrer quando a trouxe ao mundo, e seu desespero de ter um filho foi tão grande que ela negligenciou o bebê por vários meses. Inerte, imóvel, os olhos voltados para o teto, Juliette não estava morta, mas também não vivia, a ponto de o médico ter sido obrigado a hospitalizá-la para reanimação. Depois de passar por várias instituições, como sua mãe havia melhorado e como nessa época a ideologia do vínculo impedia de pensar em separação, a criança foi devolvida à sua casa. Durante alguns anos, Juliette desenvolveu-se em um ambiente afetivo composto por uma mãe isolada, abatida, silenciosa, mecânica, sujeita a irrupções súbitas de violência contra si própria, batendo a cabeça nas paredes, gritando de desespero ou cortando os pulsos diante da filha. A pequena Juliette, fascinada por esse objeto afetivo morno e explosivo, não conseguia se interessar por outra coisa que não fosse sua mãe, com relação à qual manifestava um hiperapego ansioso. Então sentiu sua ida para a casa de uma babá como uma imensa ruptura e não parava de gritar noite e dia, recusando tudo o que vinha daquela mulher. Após alguns dias, a babá começou a odiar a criança revelando um sadismo até então insuspeitado. Amarrava Juliette em uma cadeira, batia nela preparando devagar seus golpes de maneira que a criança ficasse aterrorizada. Em seguida, para relaxar, saía para passear depois de transportar a menina amarrada na cadeira para o porão escuro. De vez em quando, Juliette ia à escola, onde caçoavam dela. Era agredida porque era suja, cheirava mal, tinha a cabeça raspada, estava mal vestida, com os sapatos praticamente sem solado. Embotada num canto, sentia-se idiota por ter tanta dificuldade de compreender o que parecia fácil para os outros. Aos quatorze anos, foi arrebatada por quatro mendigos, violada por muito tempo e espancada num pardieiro. Depois, ao voltar para a casa da babá, apanhou novamente por chegar atrasada.

Foi com uma história dessas que chegou na adolescência. Ela fugia, dormia em qualquer canto e insultava todos os que se dispusessem a ajudá-la. Deveríamos, no entanto, ter identificado algumas brasas de resiliência: um sonho louco, totalmente ilógico, quase delirante de tão inacessível que era. Para se sentir melhor, Juliette isolava-se em um canto e sonhava como uma louca que estava cozinhando enquanto esperava um marido bondoso voltar do trabalho. Também tinha outro sonho diurno que julgava menos romântico: ela se tornava muito grande e forte, voltava à casa da babá e a escalpava. Em uma instituição perto de Nice, ensinaram-na a tomar banho, a se vestir corretamente e a exprimir suas opiniões de forma diferente que não só por brigas. Como ela era bonita e fazia palhaçadas o tempo todo, chamou a atenção de alguns meninos. Apaixonou-se, sonhou que se casava de vestido branco, aperfeiçoou-se na cozinha e manifestou seu amor pela possessão de cada gesto e de cada instante de seu companheiro. Ele se deixou despersonalizar aos poucos, teve dois filhos com ela, um menino e uma menina, até o dia em que ela o expulsou porque ele tinha falado demais com outra mulher. Juliette espantava-se por detestar sua filha "que lhe lembrava a babá". Ela a rejeitava sempre, mas tinha vergonha de bater na menina. Quanto ao menino, desde os seis anos ele se encarregou da mãe. Beijava-a quando ela estava triste, trazia doces quando ela se refugiava na cama. A mãe sentiu-se bem melhor quando ele se tornou um bom aluno. "Seu sucesso me revaloriza", dizia ela. A filha a abandonou muito jovem, pois se sentia rejeitada, e o menino a abandonou muito jovem para prosseguir seu desenvolvimento de outra forma que não consagrando-se a consolar a mãe.

Hoje ela vive sozinha em um quarto com as persianas sempre fechadas e ganha a vida como faxineira de pessoas idosas, as únicas com as quais se sente em paz.

Ninguém soprou uma brasa de resiliência. Quando ela era bebê, a ideologia do vínculo devolveu-a a uma mãe ainda muito debilitada para se ocupar dela. Em vez de submetê-la a uma babá sádica, talvez ela pudesse ter sido colocada junto a grupos de crianças cercados de educadores com vários talentos (artes, esportes, diálogo). Talvez eles pudessem tê-la ensinado a transformar seu humor em uma força relacional. Sua beleza era igualmente um fator de resiliência, injusto, mas utilizável. Lavar-se, maquiar-se, vestir-se bem permite colocar no corpo o que vem do fundo de si e preparar-se para o diálogo verbal e afetivo. Como ela se espantava com sua maneira de amar tão possessiva, um romance, um filme, uma peça de teatro talvez bastassem para levantar o problema de sua relação de dominação, da raiva por sua filha ou do adultismo de seu filho. Talvez assim ela tivesse evoluído?

A cultura da época não lhe propôs nenhum tutor de resiliência. Juliette só conseguiu sofrer menos devido a uma grave amputação de sua existência.

A história de Juliette ilustra como teria sido possível tecer o primeiro nó de resiliência a cada estágio da construção de sua personalidade, mas ele seria, a cada vez, de natureza diferente; sensorial para um bebê a fim de provocar uma familiaridade; mais tarde com imagens para esboçar uma figura de apego estável; relacional na escola para desencadear o prazer pelas novidades a explorar; sexual e social na adolescência quando o jovem faz o balanço do capital acumulado nele durante seu passado e que ele busca colocar da melhor forma para seus interesses no futuro.

Em nossa cultura, parece que o número de crianças negligenciadas está em pleno crescimento. É um tipo de maus-tratos difícil de observar porque essas crianças não são espancadas, nem violadas, nem abandonadas. E, mesmo assim, a ausência de estrutura afetiva e social em torno da criança provoca desenvolvimentos alterados. O controle emocional é mal aprendido, as figuras de apego que dão segurança não são reconhecidas, qualquer novidade provoca medo e não prazer, então você bem que pensa que, na adolescência, a intensidade do apetite sexual e a enorme aposta da aventura social provocam mais pânico do que sonhos suaves.

Assumir riscos para não pensar

A defesa adaptativa habitual entre essas crianças negligenciadas consiste em procurar o apaziguamento pelo embotamento afetivo e pela criação de um mundo autocentrado.

É com esse capital que elas iniciam a guinada para a adolescência. Como não tiveram a experiência de apoio, nunca tiveram a oportunidade de aprender a contar com os outros e assim não puderam descobrir o que é preciso fazer para ser ajudado. Os bebês negligenciados aniquilam-se no marasmo, os órfãos isolados ficam tão angustiados com qualquer contato afetuoso que podem se deixar afundar no banho que lhes dão ou ficam jogados no chão quando alguém quer cuidar deles. As crianças maiores criadas em carência afetiva esmagam os presentes a pontapés ou os esquecem assim que os ganham.

Quando chega a explosão da adolescência, qualquer encontro provoca uma crise. Falar com elas delicadamente as angustia e não lhes falar delicadamente as desespera. Os adolescentes que foram adequadamente apoiados pela afetividade e por estruturas sociais se lançam nessa aventura com uma excitação feliz. No caso de um pequeno desgosto, eles dão um jeito para daí extrair pelo menos o benefício de uma experiência. Não é esse o caso das crianças carentes para quem toda escolha é uma crise: "A sexualidade que desejo me angustia terrivelmente. Como querem que uma mulher me deseje? Se ela engravidar ou se simplesmente quiser ficar comigo, estou pronto a me sujeitar a essa mulher de quem não gosto, pois, se continuar sozinho, vou me desesperar. A sexualidade solitária me desespera e o encontro tão desejado me angustia."

O nascimento do desejo sexual desencadeia o pânico. Muitos adolescentes sofrem com ele, encontrando soluções vagamente adaptativas como a fuga, a renúncia, a inibição, a agressão por medo ou a procura de um culpado para sacrificar. Mas praticamente todos aqueles que descobriram o processo da resiliência aplicaram o método de domesticar o risco, o que lhes permitiu ter um sentimento de vitória.

É quase sempre durante esse período sensível que as histórias de vida se tematizam: "Só consigo suportar acontecimentos intensos", dizem geralmente esses adolescentes. Permito voluntariamente que o contexto me aprisione, pois a intensidade física e emocional me impede de ruminar meu passado e de temer meu futuro. Coloco-me em situação de provação porque "o risco da realidade me permite escapar ao risco de pensar"[93]. O adolescente sente-se melhor. Como ele deseja, essa defesa o cega e, se ele sai vencedor como espera, terá construído um pouco sua identidade, pois, após o acontecimento, terá por fim algo a contar.

Para um adolescente, trata-se mais de uma aventura identificadora que lhe permite descobrir o que vale do que da exposição a um risco. É de fato uma espécie de iniciação que ele encena e não um desejo de morte: "Eu bem que me suicidaria", dizia-me uma garota doce, "mas tenho medo de me arrepender depois." A busca da urgência constitui um fator de proteção similar à negação: "Você está vendo que não tenho tempo... vamos ver isso depois", dizem os que se sentem melhor quando as exigências da realidade lhes permitem escapar às representações de si. Mas eles próprios se impõem essa violência: "Estudo vinte horas por dia para me preparar para esse concurso, estou esgotado, mas mesmo assim sinto-me melhor porque essa intensidade me dá esperança de ter êxito e me permite não pensar em minhas relações familiares que são apenas uma longa infelicidade."

Os apegos seguros transpõem com mais facilidade o cabo da adolescência. A grande maioria aceita como um jogo a provação da sexualidade ou do engajamento social, que atravessam com o prazer estranho que dá o medo de dirigir em alta velocidade ou de descer gritando a montanha-russa. É por essa razão que 75% dos apegos seguros mantêm esse tipo de relação quando as circunstâncias se tornam adversas. Até ao contrário, tendo necessidade do efeito assegurador do apego, em uma situação difícil, esses jovens telefonam para suas figuras de apego, esforçam-se para ter amigos à sua volta ou se abandonam à regressão que os acalma. Mas "um apego seguro não é uma garantia para a vida toda. Só facilita a etapa ulterior do desenvolvimento e permite manter uma estabilidade interna com defesas positivas durante o turbilhão da adolescência"[94]. Ainda assim, 25% deles não

---

93. S. M. Consoli, "Du stress à la souffrance physique", *Revue française de psychiatrie et de psychologie médicale*, tomo IV, n.º 38, maio de 2000.
94. B. Golse, "L'attachement à l'adolescence", *L'Autre*, vol. 2, n.º 1, 2001, pp. 109-16.

terão êxito nessa guinada. Ao que tudo indica são aqueles que, tendo se desenvolvido bem e estando seguros, foram privados de provações e, assim, de vitórias em suas histórias.

Balizas culturais para assumir riscos: a iniciação

Qualquer confronto constitui o equivalente de uma iniciação para os adolescentes que se desenvolveram bem. Quanto aos que foram submetidos a catástrofes educativas, não têm escolha, o trauma está ali, bem real, e é preciso enfrentá-lo. Mas ele deve assumir o valor de iniciação para os que se recusam a continuar feridos por toda a vida. Mesmo sem ser intencional, isso é possível, pois quase um em três adolescentes traumatizados mudará de estilo de apego e se tornará sereno na adolescência[95]. Poderemos melhorar esses números quando compreendermos o que possibilitou que essas crianças lesadas se tornassem adolescentes realizados. Duas palavras podem precisar essa evolução favorável: "tematização" e "abertura".

A primeira palavra é "tematizar". Esses adolescentes surpreendentes pararam de sofrer com seu traumatismo no dia em que lhe atribuíram um sentido: "Vou compreender como uma criança maltratada pode escapar à repetição dos maus-tratos." A teorização é sempre um ato de defesa, mas, quando a pesquisa transforma o significado do traumatismo, dá sentido à vida do pesquisador, antiga criança ferida[96]. "Vou militar para impedir que a guerra civil em Ruanda se repita."[97] "Não suporto ver um país enviar seu exército para ocupar outro depois que vivi isso na Polônia."[98] Por tematizar a vida do ferido, o

---

95. E. Waters, S. Merrick, D. Reboux, L. L. J. Crowell, L. Albersheim, "Attachment security in infancy and early adulthood", *Twenty-Year Longitudinal Study,* 2000, 71 (3), pp. 684-9.
96. S. Vanistendael, J. Lecomte, *Le Bonheur est toujours possible. Construire la résilience,* Paris, Bayard, 2000.
97. Y. Mukagasana, *Ils ont tué mes enfants,* Paris, Fixot, 1998.
98. S. Tomkiewicz, "L'enfant et la guerre", *Enfance majuscule,* nº 31, outubro-novembro de 1996.

traumatismo muda seu sentido, torna-se um combate e não mais uma debilitação.

A segunda palavra é "abertura". Mesmo para um adolescente que se desenvolveu bem, é necessário a libertação. Ele precisa encontrar um objeto sexual fora de sua família de origem e tecer com ele um novo laço para impedir a asfixia de um clima incestuoso. Mas, para que essa libertação seja possível, é necessário a convergência de um conjunto de forças heterogêneas. O adolescente deverá erotizar a exploração sob pena de continuar prisioneiro de sua família. Também é necessário que a cultura lhe proponha lugares e ocasiões de libertação. Quase todas as crianças maltratadas que se tornaram serenas na adolescência encontraram, antes que as outras, uma oportunidade de autonomia precoce[99]. Se o adolescente tem medo do mundo e se a cultura não o convida à aventura, ele continuará enviscado em sua família sem conseguir se libertar. Numa população de crianças maltratadas que conseguiram se acalmar, encontramos com freqüência esse apelo à beleza que a cultura dispôs em torno do pequeno ferido: "Notre-Dame é minha capela... O Sena me ampara. Minha história corre entre suas margens. À beira dele, eu nada temo."[100] A esse fator de resiliência externa que a sociedade deve organizar se conjuga um fator de resiliência interno, o impulso em direção aos outros que possibilita encontros: "Aqueles que se amam detêm a riqueza... Cresci no inferno com a certeza de um privilégio."[101]

O problema está, assim, colocado de forma perfeita. O traumatismo é uma ruptura que, nos resilientes, acaba por assumir o efeito de uma iniciação. Dos apegos seguros, 75% atravessam, sem sofrer muito, a guinada da adolescência e conservam esse estilo de apego que os protege. Vivenciam o

---

99. E. Mueller, N. Silverman, "Peer relations in maltreated children", in: D. Cicchetti, V. Carlsen (dir.), *Child Maltreatment. Theory and Research on the Course and Consequences of Child abuse and neglect*, Cambridge, Cambridge University Press, 1989, pp. 529-78.
100. C. Enjolet, *op. cit.*, p. 129.
101. *Ibid.*, p. 56.

primeiro amor, a primeira separação, o primeiro emprego como uma dificuldade edificante, uma prova encantadora. Mas 33% dos apegos inseguros beneficiam-se dessas provações para conquistar sua autonomia e aprendem a amar de maneira agradável[102]. Nesses grupos que desabrocharam, nenhum adolescente escapou às dificuldades e alguns, depois de sofrerem os traumatismos da infância, até conseguiram vencer as dificuldades da adolescência.

Como era de esperar, 70% dos apegos inseguros negociaram mal a entrada na adolescência. A recusa de compromisso, a vergonha das origens, o medo da sociedade e os fracassos afetivos os orientaram para uma existência difícil. Mas, como não se previa, 25% dos apegos serenos tornaram-se frios, evitantes, ambivalentes ou desorientados na adolescência. Tratava-se provavelmente de falsos apegos seguros, de crianças que pareciam amorosas porque eram ansiosas. Sua grande tranqüilidade exprimia uma falta de prazer de viver, e seus bons resultados escolares testemunhavam não amor pela escola, mas medo dos professores.

A outra surpresa foi constatar que, quando satisfazemos todas as necessidades da criança, quando evitamos que ela passe pela menor dificuldade, quando a empanturramos de amor e a entravamos na rede de nossa proteção, estamos impedindo, ao mesmo tempo, que ela adquira alguns recursos de resiliência[103].

A guinada da adolescência é um momento crítico em que muitos desafios se cristalizam e dão uma nova direção à nossa existência. Visto que o traumatismo é um rompimento psíquico que obriga à metamorfose os que continuam a viver apesar da ferida, toda adolescência é uma guinada perigosa.

Além disso, esses jovens experimentam muitas vezes a necessidade de representar uma proximidade, um flerte com a morte. Sua erotização da violência testemunha não uma "ne-

....
102. A variabilidade dos números de um estudo para outro depende do lugar e do modo de coleta das informações, porém a ordem de grandeza permanece a mesma.
103. D. Pleux, *De l'enfant roi à l'enfant tyran*, Paris, Odile Jacob, 2002.

cessidade de traumatismo"[104], mas um apetite pela vida. Um acontecimento desse tipo é uma forma de iniciação porque há forçosamente uma primeira vez. Eles são levados a utilizar aquilo que sua cultura coloca à sua disposição para torná-lo um rito de iniciação. Mas, quando a cultura não mais o organiza, eles inventam um rito bárbaro: direção perigosa, sexo sem proteção, drogas, delinqüência, lazeres perigosos e viagens difíceis adquirem um efeito estimulante, identificador e integrador: "Finalmente está acontecendo alguma coisa em minha vida... acontecimentos excepcionais vão ter ocorrido em minha história... estou voltando de longe... agora posso assumir um lugar sexual responsável entre os adultos."

Encontramos aqui uma espécie de resiliência natural: "Preciso descobrir o meu valor enfrentando o mundo, para dar forma ao que sou por meio de uma narrativa sobre mim mesmo, para compreender ao que aspiro sonhando com meu futuro. Intelectualizo, dramatizo, globalizo minha provação, eu me engajo, amo, choco, faço rir." A fronteira entre a resiliência natural e a dos traumatizados que foram iniciados apesar deles mesmos é tênue. Estiveram próximos da morte, simularam-na, alguns permaneceram no inferno e outros voltaram... resilientes.

A adolescência é uma obrigação de mudança. A puberdade modifica o corpo, o desejo subverte as emoções, os encontros afetivos remanejam os apegos parentais e as aspirações sociais provocam novas relações. Mesmo os jovens que desabrocharam não escapam a essas mudanças. Sua família e sua cultura colocaram à sua disposição circuitos direcionais, algo como trilhos, propostas de roteiros para o futuro entre os quais os jovens escolhem aquele que lhes parece convir. A estrutura de um ambiente cria barreiras de segurança que permitem ao jovem dar sua guinada, sentir-se iniciado, como um resiliente, mas sem traumatismo, no qual apenas tocou de leve.

Quando seu desenvolvimento o tornou vulnerável, quando a família foi arruinada por uma doença, por um conflito

---

104. M. R. Moro, *Enfants d'ici venus d'ailleurs*, Paris, La Découverte, 2002, p. 102.

grave ou por uma imigração dilacerante, quando a sociedade já não organiza barreiras de segurança nem ritos que permitem realizar a guinada, o adolescente pode demorar muito tempo para assumir seu novo lugar de adulto. "A necessidade de traumatismo existe de maneira aguda entre os filhos de imigrantes... conseqüência da lógica migratória dos pais."[105] Famílias em desordem, ritos esquecidos, adolescência prolongada, o jovem é obrigado a manter seu modo de funcionar infantil mesmo quando está ávido por tornar-se adulto. Permanecendo passivo, dependente de seus primeiros apegos, exige, como uma criança, a satisfação imediata de todos os seus desejos, inclusive sexuais.

Devido à falta de estruturas familiares e culturais, o jovem não pôde utilizar a irrupção da apetência sexual para abandonar sua família a fim de perseguir outro tipo de desenvolvimento. Esses jovens, privados de provas, de ritos separadores ou reparadores, têm vergonha de estar ainda na situação de crianças, quando já são crescidos, inteligentes e cheios de diplomas. Todas as culturas inventaram ritos de iniciação que ajudam a mudança e convidam à autonomia, "pois nesses momentos, nem os pais, nem o grupo cultural podem ajudar [o jovem] a antecipar e a aplacar a angústia"[106]. Normalmente, o "quase traumatismo" dos ritos de iniciação provocado pela cultura é assimilado pelas "defesas culturais" que atenuam o choque e até o tornam uma promoção humana[107]. Após a iniciação, a criança tornou-se mais humana, pois volta ao mundo dos adultos com um saber secreto que faz dela outro homem.

Todas as culturas inventaram ritos de iniciação sob a forma de cerimônias de passagem: comunhões religiosas ou acolhimento dos novos numa empresa. As barreiras de segurança culturais habitualmente impedem a organização dessas cerimônias de acolhimento como rituais sádicos de trote, mas, quando um jovem foi traumatizado ou está mal em sua famí-

---

105. *Ibid.*
106. *Ibid.*, p. 103.
107. G. Devereux (1967), *De l'angoisse à la méthode*, Paris, Flammarion, 1980.

lia, procura escapar dela para tentar a aventura da adolescência precoce. Ele se salva, é claro, mas seu desenvolvimento ainda não acabou. Então vê-se jogado em uma sociedade que o acolhe mal. É nesse grupo de adolescentes prematuros que não conseguiu estabelecer um processo de resiliência que encontramos o maior número de comportamentos sexuais de risco. Nessas condições, o risco torna-se uma iniciação perigosa que pode levar à destruição.

Segurança afetiva e responsabilização social são os fatores primordiais da resiliência

O simples fato de continuar a estudar retarda o primeiro encontro sexual, espaça as relações, diminui o número de parceiros e de infidelidades. "[...] Aqueles ou aquelas que deixam a escola cedo escapam mais cedo ao controle da família de origem e são [...] levados a iniciar sua vida sexual imediatamente..."[108]

Esse engajamento social precipitado é muito diferente daquele dos jovens adultizados que foram obrigados a deixar seus pais muito cedo porque eram espancados, insultados ou molestados sexualmente. Esses jovens, como os que tiveram acesso a responsabilidades sociais, raramente se envolvem com sexo de risco. Seu engajamento social e afetivo é muito diferente do estereótipo atual que diz que uma menina estuprada vai se tornar prostituta e que um menino maltratado se tornará um sádico. Ao contrário, eles se casam muito cedo, formam um casal estável, tornam-se pais precoces, o que, responsabilizando-os, comprova a importância que atribuíam à família que eles sonhavam em construir. Esse compromisso precoce dificulta seus estudos, mas não suscita uma sexualidade de risco.

Já aos quinze anos, Jean abandonou o domicílio familiar para fugir do pai violento e incestuoso. Aos dezoito anos,

---

108. M. Bozon, H. Léridon, *Sexualité et sciences sociales*, Paris, Ined/PUF, 1993, p. 1334.

comprou um hotelzinho perto de uma estação de esportes de inverno e depois veio buscar a irmã de dezesseis anos. Os dois jovens reformaram o hotel, trabalharam muito cozinhando e servindo, casaram-se muito cedo, tiveram filhos e levam hoje uma vida modelar. Continuam magoados devido à sua infância terrível, mas seu sucesso social e afetivo permitiu-lhes evitar a escolha trágica que lhes fora proposta: continuar em sua família de origem, submetidos a todos os maus-tratos, ou jogar-se numa sociabilidade impulsiva desprovida de projeto.

A maioria dos apegos evitantes entram tarde na sexualidade. Continuam fiéis a parceiros de quem não gostam, mas aos quais acabam por se apegar. Aos poucos, seu estilo afetivo distante acaba por se aquecer.

Não é raro que meninas ambivalentes experimentem na puberdade intensos desejos sexuais que as angustiam. Então elas não fazem sua higiene íntima e vestem-se com pulôveres muito grandes para "que seus seios não atraiam os meninos". Quanto aos adolescentes torturados pela intensidade de desejos que não sabem exprimir, "transformam-nos em seu contrário"[109], fazem voto de castidade ou se empenham em estudos excessivos que lhes permitem recalcar suas pulsões sexuais. Os meninos mais ativos, inibidos ou delinqüentes e as meninas mais falantes, intimistas ou depressivas[110] começam então uma vida de relação em que trabalham para realizar o contrário de seus desejos, iniciando assim uma carreira de sublimação mórbida que lhes permite evitar o risco da sexualidade.

Na população de adolescentes cuja sexualidade é desenfreada, encontramos apegos de diferentes tipos. Algumas crianças muito obedientes experimentam subitamente um sentimento de liberdade lançando-se na sexualidade de risco. Encontramos algumas crianças inibidas, espantadas com a revelação sexual, e alguns jovens que, depois de terem estrangu-

---

109. S. Ionescu, M.-M. Jacquet, C. Lothe, *Les Mécanismes de défense. Théorie et clinique*, Paris, Nathan, 1997, p. 263.

110. J. E. Fleming, D. R. Offord, "Epidemiology of childhood depressive disorders: A critical review", *Journal of the American Academy of Child and Adolescent Psychiatry*, 1990, 29, pp. 571-86.

lado seus desejos, se entregam de uma hora para outra ao excesso. Mas a maioria dessa população é constituída por jovens cujo apego nunca foi modelado. Então, quando chega a pulsão, lançam-se em encontros arriscados: a primeira relação sexual ocorre por volta dos doze anos. Aos dezoito anos, quando os jovens da população em geral têm sua primeira relação sexual, eles já tiveram de seis a oito parceiros sem nenhuma proteção. No Quebec, 22% das moças e 10% dos rapazes dessa idade já tiveram até parceiros com alto risco de AIDS[111]. Ao contrário das imagens publicitárias que nos mostram garotas razoáveis ensinando seu parceiro a se proteger, 80% dessas jovens nunca se protegem e esperam que o rapaz tome a iniciativa. A gravidez precoce e as doenças sexualmente transmissíveis tornam-se o equivalente de uma roleta-russa, um jogo com o risco sexual e a morte.

Quer se trate de um adolescente que não sabe o que vale porque foi amparado demais, muito governado por adultos que decidiam por ele, quer de um jovem que não sabe quem é por ter sido isolado e embotado em um ambiente informe, a droga assume para eles um efeito de personalização. O vazio existencial é subitamente preenchido por atos sexuais, gestações precoces e pelo vício das drogas que apresentam então um projeto de existência, como que uma paixão[112].

Não podemos portanto dizer que um apego perturbado leva à droga ou à sexualidade inconseqüente, mas podemos afirmar que um apego sereno quase nunca leva a isso. Quando temos um projeto de vida no qual a sexualidade tem um lugar importante, não precisamos fazer uma encenação e nos tornarmos heróis de uma tragédia enlameada. Quando esses jovens não são estruturados, a teatralidade da droga os ajuda a fazer uma representação de si mesmos: "Finalmente está me acontecendo alguma coisa... Encontrei a droga... Sei como

---

111. J.-Y. Frappier, C. Roy, D. A. Morin, D. H. Morin, *L'Infection au VIH chez les adolescents en difficulté de Montréal*, comunicação pessoal, 1997.

112. M. Lejoyeux, M. Claudon, J. Mourad, "La dépendance alcoolique: données cliniques et psychopathologies", *Perspectives psy*, vol. 38, n.º 5, dezembro de 1999.

conseguir dinheiro... Tenho muitos encontros sexuais... Finalmente eu me tornei uma pessoa." No vazio existencial e na superabundância afetiva nada acontece. A representação de si não pode ser construída. Qualquer acontecimento serve: a doença que dá sentido e cria, por fim, relações, os jogos de azar que erotizam o risco de perder, os jogos competitivos em que descobrimos o que valemos, os simulacros nos quais é encenado um ritual bárbaro, ou os esportes radicais, como o pára-quedismo ou as escaladas, nos quais o risco de queda cria o sentimento de viver um acontecimento extraordinário[113].

....
113. R. Caillois, *Les Jeux et les hommes,* Paris, Gallimard, 1960.

Conclusão

Até agora, o problema era simples, pois pensávamos que a cada golpe do destino correspondia um estrago que era possível avaliar.

A vantagem dos problemas simples é que dão aos observadores a impressão de que estão compreendendo. O inconveniente dos problemas simples é que nos fazem esquecer que um golpe do destino é antes de mais nada um acontecimento mental. Por isso é preciso distinguir o golpe que acontece no mundo real e a representação desse golpe que é elaborada no mundo psíquico. Ora, os golpes mais destrutivos nem sempre são os mais espetaculares. E a representação simbólica do golpe em nosso mundo interior é uma co-produção da narrativa íntima construída pelo ferido e da história que seu contexto cultural elabora sobre ele. O estropiado pela vida conta a si mesmo o que lhe aconteceu para recuperar sua personalidade desordenada, enquanto a testemunha prefere utilizar arquivos e preconceitos.

Até o fim de sua vida, uma em cada duas pessoas vive um acontecimento que pode ser qualificado de traumatismo, uma violência que a leva para perto da morte. Uma pessoa em cada quatro depara com vários acontecimentos destrutivos. Uma pessoa em dez não consegue se livrar de seu trauma psíquico. O que equivale a dizer que as outras, debatendo-se e se empenhando, conseguem reconstruir sua personalidade dilacerada e recuperar seu lugar na aventura humana[1].

Esse aspecto dinâmico do traumatismo explica a variabilidade das estatísticas da resiliência. As unidades de intervenção de urgência após um atentado ou uma catástrofe mostram que 20% de uma população violentada sofre um traumatismo. Mas as descrições clínicas e os estudos epidemiológicos são estáticos demais. Eles são verdadeiros como os *flashes* são verdadeiros. "Ignoram a capacidade de evolução dos sintomas e... foi devido a essa noção estática que fomos obrigados a criar a noção de resiliência."[2] O que acontece quando escapamos ao traumatismo? Que proporção dos feridos sofrerá a reviviscência do horror quando achávamos que ele havia sido superado? Essas questões requerem estudos relativos a ciclos de vida inteiros.

Mas todos morreram, mesmo os que voltaram para casa sorrindo. Todos estiveram nos braços do agressor inominável, pois se tratava da própria morte "em pessoa"[3]. Podemos continuar a viver, podemos até rir depois que voltamos do inferno, mas mal ousamos confessar que nos sentimos iniciados pela terrível experiência. Quando vivemos entre os mortos, quando vivemos a morte, como dizer que somos um espectro? Como fazer alguém compreender que o sofrimento não significa depressão e que, quase sempre, o que dói é retornar à vida?

Na época em que não pensávamos no processo de resiliência, constatamos que "as crianças abandonadas precocemente ou enlutadas têm uma probabilidade de depressão na idade adulta três vezes superior à da população em geral..."[4]. Mas, desde que começamos a ajudar essas crianças a voltar à

---

1. R. Yehuda, "Le DST prédicteur du PTSD", *Abstract Neuro-psy*, n.º 168, junho-julho de 1997, p. 10.
2. M. Bertrand, "La notion du traumatisme et ses avatars", *Le Journal des psychologues*, n.º 194, fevereiro de 2002, p. 22.
3. C. Barrois, "Traumatisme et inceste", *in*: M. Gabel, S. Lebovici, P. Mazet, *Le Traumatisme de l'inceste*, Paris, PUF, 1995, p. 19.
4. M. Toussignant, *Les Origines sociales et culturelles des troubles psychologiques*, Paris, PUF, 1992, p. 122.

vida, o número de depressões é exatamente o mesmo que em qualquer grupo humano[5].

Para ouvir os testemunhos dos sobreviventes, basta dar-lhes a palavra: Gilgamesh, o sumeriano, Sísifo, rei de Corinto, e Orfeu, o trácio, desceram aos infernos. Aquiles já havia expressado seu sentimento de ter estado morto. Os exércitos napoleônicos forneceram um grande número de espectros, como o coronel Chabert, que Balzac tornou célebre. Dostoievski falou do vestígio indelével deixado em sua memória pela "marca da casa dos mortos" nos campos de trabalhos forçados da Sibéria[6]. Mas foi o século XX que forneceu a maior produção de fantasmas: a guerra de 1914-1918 contada por Roland Dorgèles em *Le Jardin des morts* [O jardim dos mortos], Henri Barbusse com *Le Feu* [O fogo] e Hermann Hesse em *O lobo da estepe* nos contaram até que ponto os espectros invadem a vida.

O inferno dos infernos foi construído com barracões de madeira nos campos de extermínio nazistas. Robert Antelme, expulso da espécie humana[7], Primo Levi, considerado um simples pedaço, anulado como ser humano por uma evitação do olhar que o tornava transparente como uma sombra, tiveram de fazer o luto de si mesmos, tornando-se cadáveres entre cadáveres. Jorge Semprun tentou se calar, fazendo "um longo tratamento de afasia para sobreviver"[8]. A negação o protegeu congelando uma parte de seu mundo, até o dia em que o real tornou a aparecer em sua mente quando assistia a filmes que mostravam "imagens íntimas" de cadáveres amontoados nos campos nazistas! "Não sobrevivemos à morte... Nós a vivenciamos... Não somos sobreviventes, e sim espectros."[9]

Existem culturas em que não é possível pensar a resiliência porque a organização social não a torna possível. Como

....

5. C. Sabatier, "La culture, l'immigration et la santé mentale des enfants", *Psychopathologie de l'enfant et de l'adolescent: approche intégrative*, Boucherville (Quebec), Gaétan Morin, 1999, p. 551.

6. L. Crocq, "Le retour des enfers et son message", *Revue francophone du stress et du trauma*, t. 1, n.º 1, novembro de 2000, pp. 5-19.

7. R. Antelme, *L'Espèce humaine*, Paris, Gallimard, 1957.

8. J. Semprun, *L'Écriture ou la vie*, Paris, Gallimard, 1994.

9. *Ibid.*

querer voltar a ser humano quando não lhe é permitido aprender seu "ofício de homem"[10] porque um acidente rasgou a imagem na qual você aparecia?

Mas, quando, apesar do sofrimento, um desejo é murmurado, basta que outro ouça-o para que a brasa da resiliência torne a se acender.

> *Et quand il est à s'en mourir*
> *Au dernier moment de la cendre*
> *La guitarre entre dans la chambre*
> *Le feu reprend par le chant sombre.*[11]*

"Meu pai ia voltar... minha mãe me prometia que, quando ele voltasse, tudo iria melhorar. Ela o tornava um fantasma maravilhoso, ele era o mais amável, o mais belo, o mais forte, o mais terno, o melhor dos pais, e ele ia voltar."[12]

Não é loucura querer viver e ouvir no fundo do abismo um leve sopro murmurando que a felicidade nos espera, como um sol impensável.

---

10. A. Jollien, *Le Métier de l'homme*, Paris, Seuil, 2002.
11. L. Aragon, *Le Fou d'Elsa,* Paris, Gallimard, 1963, p. 417.
* Tradução livre: E quando ele estava para morrer/No último instante da cinza/O violão entra no quarto/E o canto sombrio reacende o fogo. (N. da T.)
12. J. P. Guéno, *Paroles d'étoiles*, Paris, France-Bleu, 2002, p. 135.

IMPRESSÃO E ACABAMENTO:
YANGRAF Fone/Fax: 6195.77.22
e-mail:yangraf.comercial@terra.com.br